商業普通話應用大全

商業普通話應用大全

商務印書館

商業普通話應用大全

編　　著：商務印書館編輯部

責任編輯：黃家麗

審　　改：周　立

封面設計：張　毅

出　　版：商務印書館(香港)有限公司
　　　　　香港筲箕灣耀興道3號東滙廣場8樓
　　　　　http://www.commercialpress.com.hk

發　　行：香港聯合書刊物流有限公司
　　　　　香港新界大浦汀麗路36號中華商務印刷大廈3字樓

印　　刷：中華商務彩色印刷有限公司
　　　　　香港新界大埔汀麗路36號中華商務印刷大廈

版　　次：2019年3月第6次印刷

出版説明

　　商務活動，生意往來，人員東奔西走，普通話的使用越來越頻密，簡單的普通話已不敷用，普通話越來越不"普通"。日常會話之外，更需要有豐富而專業的普通話表達。這即是本書編寫的緣起。

　　全書按主題編寫普通話會話，分五部分，共大約150個商業情境，內容廣泛全面，舉凡商務事項的內部外部溝通都一總涵括。比如：與客戶協商、談判、開會時要説的話，向上司請示、匯報、表達意見要説的話，深入研商合同條款、市場調查、產品開發要講的較專業的普通話。

　　編排簡明，以一問一答為主，同時按具體情況提供多個答案，並提供同義句、反義句及相關意義的語句，有助提高普通話表達能力。

　　正文裏每個中文字上標漢語拼音，方便讀者隨時對照；讀者掃描書後QR code，即可隨時隨地聆聽正文錄音MP3。

商務印書館編輯部

目錄

IV. 工作溝通

第三部分　報告會、會議、電話會議等場合使用的商業普通話

III. 常用社交對話

說　明：

⇨ 同義

⊵ 回應

☾ 對方再回應

✍ 衍生對話

★ 注意項

✎ 反義

♨ 錄音內容：標示漢語拼音的中文。

第一部分

不同場合應掌握的

商業普通話

I. 與公司以外人士的應對

1　在服務台

^{Má fan nín}
麻煩您，我們想見一下張先生。

圉 ^{Qǐng wèn　　　nín shì xiān yù yuē le ma}
請問，您事先預約了嗎？

🕐 ^{Wǒ men yù yuē hǎo le　　sān diǎnzhōng jiàn miàn}
我們預約好了，三點鐘見面。

⇨ ^{Yuē hǎo jīn tiān xià wǔ jiàn miàn}
約好今天下午見面。

^{Qǐng jiē fēn jī èr èr sì liù　　wǒ zhǎo Chén xiǎo jie}
請接分機二二四六，我找陳小姐。

圉 ^{Hǎo　　Qǐng wèn nín guì xìng}
好。請問您貴姓？

^{Qǐng wèn nín shì něi jiā gōng sī de}
請問您是哪家公司的？

⇨ ^{Qǐng wèn yī xià nín shì něi jiā gōng sī de}
請問一下您是哪家公司的？

圉 ^{Wǒ shì Zhuó Yuè Gōng Sī de}
我是卓越公司的。

⇨ ^{Wǒ men shì dài biǎo Zhuó Yuè Gōng Sī de}
我們是代表卓越公司的。

^{Néng bu néng bài fǎng yī xià cǎi gòu bù mén de fù zé rén}
能不能拜訪一下採購部門的負責人？

⇨ ^{Néng bu néng bài huì yī xià cǎi gòu bù mén de fù zé rén}
能不能拜會一下採購部門的負責人？

^{Qǐng wèn nín guì xìng}
請問您貴姓？

圉 ^{Wǒ xìng Lǐ}
我姓李。

Shì Lín xiān sheng ma
是 林 先 生 嗎 ？

　　Shì　　Wǒ xìng Lín
🈁 是 ， 我 姓 林 。

Wǒ menzhèng zài zhèr　　gōng hòu　　nín dà jià guāng lín ne
😋 我 們 正 在 這兒 " 恭 候 " 您 大 駕 光 臨 呢 。

Nín yào kā fēi ma
您 要 咖 啡 嗎 ？

　　Nín hē diǎnr shén me ma
⇨ 您 喝 點兒 甚 麼 嗎 ？

　　Xiè xie nín　　Nà nín jiù gěi wǒ yī bēi kā fēi ba　　jiā
🈁 謝 謝 您 。 那 您 就 給 我 一 杯 咖 啡 吧 ， 加

nǎi jiā táng de
奶 加 糖 的 。

Qǐng nín shāo děng yī huìr　　Tā　　tā　　mǎ shàng jiù guò
請 您 稍 等 一 會兒 。 他 （ 她 ） 馬 上 就 過

lai
來 。

　　Qǐng zuò　　Tā　　tā　　yī huìr jiù guò lai
⇨ 請 坐 。 他 （ 她 ） 一 會兒 就 過 來 。

　　Xiè xie
🈁 謝 謝 。

Wǒ gěi Liào xiān sheng dǎ diàn huà　　gào su tā shàng zhèr　lái
我 給 廖 先 生 打 電 話 ， 告 訴 他 上 這兒 來

jiàn nín
見 您 。

　　Hǎo　　xiè xie nǐ
🈁 好 ， 謝 謝 你 。

Qǐng wèn nín yǒu shén me shì
請 問 您 有 甚 麼 事 ？

　　Wǒ zhǎoZhāng xiān sheng
🈁 我 找 張 先 生 。

2 寒　暄

初次見面

Jiàn dào nín wǒ hěn gāo xìng
見 到 您 我 很 高 興。

> Néng jiàn dào nín　wǒ yě hěn gāo xìng
> 叵 能 見 到 您，我 也 很 高 興。
>
> Néng gēn nín jiàn miàn wǒ yě hěn gāo xìng
> 叵 能 跟 您 見 面 我 也 很 高 興！

Hěn gāo xìng rèn shi nín
很 高 興 認 識 您。

> Rèn shi nín zhēn gāo xìng
> ⇨ 認 識 您 真 高 興！

Wǒ shì Lǐ Guó Huá
我 是 李 國 華。

> Āi yā　jiǔ yǎng dà míng a　jiǔ yǎng jiǔ yǎng
> 叵 哎 呀，久 仰 大 名 啊，久 仰 久 仰。

再次見面

Āi yō　jiǔ wéi jiǔ wéi　yòu jiàn zhe nín le　zhēn
哎 喲，久 違 久 違，又 見 著 您 了，真
gāo xìng
高 興！

> Āi yō　jiǔ wéi jiǔ wéi　wǒ men yòu jiàn miàn la
> ⇨ 哎 喲，久 違 久 違，我 們 又 見 面 啦！
>
> Hǎo jiǔ bù jiàn le　nín hǎo ma
> 叵 好 久 不 見 了，您 好 嗎？

詢問工作情況

Gōng zuò zěn me yàng
工 作 怎 麼 樣？

> Tǐng máng de
> 叵 挺 忙 的。
>
> Gōng zuò hěn máng
> 叵 工 作 很 忙。
>
> Shì yǒu diǎnr máng　bù guò hái hǎo
> 叵 是 有 點兒 忙，不 過 還 好。

Gōng zuò shùn lì ma
工 作 順 利 嗎 ？

Máng shì máng le diǎnr　　dàn gōng zuò hái suàn shùn lì
㟃 忙 是 忙 了 點兒 ， 但 工 作 還 算 順 利 。

詢問近況及回應問候

Nǐ zuì jìn hǎo ma
你 最 近 好 嗎 ？

Nín yī qiè dōu hǎo ma
⇨ 您 一 切 都 好 嗎 ？

Nǐ shēng huó zěn me yàng
⇨ 你 生 活 怎 麼 樣 ？

Tǐng hǎo　　Nǐ ne
㟃 挺 好 。 你 呢 ？

Nǐ zuì jìn zěn me yàng
你 最 近 怎 麼 樣 ？

Zhè bàn nián duō wǒ qù Tài Guó le　　Nǐ zěn me yàng
㟃 這 半 年 多 我 去 泰 國 了 。 你 怎 麼 樣 ？

Yǒu shén me huà yào gēn wǒ shuō ma
有 甚 麼 話 要 跟 我 說 嗎 ？

Yě méi yǒu shén me tè bié de shì
㟃 也 沒 有 甚 麼 特 別 的 事 。

Ō　　qí shí yě méi shén me
㟃 噢 ， 其 實 也 沒 甚 麼 。

Yō　　chū shén me shì le ma
喲 ， 出 甚 麼 事 了 嗎 ？

Wǒ diū shī le qián bāo
㟃 我 丟 失 了 錢 包 。

3 交換名片

Nín yǒu míng piàn ma
您 有 名 片 嗎 ?

Nín néng gěi wǒ yī zhāng míng piàn ma
⇨ 您 能 給 我 一 張 名 片 嗎 ?

Zhè shì wǒ de míng piàn
⮐ 這 是 我 的 名 片 。

Hǎo gěi nín
⮐ 好 , 給 您 。

Zài yào yī zhāng xíng ma
再 要 一 張 行 嗎 ?

Xíng zài gěi nín yī zhāng
⮐ 行 , 再 給 您 一 張 。

Shí zài duì bù qǐ wǒ de míng piàn yòng wán le
⮐ 實 在 對 不 起 , 我 的 名 片 用 完 了 。

Qǐng wèn nín de diàn yóu dì zhǐ shì shén me
請 問 您 的 電 郵 地 址 是 甚 麼 ?

Míng piàn shàng yǒu wǒ de diàn yóu
⮐ 名 片 上 有 我 的 電 郵 。

Néng gào su wǒ diàn huà hào mǎ ma
能 告 訴 我 電 話 號 碼 嗎 ?

Nǐ de diàn huà hào mǎ shì duō shao
⇨ 你 的 電 話 號 碼 是 多 少 ?

Qǐng wèn nín de shǒu jī hào mǎ shì duō shao
請 問 您 的 手 機 號 碼 是 多 少 ?

Néng gào su wǒ nín de shǒu tí diàn huà hào mǎ ma
⇨ 能 告 訴 我 您 的 手 提 電 話 號 碼 嗎 ?

Wǒ de shǒu jī hào mǎ shì jiǔ bā qī liù wǔ sì sān èr
⮐ 我 的 手 機 號 碼 是 九 八 七 六 五 四 三 二 。

Wǒ de shǒu jī hào mǎ yìn zài míng piàn shàng le
⮐ 我 的 手 機 號 碼 印 在 名 片 上 了 。

Qǐng wèn nín de míng piàn shàng yǒu shǒu jī hào mǎ ma
請 問 , 您 的 名 片 上 有 手 機 號 碼 嗎 ?

Yǒu Wǒ yìn zài shàng mian le
⮐ 有 。 我 印 在 上 面 了 。

Wéi wǒ shì Rì Huī Gōng Sī de Gāo Shào Wén
喂，我是日輝公司的高紹文。

⇨ Wéi wǒ shì Rì Huī Gōng Sī de wǒ jiào Gāo Shào Wén
喂，我是日輝公司的，我叫高紹文。

⇨ Wéi wǒ shì Gāo Shào Wén
喂，我是高紹文。

⇨ Wéi wǒ Gāo Shào Wén a
喂，我高紹文啊。

Zhè shì nín xiàn zài de diàn huà hào mǎ ma
這是您現在的電話號碼嗎？

Shì jiù shì wǒ xiàn zài zhè ge
是，就是我現在這個。

Bù shì nà shì yǐ qián de hào mǎ le
不是，那是以前的號碼了。

Nín de xīn diàn huà hào mǎ shì duō shao
您的新電話號碼是多少？

Xīn de diàn huà hào mǎ shì sān sān wǔ sì èr èr sān sì
新的電話號碼是三三五四二二三四。

Wǒ gěi nǐ xiě yī xià diàn huà hào mǎ ba
我給你寫一下電話號碼吧。

Xīn de fēn jī hào mǎ shì duō shao
新的分機號碼是多少？

Xīn de fēn jī hào mǎ shì èr liù liù bā
新的分機號碼是二六六八。

Wǒ xiǎng qǐng Yáng xiān sheng tīng diàn huà
我想請楊先生聽電話。

⇨ Má fan nín jiào Yáng xiān sheng jiē diàn huà
麻煩您叫楊先生接電話。

⇨ Qǐng Yáng xiān sheng jiē diàn huà
請楊先生接電話。

⇨ Qǐng Yáng xiān sheng jiē yī xià diàn huà
請楊先生接一下電話。

⇨ Má fan nín bāng wǒ jiē Yáng xiān sheng de diàn huà
麻煩您幫我接楊先生的電話。

請接一下分機二三二二。
<small>Qǐng jiē yī xià fēn jī èr sān èr èr</small>

⇨ 請轉分機二三二二。
<small>Qǐng zhuǎn fēn jī èr sān èr èr</small>

⇨ 喂，請幫我接分機二三二二。
<small>Wéi qǐng bāng wǒ jiē fēn jī èr sān èr èr</small>

有甚麼需要轉告的嗎？
<small>Yǒu shén me xū yào zhuǎn gào de ma</small>

⇨ 您有要轉告的事兒嗎？
<small>Nín yǒu yào zhuǎn gào de shìr ma</small>

回 麻煩您，能不能轉告他，說我來過電話了。
<small>Má fan nín néng bu néng zhuǎn gào tā shuō wǒ lái guo diàn huà le</small>

回 請轉告他，說我來過電話了。
<small>Qǐng zhuǎn gào tā shuō wǒ lái guo diàn huà le</small>

我能留言嗎？
<small>Wǒ néng liú yán ma</small>

回 好的，請講。
<small>Hǎo de qǐng jiǎng</small>

您有甚麼留言嗎？
<small>Nín yǒu shén me liú yán ma</small>

回 請他給我回電話吧。
<small>Qǐng tā gěi wǒ huí diàn huà ba</small>

您能幫我轉告嗎？
<small>Nín néng bāng wǒ zhuǎn gào ma</small>

回 可以。
<small>Kě yǐ</small>

喂，中港公司。請問您有甚麼事兒？
<small>Wéi Zhōng Gǎng Gōng Sī Qǐng wèn nín yǒu shén me shìr</small>

回 請幫我接一下出口部。
<small>Qǐng bāng wǒ jiē yī xià chū kǒu bù</small>

⇨ 請接營業部。
<small>Qǐng jiē yíng yè bù</small>

⇨ 請接一下客戶服務部。
<small>Qǐng jiē yī xià kè hù fú wù bù</small>

Qǐng wèn guì xìng
請 問 貴 姓 ？

　Qǐng wèn nín guì xìng
⇨ 請 問 您 貴 姓 ？

　Xìng Piáo
🥝 姓 朴 。

　Qǐng wèn nín de xìng zěn me xiě
🍀 請 問 您 的 姓 怎 麼 寫 ？

　Mù zì jiā zhān bǔ de bǔ
🥝 木 字 加 占 卜 的 卜 。

Qǐng nín gào su wǒ nín de míng zi zěn me xiě
請 您 告 訴 我 您 的 名 字 怎 麼 寫 ？

　Bó shì de bó wéi chí de wéi Piáo Bó Wéi
🥝 博 士 的 博 ， 維 持 的 維 ， 朴 博 維 。

Qǐng wèn nín shì něi wèi
請 問 您 是 哪 位 ？

　Nín shì něi wèi
⇨ 您 是 哪 位 ？

　Qǐng wèn shì něi wèi
⇨ 請 問 是 哪 位 ？

　Wǒ shì Zhāng Zhì Wěi
🥝 我 是 張 志 偉 。

Duì bu qǐ néng zài shuō yī biàn nín de xìng míng ma
對 不 起 ， 能 再 說 一 遍 您 的 姓 名 嗎 ？

　Wǒ shì Zhāng Zhì Wěi
🥝 我 是 張 志 偉 。

Duì bu qǐ tā zhèng zài jiē diàn huà qǐng nín shāo děng yī xià
對 不 起 ， 他 正 在 接 電 話 ， 請 您 稍 等 一 下
hǎo ma
好 嗎 ？

　Hǎo xiè xie
🥝 好 ， 謝 謝 。

Duì bu qǐ tā xiàn zài méi yǒu kòng jiē diàn huà
對 不 起 ， 他 現 在 沒 有 空 接 電 話 。

　Duì bu qǐ tā zhèng máng zhe ne bù fāng biàn jiē diàn huà
⇨ 對 不 起 ， 他 正 忙 着 呢 ， 不 方 便 接 電 話 。

⇨ 他正在參加會議，不方便接電話。
Tā zhèng zài cān jiā huì yì, bù fāng biàn jiē diàn huà

⇨ 他正開會呢，不方便接電話。
Tā zhèng kāi huì ne, bù fāng biàn jiē diàn huà

⇨ 對不起，佔綫，請您待會兒再打。
Duì bu qǐ, zhàn xiàn, qǐng nín dāi huìr zài dǎ

喂，我找盧先生。
Wéi, wǒ zhǎo Lú xiān sheng

🕮 他今天外出了。
Tā jīn tiān wài chū le

🕮 他今天休息。
Tā jīn tiān xiū xi

🕮 他下個禮拜才能回來。
Tā xià gè lǐ bài cái néng huí lai

他正接別的電話呢。
Tā zhèng jiē bié de diàn huà ne

🕮 十分鐘後打過去行嗎？
Shí fēn zhōng hòu dǎ guo qu xíng ma

請您別掛斷電話，稍等一會兒。
Qǐng nín bié guà duàn diàn huà, shāo děng yī huìr

⇨ 您先別掛，就這麼等一會兒。
Nín xiān bié guà, jiù zhè me děng yī huìr

⇨ 他應該很快就回來，請您稍等一會兒。
Tā yīng gāi hěn kuài jiù huí lai, qǐng nín shāo děng yī huìr

🕮 好。
Hǎo

他剛離開，馬上就回來。讓他給您回電
Tā gāng lí kāi, mǎ shàng jiù huí lai. Ràng tā gěi nín huí diàn
話好嗎？
huà hǎo ma

🕮 好的。我是李小冰。電話是九五六八
Hǎo de. Wǒ shì Lǐ Xiǎo Bīng. Diàn huà shì jiǔ wǔ liù bā
零五九八。
líng wǔ jiǔ bā

🕮 不用了。等會兒我打過去吧。
Bù yòng le. Děng huìr wǒ dǎ guo qu ba

🕮 我一個小時以後再打電話給他。
Wǒ yī gè xiǎo shí yǐ hòu zài dǎ diàn huà gěi tā

Qǐng gào su wǒ fēn jī hào
請 告 訴 我 分 機 號 。

Nǐ de fēn jī shì duō shǎo
⇨ 你 的 分 機 是 多 少 ？

Fēn jī hào mǎ shì duō shǎo
⇨ 分 機 號 碼 是 多 少 ？

Néng gào su wǒ fēn jī hào mǎ ma
⇨ 能 告 訴 我 分 機 號 碼 嗎 ？

Fēn jī hào shì sān èr èr líng
回 分 機 號 是 三 二 二 零 。

Qǐng wèn shén me shí hou qù diàn huà fāng biàn
請 問 甚 麼 時 候 去 電 話 方 便 ？

Shén me shí hou gěi nǐ dǎ diàn huà fāng biàn xiē
⇨ 甚 麼 時 候 給 你 打 電 話 方 便 些 ？

Shí wǔ fēn zhōng hòu
回 十 五 分 鐘 後 。

Duì bu qǐ diàn huà jiē shōu bù hǎo qǐng nín zài dà shēng
對 不 起 ， 電 話 接 收 不 好 ， 請 您 再 大 聲
yī diǎnr
一 點 兒 。

Hǎo xiàng shì wǒ zhèr de diàn huà xiào guǒ bù tài hǎo
回 好 像 是 我 這 兒 的 電 話 效 果 不 太 好 。

Tīng bù qīng chu qǐng zài shuō yī biàn
回 聽 不 清 楚 ， 請 再 說 一 遍 。

Nǐ xiān guà shàng Wǒ gěi nǐ dǎ guo qu
回 你 先 掛 上 。 我 給 你 打 過 去 。

Wǒ tīng bù qīng nín dà diǎnr shēng Nǐ de diàn huà xiàn lù
回 我 聽 不 清 ， 您 大 點 兒 聲 。 你 的 電 話 綫 路
yǒu shén me wèn tí ba
有 甚 麼 問 題 吧 ？

Zá yīn tài dà le xiān guà le ba
回 雜 音 太 大 了 ， 先 掛 了 吧 。

Tā nèi biān zhèng jiē zhe diàn huà ne qǐng nín guò yī huìr zài
他 那 邊 正 接 着 電 話 呢 ， 請 您 過 一 會 兒 再
dǎ guo lai
打 過 來 。

Nà wǒ míng tiān gěi tā dǎ diàn huà ba
回 那 我 明 天 給 他 打 電 話 吧 。

Ràng nín jiǔ děng le, bù hǎo yì si a
讓 您 久 等 了 ， 不 好 意 思 啊 。

Bù hǎo yì si ràng nín jiǔ děng le
⇨ 不 好 意 思 ， 讓 您 久 等 了 。

Xiàn zài xiàn lù bù suàn máng wǒ xiàn zài gěi nín jiē guo qu
現 在 綫 路 不 算 忙 ， 我 現 在 給 您 接 過 去 。

Hǎo de xiè xie
回 好 的 ， 謝 謝 。

Xiàn lù duàn le
綫 路 斷 了 。

Wǒ mǎ shàng gěi nǐ zài jiē guo qu
回 我 馬 上 給 你 再 接 過 去 。

Qǐng diàn yóu tōng zhī tā
請 電 郵 通 知 他 。

Zhè jiàn shì hái shi wǒ dǎ gè diàn huà tōng zhī tā bǐ jiào
回 這 件 事 ， 還 是 我 打 個 電 話 通 知 他 比 較

hǎo
好 。

5 打國際長途電話

🎧 1.1.05

Qǐng bāng wǒ yào yī gè Měi Guó de guó jì cháng tú
請 幫 我 要 一 個 美 國 的 國 際 長 途 。

Má fan nín qǐng jiē yī xià Měi Guó de guó jì cháng tú
⇨ 麻 煩 您 ， 請 接 一 下 美 國 的 國 際 長 途 。

Hǎo Wǒ bāng nǐ jiē
回 好 。 我 幫 你 接 。

Wǒ xiǎng dǎ guó jì cháng tú
🗣 我 想 打 國 際 長 途 。

Wǒ yào dǎ Měi Guó de duì fāng fù kuǎn diàn huà
🗣 我 要 打 美 國 的 對 方 付 款 電 話 。

Wǒ yào dǎ Měi Guó de zhǐ míng tōng huà diàn huà
🗣 我 要 打 美 國 的 指 名 通 話*電 話 。

★ "指名通話"即由指定人接聽。若指定人不接聽，則不收費。

Wǒ yào dǎ Hán Guó de bào hào tōng huà diàn huà
🗣 我 要 打 韓 國 的 報 號 通 話*電 話 。

★ "報號通話"是指將電話打往某個電話號碼，只要有人接聽就要收費。報
號通話的話費比指名通話便宜。

13

Měi Guó de guó jì qū hào shì duō shao
美 國 的 國 際 區 號 是 多 少 ？

　　Měi Guó de qū hào shì yī
　回 **美 國 的 區 號 是 一 。**

Nín yào dǎ de diàn huà hào mǎ shì duō shao
您 要 打 的 電 話 號 碼 是 多 少 ？

　　Wǒ yào dǎ de diàn huà hào mǎ shì bā liù èr líng 　 wǔ sì
　回 **我 要 打 的 電 話 號 碼 是 八 六 二 零 - 五 四**
　　èr 　 èr èr sān sì
　　二 - 二 二 三 四 。

Qǐng wèn nín zěn yàng fù kuǎn
請 問 您 怎 樣 付 款 ？

　　Jì zài gōng sī diàn huà hào mǎ de zhàng shàng
　回 **記 在 公 司 電 話 號 碼 的 賬 上 。**

Nín yào de Yīng Guó duì fāng fù kuǎn diàn huà lái le
您 要 的 英 國 對 方 付 款 電 話 來 了 。

　　Qǐng bāng wǒ jiē dào fáng jiān li
　回 **請 幫 我 接 到 房 間 裏 。**

Zhè shì Yīng Guó de Wú xiān sheng dǎ lái de guó jì cháng tú diàn
這 是 英 國 的 吳 先 生 打 來 的 國 際 長 途 電
huà 　 Nín jiē ma
話 。 您 接 嗎 ？

　　Yǒu gè Wú xiān sheng cóng Yīng Guó dǎ diàn huà lái
　⇨ **有 個 吳 先 生 從 英 國 打 電 話 來 。**
　　Hǎo 　 qǐng jiē guo lai
　回 **好 ， 請 接 過 來 。**

Shì Hé xiān sheng ma
是 何 先 生 嗎 ？

　　Wǒ jiù shì
　回 **我 就 是 。**

6 電子郵件

Nǐ de diàn yóu dì zhǐ shì shén me
你 的 電 郵 地 址 是 甚 麼 ?

> Qǐng nǐ gào su wǒ nǐ de diàn yóu dì zhǐ
> ⇨ 請 你 告 訴 我 你 的 電 郵 地 址 。

> Diàn yóu dì zhǐ yìn zài wǒ de míng piàn shàng le
> 回 電 郵 地 址 印 在 我 的 名 片 上 了 。

> Lái wǒ xiě gěi nǐ
> 回 來 ， 我 寫 給 你 。

> Hǎo zhè ge jiù shì Qǐng gěi wǒ fā diàn yóu
> 回 好 ， 這 個 就 是 。 請 給 我 發 電 郵 。

Nín yǒu diàn yóu xìn xiāng ma
您 有 電 郵 信 箱 嗎 ?

> Duì bu qǐ wǒ hái méi yǒu diàn yóu xìn xiāng
> 回 對 不 起 ， 我 還 沒 有 電 郵 信 箱 。

Zhè shì nǐ de diàn yóu dì zhǐ ma
這 是 你 的 電 郵 地 址 嗎 ?

> Nǐ de diàn yóu dì zhǐ shì shén me
> ⇨ 你 的 電 郵 地 址 是 甚 麼 ?

> Duì
> 回 對 。

> Nà shì yǐ qián de dì zhǐ
> 回 那 是 以 前 的 地 址 。

> Nà bù shì wǒ de diàn yóu dì zhǐ
> 回 那 不 是 我 的 電 郵 地 址 。

> Wǒ yǒu xīn de diàn yóu dì zhǐ
> 回 我 有 新 的 電 郵 地 址 。

> Zuì jìn wǒ de diàn yóu dì zhǐ gǎi le
> 回 最 近 我 的 電 郵 地 址 改 了 。

Nǐ yǒu xīn de diàn yóu dì zhǐ ma
你 有 新 的 電 郵 地 址 嗎 ?

> Wǒ gào su nǐ xīn de diàn yóu dì zhǐ
> 回 我 告 訴 你 新 的 電 郵 地 址 。

_{Wǒ de diàn yóu bèi tuì huí lai le}
我 的 電 郵 被 退 回 來 了 。

_{Nǐ fā de diàn yóu dì zhǐ bù duì}　　_{Àn zhèng què de diàn yóu}
回 你 發 的 電 郵 地 址 不 對 。 按 正 確 的 電 郵

_{dì zhǐ zài fā yī cì}
地 址 再 發 一 次 。

7　聯繫拜訪

_{Míng tiān néng guò qù gēn nín tán diǎnr shìr ma}
明 天 能 過 去 跟 您 談 點兒 事兒 嗎 ？

_{Hǎo a}　　_{Jǐ diǎn dōu xíng}
回 好 啊 。 幾 點 都 行 。

_{Kě yǐ kě yǐ}
回 可 以 ， 可 以 。

_{Wǒ míng tiān yī tiān dōu yǒu kòngr}
回 我 明 天 一 天 都 有 空兒 。

_{Duì bu qǐ wǒ míng tiān yī tiān dōu hěn máng}
回 對 不 起 ， 我 明 天 一 天 都 很 忙 。

_{Wǒ míng tiān quán tiān dōu yǒu ān pái le}
回 我 明 天 全 天 都 有 安 排 了 。

_{Nín míng tiān zài gōng sī ma}
您 明 天 在 公 司 嗎 ？

_{Bù zài wǒ hòu tiān cái chū chāi huí lai}
回 不 在 ， 我 後 天 才 出 差 回 來 。

_{Jīn tiān xià wǔ wǒ xiǎng qù bài fǎng nín}
今 天 下 午 我 想 去 拜 訪 您 。

_{Hǎo a}
回 好 啊 。

_{Jīn tiān xià wǔ liǎng diǎn kě yǐ}
回 今 天 下 午 兩 點 可 以 。

_{Nà nín kàn jǐ diǎn zuì hé shì ne}
回 那 您 看 幾 點 最 合 適 呢 。

_{Jīn tiān xià wǔ sān diǎn bǐ jiào hǎo}
回 今 天 下 午 三 點 比 較 好 。

_{Míng tiān xià wǔ sì diǎn bǐ jiào hǎo}
回 明 天 下 午 四 點 比 較 好 。

你 明 天 上 午 是 怎 麼 安 排 的 ？ 我 想 跟 您
Nǐ míng tiān shàng wǔ shì zěn me ān pái de　Wǒ xiǎng gēn nín

商 量 一 些 事 。
shāng liang yī xiē shì

如 果 是 明 天 上 午 十 一 點 ， 還 可 以 。
Rú guǒ shì míng tiān shàng wǔ shí yī diǎn 　hái kě yǐ

明 天 上 午 好 像 問 題 不 大 。
Míng tiān shàng wǔ hǎo xiàng wèn tí bù dà

您 甚 麼 時 候 比 較 方 便 ？
Nín shén me shí hou bǐ jiào fāng biàn

您 甚 麼 時 間 最 合 適 ？
Nín shén me shí jiān zuì hé shì

一 個 小 時 以 後 就 可 以 。
Yī gè xiǎo shí yǐ hòu jiù kě yǐ

這 星 期 四 您 的 時 間 方 便 嗎 ？
Zhèi xīng qī sì nín de shí jiān fāng biàn ma

真 對 不 起 ， 禮 拜 四 我 已 經 安 排 滿 了 。
Zhēn duì bu qǐ 　lǐ bài sì wǒ yǐ jing ān pái mǎn le

星 期 五 您 有 空 嗎 ？
Xīng qī wǔ nín yǒu kòng ma

禮 拜 五 下 午 您 有 空 嗎 ？
Lǐ bài wǔ xià wǔ nín yǒu kòng ma

星 期 五 下 午 三 點 應 該 有 時 間 。
Xīng qī wǔ xià wǔ sān diǎn yīng gāi yǒu shí jiān

想 跟 您 約 一 下 見 面 的 事 。
Xiǎng gēn nín yuē yī xià jiàn miàn de shì

當 然 可 以 了 。
Dāng rán kě yǐ le

我 想 約 一 下 開 會 的 事 。
Wǒ xiǎng yuē yī xià kāi huì de shì

好 ， 今 天 下 午 幾 點 都 行 。
Hǎo 　jīn tiān xià wǔ jǐ diǎn dōu xíng

明 天 我 要 外 出 。 禮 拜 二 行 不 行 ？
Míng tiān wǒ yào wài chū 　Lǐ bài èr xíng bu xíng

你 星 期 三 有 甚 麼 安 排 嗎 ？

⇨ 你 星 期 三 怎 麼 樣 ？

回 星 期 三 全 天 都 沒 有 安 排 。

星 期 一 下 午 四 點 可 以 嗎 ？

回 星 期 一 下 午 四 點 不 太 方 便 。 星 期 三 可
以 呀 。

II. 公司內的各項事務

1 收發傳真

Má fan nín bǎ dìng dān chuán zhēn guò lai
麻 煩 您 把 訂 單 傳 真 過 來 。

Nín néng bǎ nèi fèn dìng dān chuán zhēn dào wǒ de bàn gōng shì lái
⇨ 您 能 把 那 份 訂 單 傳 真 到 我 的 辦 公 室 來

ma
嗎 ？

Méi wèn tí
回 沒 問 題 。

Hǎo wǒ zhè jiù fā guò qu
回 好 ， 我 這 就 發 過 去 。

Qǐng yòng chuán zhēn bǎ qù nǐ men gōng chǎng de xíng chē lù xiàn fā
請 用 傳 真 把 去 你 們 工 廠 的 行 車 路 綫 發

gěi wǒ
給 我 。

Hǎo zhī dào le
回 好 ， 知 道 了 。

Qǐng bǎ nèi fēng xìn jìn kuài chuán zhēn gěi wǒ
請 把 那 封 信 盡 快 傳 真 給 我 。

Hǎo
回 好 。

Gōng sī de chuán zhēn zhǐ fàng nǎr le
公 司 的 傳 真 紙 放 哪 兒 了 ？

Zài zhèr ne
回 在 這 兒 呢 。

Xiān tián xiě hǎo chuán zhēn zhǐ shang de bì yào xiàng mù zài gěi
先 填 寫 好 傳 真 紙 上 的 必 要 項 目 ， 再 給

tā men fā guò qù
他 們 發 過 去 。

Míng bai le
回 明 白 了 。

Qǐng bǎ bào jià yòng de chuán zhēn fā gěi wǒ men
請 把 報 價 用 的 傳 真 發 給 我 們 。

Hǎo wǒ zhè jiù fā guò qu
㞢 好 ， 我 這 就 發 過 去 。

Chuán zhēn jī zài nǎr ne
傳 真 機 在 哪 兒 呢 ？

Jiù zài nàr ne
㞢 就 在 那 兒 呢 。

Chuán zhēn hào mǎ shì duō shao
傳 真 號 碼 是 多 少 ？

Chuán zhēn hào mǎ shì líng èr líng èr èr sì wǔ èr èr sān sì
㞢 傳 真 號 碼 是 零 二 零 二 二 四 五 二 二 三 四 。

Nǐ shōu dào wǒ fā de chuán zhēn le ma
你 收 到 我 發 的 傳 真 了 嗎 ？

Shōu dào le
㞢 收 到 了 。

Wǒ fā de chuán zhēn néng kàn qīng chu ma
我 發 的 傳 真 能 看 清 楚 嗎 ？

Néng kàn qīng chu
㞢 能 看 清 楚 。

Wén zì yǒu diǎnr niǔ qū biàn xíng qǐng zài fā yī biàn
文 字 有 點 兒 扭 曲 變 形 ， 請 再 發 一 遍 。

Wén zì kàn bù qīng chu qǐng yòng wēi tiáo fāng shì zài chuán yī
⇨ 文 字 看 不 清 楚 ， 請 用 微 調 方 式 再 傳 一
cì
次 。

Hǎo wǒ zài chuán yī cì
㞢 好 ， 我 再 傳 一 次 。

2　傳真機出故障

1.2.02

Chuán zhēn fā bu chū qù
傳 真 發 不 出 去 。

⇨ Zhèi tái chuán zhēn jī qǐ dòng bù liǎo
這 台 傳 真 機 啓 動 不 了 。

🗩 Qǐng jiǎn chá yī xià
請 檢 查 一 下 。

Zhèi tái chuán zhēn jī chū le shén me wèn tí
這 台 傳 真 機 出 了 甚 麼 問 題 ？

🗩 Wēi tiáo fāng shì gōng néng bù qǐ zuò yòng
微 調 方 式 功 能 不 起 作 用 。

🗩 Tú xiàng mó shì bù néng yòng
圖 像 模 式 不 能 用 。

🗩 Zhèi tái chuán zhēn jī li méi zhuāng chuán zhēn zhǐ
這 台 傳 真 機 裏 沒 裝 傳 真 紙 。

🗩 Děi zhuāng chuán zhēn gǎn rè zhǐ le
得 裝 傳 真 感 熱 紙 了 。

3　複　印

1.2.03

Wǒ néng bu néng fù yìn yī xià zhèi fēng xìn
我 能 不 能 複 印 一 下 這 封 信 。

🗩 Yìn ba
印 吧 。

🗩 Nǐ zì jǐ fù yìn ba
你 自 己 複 印 吧 。

Wǒ kě yǐ ná yī fèn fù yìn jiàn ma
我 可 以 拿 一 份 複 印 件 嗎 ？

⇨ Néng gěi wǒ yī fèn fù yìn jiàn ma
能 給 我 一 份 複 印 件 嗎 ？

🗩 Xíng
行 。

🗩 Kě yǐ gěi nǐ zhè fèn ba
可 以 ， 給 你 這 份 吧 。

Qǐng bǎ zhè ge diàn yóu fù yìn yī fèn
請 把 這 個 電 郵 複 印 一 份 。

　Hǎo
回 好 。

Néng duō fù yìn liǎng fèn ma
能 多 複 印 兩 份 嗎 ？

　Kě yǐ
回 可 以 。

Nǐ xū yào fù yìn jǐ fèn
你 需 要 複 印 幾 份 ？

⇨ Yào fù yìn jǐ fèn
要 複 印 幾 份 ？

　Zhè fèn hé tong yào fù yìn wǔ fèn
回 這 份 合 同 要 複 印 五 份 。

　Zhè fèn wén jiàn yào fù yìn sān tào
回 這 份 文 件 要 複 印 三 套 。

　Wǒ men yào jìn xíng wén jiàn guī dàng，qǐng duō fù yìn yī fèn
回 我 們 要 進 行 文 件 歸 檔 ， 請 多 複 印 一 份 。

Yī gòng fù yìn le duō shao fèn
一 共 複 印 了 多 少 份 ？

　Yī gòng fù yìn le shí fèn
回 一 共 複 印 了 十 份 。

Yǒu duō yú de fù yìn jiàn ma
有 多 餘 的 複 印 件 嗎 ？

　Yǒu，yǒu sān fèn
回 有 ， 有 三 份 。

Fù yìn jiàn zuì kuài shén me shí hou yào
複 印 件 最 快 甚 麼 時 候 要 ？

　Mǎ shàng jiù yào
回 馬 上 就 要 。

　Bàn gè xiǎo shí hòu yào
回 半 個 小 時 後 要 。

Qǐng bǎ fù yìn hǎo de wén jiàn yòng dìng shū jī dìng yī xià
請 把 複 印 好 的 文 件 用 釘 書 機 釘 一 下 。

　Zhī dào
回 知 道 。

Fù yìn jiàn zěn me chǔ lǐ
複 印 件 怎 麼 處 理 ？

🖳 Qǐng jì gěi quán tǐ chū xí rén yuán
請 寄 給 全 體 出 席 人 員 。

🖳 Qǐng bǎ fù yìn wén jiàn fēn hǎo lèi ， rán hòu yòng dìng shū jī
請 把 複 印 文 件 分 好 類 ， 然 後 用 釘 書 機
dīng qǐ lai
釘 起 來 。

4　使用複印機

Jiāo jiao wǒ zhè tái fù yìn jī zěn me yòng a
教 教 我 這 台 複 印 機 怎 麼 用 啊 ？

🖳 Hǎo 。 Qí shí hěn jiǎn dān
好 。 其 實 很 簡 單 。

🖳 Yǒu zì de yī miàn cháo xià 。 Àn qǐ dòng jiàn
有 字 的 一 面 朝 下 。 按 啟 動 鍵 。

🖳 Àn zhè ge jiàn ， shè dìng xū yào fù yìn de fèn shù
按 這 個 鍵 ， 設 定 需 要 複 印 的 份 數 。

Bǎ fù yìn de yán sè tiáo shēn diǎnr
把 複 印 的 顏 色 調 深 點 兒 。

↩ Yán sè děi qiǎn diǎnr
顏 色 得 淺 點 兒 。

🖳 Bù xíng ， zài shēn diǎnr
不 行 ， 再 深 點 兒 。

↩ Hái děi qiǎn diǎnr
還 得 淺 點 兒 。

Bǎ zhèi ge fàng dà
把 這 個 放 大 。

⇨ Bǎ zhèi fèn jiǎn bào fàng dà yī xià
把 這 份 剪 報 放 大 一 下 。

🖳 Yǐ jing fàng dà le yī bèi ， gòu bu gòu
已 經 放 大 了 一 倍 ， 夠 不 夠 ？

Zhè tái fù yìn jī de fù yìn zhǐ yòng wán le
這 台 複 印 機 的 複 印 紙 用 完 了 。

🖳 Děi jiā fù yìn zhǐ le
得 加 複 印 紙 了 。

Zhuāng zhǐ hé zài nǎr
裝 紙 盒 在 哪 兒 ？

　　Zài jī qì li
🈁 在 機 器 裏 。

Bāng wǒ gè máng
幫 我 個 忙 。

　　Něi wèi kě yǐ bāng bang wǒ
⇨ 哪 位 可 以 幫 幫 我 ？

　　Nín néng bāng wǒ yī xià ma
⇨ 您 能 幫 我 一 下 嗎 ？

　　Chéng yào wǒ zěn me zuò
🈁 成 ， 要 我 怎 麼 做 ？

　　Děng huìr a
🈁 等 會 兒 啊 。

Fù yìn jī bù néng gōng zuò le
複 印 機 不 能 工 作 了 。

　　Fù yìn jī bèi lǐ bian de zhǐ qiǎ zhù le
🈁 複 印 機 被 裏 邊 的 紙 卡 住 了 。

　　Fù yìn jī de xiǎng shēng yǒu diǎn bù zhèng cháng
🈁 複 印 機 的 響 聲 有 點 不 正 常 。

　　Nín gěi xiū lǐ yī xià
🈁 您 給 修 理 一 下 。

　　Bāng wǒ bǎ qiǎ zài lǐ miàn de zhǐ ná chu lai
🈁 幫 我 把 卡 在 裏 面 的 紙 拿 出 來 。

Qǐng nín gēn kè hù fú wù zhōng xīn lián xì yī xià
請 您 跟 客 戶 服 務 中 心 聯 繫 一 下 。

　　Qǐng gěi kè hù fú wù zhōng xīn dǎ diàn huà
🈁 請 給 客 戶 服 務 中 心 打 電 話 。

5　複印機出故障

🎧 1.2.05

Nèi zhāng fù yìn jiàn yìn wāi le
那 張 複 印 件 印 歪 了 。

　　Qǐng zài yìn yī cì
🈁 請 再 印 一 次 。

24

Zhèi tái fù yìn jī huài le
這 台 複 印 機 壞 了 。

⇒ Zhèi tái fù yìn jī xū yào jiǎn xiū
這 台 複 印 機 需 要 檢 修 。

Bù néng fù yìn
不 能 複 印 。

Shuāng miàn fù yìn chū le wèn tí
雙 面 複 印 出 了 問 題 。

Yòng qí tā de jī qì ba
用 其 他 的 機 器 吧 。

Zhèi tái fù yìn jī de sè fěn yòng wán le
這 台 複 印 機 的 色 粉 用 完 了 。

Děi jiā sè fěn
得 加 色 粉 。

Zhèi tái fù yìn jī de fù yìn zhǐ yòng wán le
這 台 複 印 機 的 複 印 紙 用 完 了 。

Jiā fù yìn zhǐ
加 複 印 紙 。

Zhēn duì bu qǐ fù yìn zhǐ yòng wán le
真 對 不 起 ， 複 印 紙 用 完 了 。

6 使用電腦

1.2.06

Wǒ xū yào yī tái shǒu tí diàn nǎo
我 需 要 一 台 手 提 電 腦 。

Yào něi ge pái zi de
要 哪 個 牌 子 的 ？

Yǒu méi yǒu dà yī diǎn de xiǎn shì píng
有 沒 有 大 一 點 的 顯 示 屏 ？

Méi yǒu zhǐ yǒu shí qī cùn de xiǎn shì píng
沒 有 ， 只 有 十 七 吋 的 顯 示 屏 。

Wǒ yào gěi diàn nǎo jiē shàng diàn yuán Chā zuò zài nǎ li
我 要 給 電 腦 接 上 電 源 。 插 座 在 哪 裏 ？

Chā zuò jiù zài nǐ bèi hòu
插 座 就 在 你 背 後 。

Wǒ xū yào cháng de lián jiē xiàn
我 需 要 長 的 連 接 綫 。

Nǐ de diàn nǎo yǒu shén me máo bìng
你 的 電 腦 有 甚 麼 毛 病 ？

Yī zhí zài xiǎn shì cuò wù xìn xī
🗭 一 直 在 顯 示 錯 誤 信 息 。

Diàn nǎo qǐ dòng bù shùn lì
🗭 電 腦 啓 動 不 順 利 。

Diàn nǎo jiē bù tōng diàn yuán
🗭 電 腦 接 不 通 電 源 。

Diàn nǎo qǐ dòng bù liǎo
🗭 電 腦 啓 動 不 了 。

Diàn nǎo bù néng chóng xīn qǐ dòng
🗭 電 腦 不 能 重 新 啓 動 。

Wǒ de diàn nǎo fā bù liǎo diàn yóu
🗭 我 的 電 腦 發 不 了 電 郵 。

Wǒ de diàn nǎo jīng cháng chū wèn tí　　Zhèi cì shì shōu bù dào
🗭 我 的 電 腦 經 常 出 問 題 。 這 次 是 收 不 到

diàn yóu
電 郵 。

Yòng zhèi tái diàn nǎo xū yào mì mǎ ma
用 這 台 電 腦 需 要 密 碼 嗎 ？

Yào　　Suǒ yǒu diàn nǎo dōu xū yào mì mǎ
🗭 要 。 所 有 電 腦 都 需 要 密 碼 。

Fā diàn yóu xū yào mì mǎ ma
發 電 郵 需 要 密 碼 嗎 ？

Fā diàn yóu yě děi yào mì mǎ
🗭 發 電 郵 也 得 要 密 碼 。

Néng gào su wǒ mì mǎ ma
能 告 訴 我 密 碼 嗎 ？

Bù xíng　　shì bǎo mì de
🗭 不 行 ， 是 保 密 的 。

8 文具

Néng jiè dìng shū jī yòng yī xià ma
能 借 釘 書 機 用 一 下 嗎 ？

Yòng ba
☐ 用 吧 。

Dìng shū dīngr gāng yòng wán le Nǐ wèn bié ren jiè
☐ 釘 書 釘兒 剛 用 完 了 。 你 問 別 人 借 。

拿文具要説的話

Wǒ xiǎng yào
我 想 要 _____ 。

diǎnr dìng shū dīngr
點兒 釘 書 釘兒

diǎnr qū bié zhēnr
點兒 曲 別 針兒

diǎnr xiàng pí jīnr
點兒 橡 皮 筋兒

yī zhī hēi yuán zhū bǐ
一 枝 黑 圓 珠 筆

yī zhī hóng yuán zhū bǐ
一 枝 紅 圓 珠 筆

yī gēn dài xiàng pí de qiān bǐ
一 根 帶 橡 皮 的 鉛 筆

yuán gǎo zhǐ
原 稿 紙

yī běn biàn jiān
一 本 便 箋

yī gè tái dēng
一 個 枱 燈

yī gè tái dēng yòng de dēng pào
一 個 枱 燈 用 的 燈 泡

yī zhāng diàn nǎo zhuō
一 張 電 腦 桌

yī gè zì zhǐ lǒu
一 個 字 紙 簍

yī gè zhuāng wén jiàn de hé zi
一 個 裝 文 件 的 盒 子

Gěi nǐ
☐ 給 你 。

Lái dēng jì yī xià yào shén me wén jù
☐ 來 登 記 一 下 要 甚 麼 文 具 。

1 與上司交談

1.3.01

Wǒ de bào gào shén me shí hou tí jiāo hǎo
我 的 報 告 甚 麼 時 候 提 交 好 ？

Míng tiān zhī qián
回 明 天 之 前 。

Tí jiāo bào gào de jié zhǐ rì qī shì zhèi ge xīng qī wǔ
回 提 交 報 告 的 截 止 日 期 是 這 個 星 期 五 。

Tí jiāo bào gào de zuì hòu xiàn qī shì xià xīng qī yī
回 提 交 報 告 的 最 後 限 期 是 下 星 期 一 。

Xū yào wǒ zuò xiē shén me ma
需 要 我 做 些 甚 麼 嗎 ？

Wǒ néng bāng nín zuò diǎnr shén me
⇨ 我 能 幫 您 做 點 兒 甚 麼 ？

Qǐng nǐ cuī cuī zhè xiē wén jù zài xīng qī wǔ zhī qián jiāo huò
回 請 你 催 催 這 些 文 具 在 星 期 五 之 前 交 貨 。

Qǐng nǐ ān pái yī xià bù mén de huì yì
回 請 你 安 排 一 下 部 門 的 會 議 。

Qǐng wèn xū yào fù yìn jǐ fèn
請 問 需 要 複 印 幾 份 ？

Qǐng bǎ zhè fèn wén jiàn fù yìn shí fèn
回 請 把 這 份 文 件 複 印 十 份 。

Qǐng wèn zhèi fēng xìn yào jì gěi shéi
請 問 ， 這 封 信 要 寄 給 誰 ？

Jì gěi Lǐ xiān sheng
回 寄 給 李 先 生 。

Wèn nín yī xià zhè jiàn shì gēn shéi lián xì bǐ jiào hǎo
問 您 一 下 這 件 事 跟 誰 聯 繫 比 較 好 ？

Qǐng nǐ gēn rén shì bù de jīng lǐ lián xì yī xià
回 請 你 跟 人 事 部 的 經 理 聯 繫 一 下 。

Cóng nǎr néng gòu dé dào nèi xiē xìn xī
從 哪兒 能 夠 得 到 那 些 信 息 ？

Shéi zhǎng wò nà ge xìn xī ne
⇨ 誰 掌 握 那 個 信 息 呢 ？

Wèn yī xià yíng yè bù zěn me yàng
㔫 問 一 下 營 業 部 怎 麼 樣 ？

Bù qīng chu Nǐ zì jǐ zhǎo zhao kàn ba
㔫 不 清 楚 。 你 自 己 找 找 看 吧 。

Wǒ xiǎng mì shū yīng gāi zhī dào
㔫 我 想 秘 書 應 該 知 道 。

Nín jué de shéi zhī dào nèi ge xìn xī
🕑 您 覺 得 誰 知 道 那 個 信 息 ？

2 與下屬交談

1.3.02

Wǒ xiǎng qǐng nǐ bàn diǎnr shìr
我 想 請 你 辦 點兒 事兒 。

Hǎo nín shuō ba
㔫 好 ， 您 説 吧 。

Nèi fèn bào gào míng tiān kě yǐ zhǔn bèi hǎo ma
那 份 報 告 明 天 可 以 準 備 好 嗎 ？

Kě yǐ zhǔn bèi hǎo
㔫 可 以 準 備 好 。

Néng bu néng bāng wǒ ān pái yī xià bù mén de huì yì
能 不 能 幫 我 安 排 一 下 部 門 的 會 議 ？

Hǎo zhī dào le
㔫 好 ， 知 道 了 。

Zhè ge diàn yóu yào huí fù nǐ bāng wǒ qǐ gè cǎo ba
這 個 電 郵 要 回 覆 ， 你 幫 我 起 個 草 吧 。

Xíng Shén me shí hou yào
㔫 行 。 甚 麼 時 候 要 ？

Bāng wǒ cuī cuī tā zhèi jiàn shì
幫 我 催 催 他 這 件 事 。

Hǎo
㔫 好 。

Bāng wǒ nǐ yī gè huí xìn
幫 我 擬 一 個 回 信 。

Nǐ néng bu néng xiě yī gè huí fù
⇨ 你 能 不 能 寫 一 個 回 覆 ？

Gěi zhèi fēng xìn huí gè xìnr jiǎn dān diǎnr jiù xíng
⇨ 給 這 封 信 回 個 信兒 ， 簡 單 點兒 就 行 。

Qǐng nǐ xiě yī gè huí xìn de chū gǎo
⇨ 請 你 寫 一 個 回 信 的 初 稿 。

Kě yǐ Bù guò xū yào yī xiē xiāng guān zī xùn
⑁ 可 以 。 不 過 需 要 一 些 相 關 資 訊 。

Nèi ge diàn yóu de huí fù gǎo shén me shí hou kě yǐ zhǔn bèi
那 個 電 郵 的 回 覆 稿 甚 麼 時 候 可 以 準 備
hǎo Míng tiān kě yǐ ma
好 ？ 明 天 可 以 嗎 ？

Xíng kě yǐ
⑁ 行 ， 可 以 。

Shǒu tóu yǒu hěn duō shì qing hòu tiān xíng ma
⑁ 手 頭 有 很 多 事 情 ， 後 天 行 嗎 ？

Néng bāng wǒ qǐ cǎo yī gè tí àn gǎo ma
能 幫 我 起 草 一 個 提 案 稿 嗎 ？

Bāng wǒ qǐ cǎo yī gè tí àn xíng ma
⇨ 幫 我 起 草 一 個 提 案 行 嗎 ？

Hǎo
⑁ 好 。

Shí zài duì bu qǐ wǒ jīn tiān bǐ jiào máng Kě yǐ qǐng
⑁ 實 在 對 不 起 ， 我 今 天 比 較 忙 。 可 以 請
qí tā rén lái zuò ma
其 他 人 來 做 嗎 ？

3　與秘書交談

1.3.03

Néng bāng wǒ bǎ zhè fēng xìn dǎ chu lai ma
能 幫 我 把 這 封 信 打 出 來 嗎 ？

Hǎo Shén me shí hou yào
⑁ 好 。 甚 麼 時 候 要 ？

Qǐng bǎ zhè fèn wén jiàn fù yìn shí fèn
請 把 這 份 文 件 複 印 十 份 。

　　Hǎo　　Nín jí zhe yào ma
　　回 好 。 您 急 着 要 嗎 ？

Néng bāng wǒ bǎ zhè fēng xìn jì chu qu ma
能 幫 我 把 這 封 信 寄 出 去 嗎 ？

　　Hǎo　　wǒ mǎ shàng qù yóu jú
　　回 好 ， 我 馬 上 去 郵 局 。

Tì wǒ bǎ zhè fèn hé tong chuán zhēn guò qu　　àn zhè ge hào
替 我 把 這 份 合 同 傳 真 過 去 ， 按 這 個 號
mǎ
碼 。

　　Hǎo　　wǒ mǎ shàng chuán
　　回 好 ， 我 馬 上 傳 。

Guò jǐ fēn zhōng　　dào wǒ bàn gōng shì lái yī tàng
過 幾 分 鐘 ， 到 我 辦 公 室 來 一 趟 。

　　Duì bu qǐ　　wǒ xiàn zài shǒu tóu zhèng máng　　qǐng nín děng shí
　　回 對 不 起 ， 我 現 在 手 頭 正 忙 ， 請 您 等 十
　　fēn zhōng xíng ma
　　分 鐘 行 嗎 ？

Qǐng nǐ gěi Táng xiān sheng dǎ gè diàn huà　　qǐng tā dào wǒ bàn
請 你 給 唐 先 生 打 個 電 話 ， 請 他 到 我 辦
gōng shì lái yī xià
公 室 來 一 下 。

　　Táng xiān sheng jīn tiān wài chū le
　　回 唐 先 生 今 天 外 出 了 。

請別人做不同的事情

Qǐng bǎ zhè fēng xìn cún dàng
請 把 這 封 信 存 檔 。
Qǐng liǎo jiě yī xià wǒ men bù mén quán tǐ rén yuán míng tiān de
請 了 解 一 下 我 們 部 門 全 體 人 員 明 天 的
ān pái
安 排 。
Qǐng ān pái yī xià míng tiān de bù mén huì yì
請 安 排 一 下 明 天 的 部 門 會 議 。

Qǐng jiào yī bù chū zū chē
請 叫 一 部 出 租 車 。

Qǐng gěi wǒ zhǔn bèi qù Xī Ān de jī piào
請 給 我 準 備 去 西 安 的 機 票 。

Néng fù yìn yī xià ma
能 複 印 一 下 嗎 ?

Bāng wǒ zhuǎn gào mì shū yī shēng wǒ jīn tiān quán tiān wài chū
幫 我 轉 告 秘 書 一 聲 , 我 今 天 全 天 外 出 。

Wèi le zhǎng wò zhòng yào shì xiàng de zuì xīn jìn zhǎn qíng kuàng
為 了 掌 握 重 要 事 項 的 最 新 進 展 情 況 ,

qǐng tōng zhī dà jiā dìng qī kāi huì ba
請 通 知 大 家 定 期 開 會 吧 。

4 同事間交談

1.3.04

Wǒ zhǔ chí huì yì Nǐ bāng wǒ zuò huì yì jì lù ba
我 主 持 會 議 。 你 幫 我 做 會 議 記 錄 吧 。

Míng bai
明 白 。

Jīn tiān xià wǔ wǒ zì jǐ yǒu jiàn shì bì xū chǔ lǐ yī xià
今 天 下 午 我 自 己 有 件 事 必 須 處 理 一 下 ,

qǐng nǐ gēn shàng tou shuō yī shēng
請 你 跟 上 頭 説 一 聲 。

Hǎo wǒ huì zhuǎn gào tā de
好 , 我 會 轉 告 他 的 。

Wǒ men zuò yī liàng chū zū chē qù huì chǎng ba
我 們 坐 一 輛 出 租 車 去 會 場 吧 ?

Hǎo zhǔ yi
好 主 意 !

Tí jiāo bào gào de jié zhǐ rì qī shì shén me shí hou
提 交 報 告 的 截 止 日 期 是 甚 麼 時 候 ?

Xià xīng qī sān
下 星 期 三 。

Bù tài qīng chu nǐ qù wèn yī xià mì shū
不 太 清 楚 , 你 去 問 一 下 秘 書 。

報告甚麼時候必須寫好？
Bào gào shén me shí hou bì xū xiě hǎo

回 這個星期五。
Zhèi ge xīng qī wǔ

你的報告寫完了嗎？
Nǐ de bào gào xiě wán le ma

回 還沒有。
Hái méi yǒu

回 完了。
Wán le

回 寫完了。
Xiě wán le

你打算參加那個研討會嗎？
Nǐ dǎ suan cān jiā nèi ge yán tǎo huì ma

回 大概吧。你呢？
Dà gài ba Nǐ ne

回 我不打算參加。
Wǒ bù dǎ suan cān jiā

你明天的安排是甚麼？
Nǐ míng tiān de ān pái shì shén me

回 我明天休假。
Wǒ míng tiān xiū jià

我們現在可以開會了嗎？
Wǒ men xiàn zài kě yǐ kāi huì le ma

回 可以。
Kě yǐ

回 對不起，我現在手頭正忙，兩個小時
Duì bu qǐ wǒ xiàn zài shǒu tóu zhèng máng liǎng gè xiǎo shí
後開會可以嗎？
hòu kāi huì kě yǐ ma

回 我們一個小時後能開會嗎？
Wǒ men yī gè xiǎo shí hòu néng kāi huì ma

你明天來公司嗎？
Nǐ míng tiān lái gōng sī ma

回 我下午到公司來。
Wǒ xià wǔ dào gōng sī lái

你甚麼時候休假？
Nǐ shén me shí hou xiū jià

巳 我從下星期開始，休息一個禮拜。
Wǒ cóng xià xīng qī kāi shǐ xiū xi yī gè lǐ bài

我幫你看建議書的第一部分，你幫我看
Wǒ bāng nǐ kàn jiàn yì shū de dì yī bù fen nǐ bāng wǒ kàn
第二部分。
dì èr bù fen

巳 好，就這麼辦。
Hǎo jiù zhè me bàn

巳 這樣比較好。
Zhè yàng bǐ jiào hǎo

5 業務分工

 1.3.05

我想請你做這個工作。
Wǒ xiǎng qǐng nǐ zuò zhèi ge gōng zuò

⇨ 你能承擔這個任務嗎？
Nǐ néng chéng dān zhè ge rèn wu ma

巳 可以。甚麼時候交？
Kě yǐ Shén me shí hou jiāo

巳 我手頭正忙，這個工作能不能讓鍾
Wǒ shǒu tóu zhèng máng zhè ge gōng zuò néng bu néng ràng Zhōng
英傑幹。
Yīng Jié gàn

我想讓李正輝來做這個工作。
Wǒ xiǎng ràng Lǐ Zhèng Huī lái zuò zhè ge gōng zuò

你可以寫一下月度報告嗎？
Nǐ kě yǐ xiě yī xià yuè dù bào gào ma

給董事準備的要點，請賀國祥負責吧。
Gěi dǒng shì zhǔn bèi de yào diǎn qǐng Hè Guó Xiáng fù zé ba

你負責這五家公司客戶行嗎？
Nǐ fù zé zhè wǔ jiā gōng sī kè hù xíng ma

巳 行，剩下的客戶是不是由你負責？
Xíng shèng xia de kè hù shì bu shì yóu nǐ fù zé

咱們 每 個 星 期 就 這 個 項 目 交 換 一 下 信
息 。

⇨ 關 於 這 個 項 目 ， 咱 們 每 個 星 期 開 一 次
檢 查 例 會 吧 。

⊵ 不 需 要 每 個 星 期 吧 。 每 兩 個 星 期 碰 個
頭 ， 怎 麼 樣 ？

這 個 問 題 怎 麼 處 理 才 好 ？

⊵ 這 事 兒 最 好 能 跟 管 理 人 員 協 調 一 下 ，
定 期 開 開 會 。

⊵ 我 們 一 起 想 想 ， 找 個 好 辦 法 解 決 這 個
問 題 。

⊵ 關 於 這 個 問 題 ， 我 們 開 個 會 ， 讓 大 夥 兒
集 思 廣 益 吧 。

⊵ 咱 們 明 天 下 午 商 量 一 下 吧 。

⊵ 應 該 由 我 們 部 門 的 人 向 老 總 匯 報 這
件 事 。

我 們 把 要 做 的 事 列 個 清 單 吧 。

⇨ 打 張 工 作 項 目 表 吧 。

⊵ 好 ， 要 不 要 做 個 工 作 責 任 一 覽 表 ？

Míng què yī xià zé rèn de jù tǐ nèi róng ba
明 確 一 下 責 任 的 具 體 內 容 吧 。

Gěi zhí zé xià gè dìng yì ba
⇨ 給 職 責 下 個 定 義 吧 。

Wǒ men lái fēn dān yī xià zhí zé ba
我 們 來 分 擔 一 下 職 責 吧 。

Wǒ fù zé dì yī gè xiàng mù
己 我 負 責 第 一 個 項 目 。

Dì yī gè xiàng mù yóu wǒ fù zé
己 第 一 個 項 目 由 我 負 責 。

Nǐ fù zé dì èr gè xiàng mù
你 負 責 第 二 個 項 目 。

Dì èr gè xiàng mù yóu nǐ fù zé
⇨ 第 二 個 項 目 由 你 負 責 。

Míng bai
己 明 白 。

Yuè dù lì huì wǒ lái fù zé   Nǐ fù zé jì dù lì huì
月 度 例 會 我 來 負 責 。 你 負 責 季 度 例 會
ba
吧 。

Hǎo
己 好 。

誰 負 責 任

Wǒ nǐ tā fù dì yī zé rèn
我 / 你 / 他 負 第 一 責 任 。

Wǒ nǐ tā fù dì èr zé rèn
我 / 你 / 他 負 第 二 責 任 。

Wǒ nǐ tā fù quán zé
我 / 你 / 他 負 全 責 。

Wǒ men fēn gōng fù zé
我 們 分 工 負 責 。

Wǒ men fù yǒu gòng tóng de zhí zé
我 們 負 有 共 同 的 職 責 。

Wǒ men yào gè jìn qí zé
我 們 要 各 盡 其 責 。

Wǒ nǐ tā yào duì yǐ jing yuē dìng de shì qing fù zé
我 / 你 / 他 要 對 已 經 約 定 的 事 情 負 責 。

Zhè bù shì wǒ　nǐ　tā　wǒ men de zé rèn
這 不 是 我 / 你 / 他 / 我 們 的 責 任 。

Zhè shì wǒ　nǐ　tā　wǒ men de zé rèn
這 是 我 / 你 / 他 / 我 們 的 責 任 。

Nǐ yào qǔ xiāo yuē dìng ma
你 要 取 消 約 定 嗎 ？

⇨ Zhèi yì si shì bu shì shuō yào chè xiāo yuē dìng
　這 意 思 是 不 是 説 要 撤 銷 約 定 ？

㡾 Shì, shí zài duì bu qǐ
　是 ， 實 在 對 不 起 。

6 人事調動

1.3.06

Nǐ shén me shí hou diào gōng zuò
你 甚 麼 時 候 調 工 作 ？

㡾 Xià gè yuè diào
　下 個 月 調 。

㿟 Diào dào nǎr qù
　調 到 哪 兒 去 ？

㡾 Diào dào fēn gōng sī gōng zuò qù le
　調 到 分 公 司 工 作 去 了 。

㡾 Wǒ diào dào gōng sī zǒng bù qù le
　我 調 到 公 司 總 部 去 了 。

Nǐ men bù mén shén me shí hou diào dòng
你 們 部 門 甚 麼 時 候 調 動 ？

⇨ Nǐ men dān wèi de rén shén me shí hou diào dòng
　你 們 單 位 的 人 甚 麼 時 候 調 動 ？

㡾 Dà gài shì míng nián
　大 概 是 明 年 。

㿟 Zhěng gè bù mén diào ma
　整 個 部 門 調 嗎 ？

㡾 Wǒ men bù mén de rén quán dōu yào diào dòng
　我 們 部 門 的 人 全 都 要 調 動 。

㡾 Wǒ men bù mén de yī bù fen rén yào diào dòng
　我 們 部 門 的 一 部 分 人 要 調 動 。

Nǐ men bù mén huì diào dòng ma
你 們 部 門 會 調 動 嗎?

Wǒ men yào diào dào xīn de gōng zuò dì diǎn qù
己 我 們 要 調 到 新 的 工 作 地 點 去。

Wǒ men bù mén yào bān dào xīn de dì fang qù
己 我 們 部 門 要 搬 到 新 的 地 方 去。

Wǒ men bù mén huì gēn zǒng bù hé bìng
己 我 們 部 門 會 跟 總 部 合 併。

Wǒ men huì diào huí zǒng gōng sī de
己 我 們 會 調 回 總 公 司 的。

Tā men shén me shí hou diào dòng
他 們 甚 麼 時 候 調 動?

Míng nián de shén me shí hou ba
己 明 年 的 甚 麼 時 候 吧。

Bù zhī dào
己 不 知 道。

Wǒ men shén me shí hou diào dòng
我 們 甚 麼 時 候 調 動?

Nǐ wèn yī xià shàng si ba
己 你 問 一 下 上 司 吧。

Wǒ qǐng qiú shàng jí bǎ wǒ diào dào yán fā bù
我 請 求 上 級 把 我 調 到 研 發 部。

Wǒ shēn qǐng diào dào yán fā bù
⇨ 我 申 請 調 到 研 發 部。

Shì ma Shàng jí pī le ma
己 是 嗎? 上 級 批 了 嗎?

Hái méi yǒu
😃 還 沒 有。

Wǒ bèi diào wǎng qí tā bù mén qù le
我 被 調 往 其 他 部 門 去 了。

Dào něi ge bù mén qù
己 到 哪 個 部 門 去?

Bèi diào dào cǎi gòu bù qù le
😃 被 調 到 採 購 部 去 了。

Wǒ cóng shēng chǎn bù diào dào rén shì bù qù le
我 從 生 產 部 調 到 人 事 部 去 了 。

Nǐ jué de hái kě yǐ ba
己 你 覺 得 還 可 以 吧 。

Qí shí wǒ bù xiǎng diào qù zuò shì wù xìng gōng zuò Tā men
② 其 實 我 不 想 調 去 做 事 務 性 工 作 。 他 們

fēi yào diào wǒ wǒ tuī bù liǎo
非 要 調 我 ， 我 推 不 了 。

我 被 調 動 工 作 了

Wǒ bèi diào dào
我 被 調 到 ＿＿＿＿＿＿ 。

yíng yè bù kāi fā bù kè hù fú wù bù cái
營 業 部 / 開 發 部 / 客 戶 服 務 部 / 財

kuài bù yán fā bù
會 部 / 研 發 部

7 工作交接

 1.3.07

Shéi lái jiē tì wǒ de gōng zuò
誰 來 接 替 我 的 工 作 ？

Wǒ zhèi kuài ràng shéi jiē shǒu ne
⇨ 我 這 塊 讓 誰 接 手 呢 ？

Jué dìng ràng shéi lái jiē tì wǒ de gōng zuò ne
⇨ 決 定 讓 誰 來 接 替 我 的 工 作 呢 ？

Tā jiē nǐ de bān
己 她 接 你 的 班 。

Yóu nǐ jiē tì wǒ de gōng zuò
己 由 你 接 替 我 的 工 作 。

Shàng jí zhèng wù sè hé shì de rén xuǎn ne
己 上 級 正 物 色 合 適 的 人 選 呢 ！

Gū jì huì ràng xiǎo Wáng lái zuò ba
己 估 計 會 讓 小 王 來 做 吧 。

Jué dìng yóu něi ge bù mén jiē tì wǒ men de gōng zuò
決 定 由 哪 個 部 門 接 替 我 們 的 工 作 ？

Yóu yíng yè bù jiē shǒu zuò
己 由 營 業 部 接 手 做 。

Shéi jiē nǐ de bān a
誰 接 你 的 班 啊 ？

⇨ Shéi jiē wǒ de gōng zuò a
誰 接 我 的 工 作 啊 ？

Kě néng shì nǐ ba
可 能 是 你 吧 。

Shéi dōu bù zhī dào
誰 都 不 知 道 。

Méi zhǔnr ràng tā jiē nǐ de bān
沒 準 兒 讓 他 接 你 的 班 。

Tā jiē le wǒ nèi yī tānr   jìn guǎn lǐ céng le
她 接 了 我 那 一 攤 兒 ， 進 管 理 層 了 。

Nǐ jiē tì le shéi de gōng zuò
你 接 替 了 誰 的 工 作 ？

Wǒ jiē shǒu tā do gōng zuò   dāng shàng guǎn lǐ rén yuán le
我 接 手 她 的 工 作 ， 當 上 管 理 人 員 了 。

Tā de jì rèn rén xuǎn yǐ jing zhǎo dào le ma
她 的 繼 任 人 選 已 經 找 到 了 嗎 ？

Nǐ xiàng shàng sī liǎo jiě yī xià   zěn me yàng
你 向 上 司 了 解 一 下 ， 怎 麼 樣 ？

Méi ne   hái méi zhǎo dào
沒 呢 ， 還 沒 找 到 。

Yǐ jing wù sè dào liǎng gè rén xuǎn le
已 經 物 色 到 兩 個 人 選 了 。

Hái zài wù sè jiē tì tā de rén ma
還 在 物 色 接 替 他 的 人 嗎 ？

Bù   hái méi zhǎo dào ne
不 ， 還 沒 找 到 呢 。

Jì rèn rén xuǎn yǐ jing zhǎo dào le
繼 任 人 選 已 經 找 到 了 。

8 指 示

Yào shén me shí hou huí fù zhè fēng xìn
要 甚 麼 時 候 回 覆 這 封 信 ？

Yī gè zhōng tóu nèi
回 **一 個 鐘 頭 內 。**

Shàng wǔ jiù děi huí fù
回 **上 午 就 得 回 覆 。**

Jīn tiān jiù děi huí fù
回 **今 天 就 得 回 覆 。**

Míng tiān shì tí jiāo bào gào de jié zhǐ rì qī
明 天 是 提 交 報 告 的 截 止 日 期 。

Míng tiān shì jiāo zhè fèn bào gào de zuì hòu qī xiàn
⇨ **明 天 是 交 這 份 報 告 的 最 後 期 限 。**

Qǐng xiān zuò zhèi jiàn shì
請 先 做 這 件 事 。

Àn yōu xiān cì xù zhèi jiàn shì shì shǒu xiān yào zuò de
⇨ **按 優 先 次 序 ， 這 件 事 是 首 先 要 做 的 。**

Xiān bǎ zhèi jiàn shì zuò wán
⇨ **先 把 這 件 事 做 完 。**

Zǎo shang xiān zuò zhèi ge
⇨ **早 上 先 做 這 個 。**

Bǎ xiān hòu shùn xù tiáo zhěng yī xià
把 先 後 順 序 調 整 一 下 。

Wǒ bù huì zuò zhèi ge
我 不 會 做 這 個 。

Lái wǒ gào su nǐ fāng fǎ
回 **來 ， 我 告 訴 你 方 法 。**

Lái wǒ jiāo nǐ zěn me zuò
回 **來 ， 我 教 你 怎 麼 做 。**

Zhèi me zuò
回 **這 麼 做 。**

Zhào zhèi ge zuò Nǐ zhī dao xiàn zài gāi zěn me zuò ba
回 **照 這 個 做 。 你 知 道 現 在 該 怎 麼 做 吧 。**

Yǒu gè hǎo xiāo xi
有 個 好 消 息 。

🐭 Yǒu gè huài xiāo xi
有 個 壞 消 息 。

🐭 Zhēn bù yuàn yì gào su nín　　yǒu yī gè bù hǎo de xiāo xi
真 不 願 意 告 訴 您 ， 有 一 個 不 好 的 消 息 。

🐸 Shì ma　　Kuài jiǎng gěi wǒ tīng
是 嗎 ? 快 講 給 我 聽 。

🐸 Bù shì ba　　Nǐ jiǎng yī xià
不 是 吧 ? 你 講 一 下 。

Wǒ bào gào yī xià zuì xīn xiāo xi
我 報 告 一 下 最 新 消 息 。

⇨ Yǒu gè zuì xīn xiāo xi gào su nǐ
有 個 最 新 消 息 告 訴 你 。

⇨ Wǒ huì bào yī xià zuì xīn xiāo xi
我 匯 報 一 下 最 新 消 息 。

⇨ Wǒ zhuǎn dá yī gè zuì xīn de xiāo xi
我 轉 達 一 個 最 新 的 消 息 。

🐸 Hǎo　　qǐng jiǎng
好 ， 請 講 。

🐸 Bào gào àn shí wán chéng le
報 告 按 時 完 成 了 。

🐸 Gāng jiē dào dà pī dìng huò
剛 接 到 大 批 訂 貨 。

匯報其他事情

Wǒ chuán dá yī xià yào diǎn
我 傳 達 一 下 要 點 。

Wǒ lái huì bào yī xià huì yì de jié guǒ
我 來 匯 報 一 下 會 議 的 結 果 。

Wǒ bào gào yī xià mù qián de qíngkuàng
我 報 告 一 下 目 前 的 情 況 。

Jīn hòu wǒ hái huì bào gào zuì xīn qíng kuàng
今 後 我 還 會 報 告 最 新 情 況 。

Wǒ huì bào yī xià shì qing de jīng guò
我 匯 報 一 下 事 情 的 經 過 。

Yǐ hòu jì xù chuán dá zuì xīn zī xùn
以 後 繼 續 傳 達 最 新 資 訊 。

Wǒ xiǎng jiè shào yī xià xiāng guān de bèi jǐng
我 想 介 紹 一 下 相 關 的 背 景 。

10 詢問時間是否充裕

 1.3.10

Néng àn shí wán chéng ma
能 按 時 完 成 嗎 ？

Néng néng àn shí wán chéng
能 ， 能 按 時 完 成 。

Bù néng àn shí wán chéng yào wǎng hòu yán yī gè xīng qī
不 能 按 時 完 成 ， 要 往 後 延 一 個 星 期 。

Bǐ yù dìng shí jiān tí qián sān tiān
比 預 定 時 間 提 前 三 天 。

Shí jiān gòu yòng ma
時 間 夠 用 嗎 ？

Kě yǐ hái yǒu shí jiān
可 以 ， 還 有 時 間 。

Shí jiān bù gòu yòng hái xū yào yī gè xīng qī
時 間 不 夠 用 ， 還 需 要 一 個 星 期 。

Néng gǎn de shàng jié zhǐ rì qī ma
能 趕 得 上 截 止 日 期 嗎 ？

Wǒ gū jì kě yǐ ba
我 估 計 可 以 吧 。

Gǎn bu shàng gū jì děi wǎn yī tiān
趕 不 上 ， 估 計 得 晚 一 天 。

Lái bù jí le dà gài yào wǎn liǎng tiān
來 不 及 了 ， 大 概 要 晚 兩 天 。

11 詢問時間、日期

 1.3.11

Jīn tiān shì jǐ yuè jǐ hào
今 天 是 幾 月 幾 號 ？

Sì yuè èr shí hào
四 月 二 十 號 。

Jīn tiān shì jǐ hào
今 天 是 幾 號 ？

Wǔ hào
五 號 。

Jīn tiān shì xīng qī jǐ
今 天 是 星 期 幾 ？

Jīn tiān xīng qī wǔ
冋 今 天 星 期 五 。

Nèi tiān shì lǐ bài jǐ
那 天 是 禮 拜 幾 ？

Nèi tiān shì lǐ bài yī
冋 那 天 是 禮 拜 一 。

Xiàn zài jǐ diǎn zhōng
現 在 幾 點 鐘 ？

Qǐng wèn yī xià xiàn zài shì jǐ diǎn zhōng
⇨ 請 問 一 下 現 在 是 幾 點 鐘 ？

Qǐng wèn yī xià nǐ de biǎo xiàn zài jǐ diǎn
⇨ 請 問 下 你 的 錶 現 在 幾 點 ？

Ǹg xiàn zài shì yī diǎn èr shí wǔ fēn
冋 嗯 ， 現 在 是 一 點 二 十 五 分 。

Sān diǎn bàn
冋 三 點 半 。

Chà shí fēn liǎng diǎn
冋 差 十 分 兩 點 。

Liǎng diǎn shí fēn
冋 兩 點 十 分 。

Zuò nèi jiàn shì xū yào duō shao shí jiān
做 那 件 事 需 要 多 少 時 間 ？

Zuò nèi jiàn shì nǐ xū yào jǐ gè xīng qī ne
⇨ 做 那 件 事 ， 你 需 要 幾 個 星 期 呢 ？

Zuò nèi xiàng gōng zuò gū jì shén me shí hou néng jié shù
⇨ 做 那 項 工 作 估 計 甚 麼 時 候 能 結 束 ？

Dà gài yī gè zhōng tóu ba
冋 大 概 一 個 鐘 頭 吧 。

Dà gài xū yào yī gè lǐ bài
冋 大 概 需 要 一 個 禮 拜 。

Dà gài xū yào sān gè xīng qī
冋 大 概 需 要 三 個 星 期 。

Nǐ xū yào jǐ tiān ne
你 需 要 幾 天 呢 ？

Wǒ xiǎng míng tiān zhī qián néng zuò wán
冋 我 想 明 天 之 前 能 做 完 。

Nèi ge xū yào děng duō jiǔ a
那 個 需 要 等 多 久 啊 ？

　Qǐng nǐ děng sān shí fēn zhōng zuǒ yòu
🈺 請 你 等 三 十 分 鐘 左 右 。

Zěn me yòng le nà me cháng shí jiān a
怎 麼 用 了 那 麼 長 時 間 啊 ？

　Wèi shén me yòng le nà me duō tiān de shí jiān
⇨ 為 甚 麼 用 了 那 麼 多 天 的 時 間 ？

　Wèi shén me yào huā nà me duō shí jiān
⇨ 為 甚 麼 要 花 那 麼 多 時 間 ？

　Yīn wèi bì xū xiān chǔ lǐ wán qí tā jǐn jí de shì
🈺 因 為 必 須 先 處 理 完 其 他 緊 急 的 事 。

　Yīn wèi bù jiàn méi yǒu àn shí dào huò
🈺 因 為 部 件 沒 有 按 時 到 貨 。

　Wǒ men zhèng diào chá ne
🈺 我 們 正 調 查 呢 。

Wèi shén me bù néng jìn kuài wán chéng ne
為 甚 麼 不 能 盡 快 完 成 呢 ？

　Shí zài bào qiàn　　wǒ men yǐ jing jìn le zuì dà de nǔ
🈺 實 在 抱 歉 ， 我 們 已 經 盡 了 最 大 的 努

　lì le
力 了 。

Yán wù de yuán yīn shì shén me
延 誤 的 原 因 是 甚 麼 ？

　Xiàn zài zhèng zài chá zhǎo yuán yīn
🈺 現 在 正 在 查 找 原 因 。

Zěn me zuò cái néng tí qián
怎 麼 做 才 能 提 前 ？

　Yǒu shén me bàn fǎ kě yǐ tí qián jiāo huò
⇨ 有 甚 麼 辦 法 可 以 提 前 交 貨 ？

　Xū yào gèng duō de rén shǒu
🈺 需 要 更 多 的 人 手 。

　Rú guǒ duō zēng jiā yī xiē shè bèi　　jiù kě yǐ tí qián jiāo
🈺 如 果 多 增 加 一 些 設 備 ， 就 可 以 提 前 交

　huò
貨 。

Jiǎ rú zuì kuài zuò wán shì shén me shí hou
假 如 最 快 做 完 是 甚 麼 時 候 ？

Zuì kuài yě děi děng dào jīn tiān xià wǔ ba
巴 最 快 也 得 等 到 今 天 下 午 吧 。

Zhè shì zuì kuài de ma
🕓 這 是 最 快 的 嗎 ？

Zhè shì wǒ men néng zuò dào de zuì dà xiàn dù
巴 這 是 我 們 能 做 到 的 最 大 限 度 。

12 説明理由

1.3.12

Wèi shén me zhèi yàng zuò
為 甚 麼 這 樣 做 ？

Wǒ lái shuō míng yī xià
巴 我 來 説 明 一 下 。

Qǐng ràng wǒ jiě shì yī xià zhè yàng kǎo lǜ de lǐ yóu
巴 請 讓 我 解 釋 一 下 這 樣 考 慮 的 理 由 。

Ràng wǒ lái shuō míng yī xià lǐ yóu
巴 讓 我 來 説 明 一 下 理 由 。

Wǒ de guān diǎn shì yǒu fēi cháng zhèng dàng de lǐ yóu zhī chí de
巴 我 的 觀 點 是 有 非 常 正 當 的 理 由 支 持 的 。

Wǒ de lǐ yóu shì
巴 我 的 理 由 是 ……

Wǒ bù míng bai zhè yàng zuò de yuán yīn
我 不 明 白 這 樣 做 的 原 因 。

Wǒ yòng qí tā de lì zi lái shuō míng yī xià
巴 我 用 其 他 的 例 子 來 説 明 一 下 。

Zán men cóng qí tā de jiǎo dù kàn yī xià
巴 咱 們 從 其 他 的 角 度 看 一 下 。

13 詢問結果

1.3.13

Zuó tiān de qíng kuàng zěn me yàng
昨 天 的 情 況 怎 麼 樣 ？

Jìn xíng de fēi cháng shùn lì
巴 進 行 得 非 常 順 利 。

Fā bù huì jǔ bàn de zěn me yàng
發佈會舉辦得怎麼樣？

　　Hěn shòu huān yíng
　　回 很受歡迎。

Tán huà jìn xíng de zěn me yàng
談話進行得怎麼樣？

　　Jìn xíng de hěn shùn lì
　　回 進行得很順利。

　　Tán de hěn hǎo
　　回 談得很好。

Yǎn shì zuò de zěn me yàng
演示做得怎麼樣？

　　Kè hù dōu jué de bù cuò
　　回 客戶都覺得不錯。

Nǐ cān jiā　　Gōng sī zhāo pìn de miàn shì qíng kuàng zěn me
（你參加）公司招聘的面試情況怎麼
yàng
樣？

　　Hěn shùn lì
　　回 很順利。

Tōng guò le ma
通過了嗎？

　　Tōng guò le
　　回 通過了。

　　Kě xī　　méi yǒu tōng guò
　　回 可惜，沒有通過。

Zhèi ge xiàng mù shàng tou rèn kě le ma
這個項目上頭認可了嗎？

　　Tā men pī le
　　回 他們批了。

　　Méi ne　　hái děi nǔ lì zhēng qǔ
　　回 沒呢，還得努力爭取。

Yù suàn fāng àn tóng yì le ma
預 算 方 案 同 意 了 嗎 ？

　　Shàng tou tóng yì le
　　巴 上 頭 同 意 了 。

　　Méi yǒu　　xū yào chóng xīn xiū gǎi
　　巴 沒 有 ， 需 要 重 新 修 改 。

Yàng pǐn jiǎn yàn de jié guǒ zěn me yàng
樣 品 檢 驗 的 結 果 怎 麼 樣 ？

　　Wǔ gè yàng pǐn li yǒu yī gè bù hé gé
　　巴 五 個 樣 品 裏 有 一 個 不 合 格 。

Zhāo biāo jié guǒ zěn me yàng
招 標 結 果 怎 麼 樣 ？

　　Wǒ men zhòng biāo le
　　巴 我 們 中 標 了 。

　　Jìng zhēng duì shǒu zhòng biāo le
　　巴 競 爭 對 手 中 標 了 。

Ná dào dìng dān le ma
拿 到 訂 單 了 嗎 ？

　　Méi yǒu　　Duì shǒu tài qiáng le
　　巴 沒 有 。 對 手 太 強 了 。

14 催　促

1.3.14

Qǐng nǐ wù bì mǎ shàng dá fù
請 你 務 必 馬 上 答 覆 。

　　Qǐng mǎ shàng huí fù
　　⇨ 請 馬 上 回 覆 。

　　Wǒ mǎ shàng gěi nǐ yī gè dá fù
　　巴 我 馬 上 給 你 一 個 答 覆 。

Dōu tuō dào xiàn zài le　　nǐ yě gāi dá fù le ba
都 拖 到 現 在 了 ， 你 也 該 答 覆 了 吧 。

　　Tuō dào xiàn zài le　　nǐ yīng gāi huí fù le
　　⇨ 拖 到 現 在 了 ， 你 應 該 回 覆 了 。

　　Duì bu qǐ　　Wǒ mǎ shàng huí fù
　　巴 對 不 起 。 我 馬 上 回 覆 。

我想那件事應該完成了。 還沒做完嗎？

⇨ 要比預定的完成時間晚嗎？

🈁 還沒有。請再給一天時間。

🈁 要晚一個禮拜。

您的意思是守不了約嗎？

🈁 是，非常抱歉。

最初的約定，需要重新確認一下嗎？

🈁 需要，等我先確認一下當初的約定。

🈁 沒必要吧。

你們比約定的時間晚了一個星期了。

⇨ 你們已經比約定的時間晚了一個禮拜了。

🈁 實在抱歉。

實在不想催您，不過還是希望您能盡快回覆。

🈁 對不起，請再給我們一天的時間。

這 是 第 二 次 催 你 答 覆 了 。 還 需 要 多 長 時
Zhè shì dì èr cì cuī nǐ dá fù le Hái xū yào duō cháng shí

間 呢 ?
jiān ne

⇨ 再 要 等 多 長 時 間 呢 ?
Zài yào děng duō cháng shí jiān ne

⮐ 請 再 等 一 個 星 期 。
Qǐng zài děng yī gè xīng qī

⮐ 我 們 已 經 不 能 再 等 了 。 看 來 得 讓 你 上
Wǒ men yǐ jing bù néng zài děng le Kàn lái děi ràng nǐ shàng

司 來 解 決 問 題 了 。
si lái jiě jué wèn tí le

⮐ 這 樣 的 話 , 我 們 不 得 不 取 消 訂 貨 了 。
Zhè yàng de huà wǒ men bù dé bù qǔ xiāo dìng huò le

⮐ 問 題 恐 怕 會 變 得 很 嚴 重 。
Wèn tí kǒng pà huì biàn de hěn yán zhòng

您 是 說 來 不 了 , 是 嗎 ?
Nín shì shuō lái bu liǎo shì ma

⮐ 是 , 臨 時 有 事 。
Shì lín shí yǒu shì

15 商議接待事宜 🔊 1.3.15

是 不 是 應 該 請 客 人 喝 點 兒 甚 麼 呀 ?
Shì bu shì yīng gāi qǐng kè rén hē diǎnr shén me ya

⇨ 招 待 客 人 去 喝 點 兒 甚 麼 吧 。
Zhāo dài kè rén qù hē diǎnr shén me ba

⇨ 我 們 應 該 招 待 客 人 吧 。
Wǒ men yīng gāi zhāo dài kè rén ba

⮐ 這 是 個 非 常 好 的 主 意 。
Zhè shì gè fēi cháng hǎo de zhǔ yi

誰 負 責 這 項 接 待 呢 ?
Shéi fù zé zhè xiàng jiē dài ne

⮐ 我 負 責 。
Wǒ fù zé

為甚麼不招待他去打一次高爾夫球呢？

- 贊成。
- 好主意！
- 妙！這主意真棒！

這個週末，你帶他逛逛北京吧。吃飯記着開正式的發票。

- 太好了，我帶他轉轉去。
- 我們應該帶客人去高檔餐廳吧？
- 提醒你，別帶客人去夜總會。

接待費用的預算是多少？

- 每人三百美元。
- 沒有特定的限額。

有沒有專門的預算報批申請表？

- 有。請填填這張表。接待費用不能超出預算。
- 沒有這種申請表，但必須事先報請，得到上級同意才行。

用出租車得從簽約的公司裏挑一家。

- 明白。謝謝提醒。

Wǒ men qǐng nín chī wǎn fàn
我們請您吃晚飯。

➡ Yī qǐ chī wǎn fàn ba
一起吃晚飯吧！

🗨 Xiè xie nín de yāo qǐng
謝謝您的邀請。

🗨 Fēi cháng bào qiàn　Wǒ yǐ jing yuē le rén le
非常抱歉。我已經約了人了。

Zán men qù hē yī bēi zěn me yàng
咱們去喝一杯怎麼樣？

➡ Jīnr wǎn shang zán men qù hē yī bēi ba
今兒晚上咱們去喝一杯吧！

🗨 Hǎo　Zán men zǒu
好！咱們走！

🗨 Hǎo wa　wǒ yě zhèng zhè me xiǎng ne
好哇，我也正這麼想呢！

Míng tiān néng gēn wǒ dǎ gāo ěr fū qiú qù ma
明天能跟我打高爾夫球去嗎？

🗨 Xíng　míng tiān wǒ yǒu shí jiān
行，明天我有時間。

Nín xǐ huan běi fāng cài ma
您喜歡北方菜嗎？

🗨 Xǐ huan　Wǒ hěn xǐ huan jiǎo zi gēn mán tou
喜歡。我很喜歡餃子跟饅頭。

Nín ài chī shén me ya
您愛吃甚麼呀？

🗨 Wǒ xǐ huan chī hǎi xiān
我喜歡吃海鮮。

🗨 Wǒ ài chī niú ròu
我愛吃牛肉。

🗨 Chú le shēng yú piànr　wǒ shén me dōu chī
除了生魚片兒，我甚麼都吃。

Wǒ dài nǐ qù yī jiā hǎo fàn guǎnr
我 帶 你 去 一 家 好 飯 館兒 。

Wǒ zhī dào yī jiā miàn guǎnr wèi dào tǐng bù cuò de
⇨ 我 知 道 一 家 麵 館兒 ， 味 道 挺 不 錯 的 ，

jīnr wǎnshang yī qǐ qù
今兒 晚 上 一 起 去 ？

Hǎo wa
回 好 哇 。

Zán men yī kuàir qù ba
回 咱 們 一 塊兒 去 吧 。

Zhēn duì bù qǐ wǒ bù néng fèng péi le
回 真 對 不 起 ， 我 不 能 奉 陪 了 。

Nín huì yòng kuài zi ma
您 會 用 筷 子 嗎 ？

Wǒ hái zhēn bù huì yòng Nín děi jiāo jiao wǒ
回 我 還 真 不 會 用 。 您 得 教 教 我 。

Qí shí hěn jiǎn dān zhè yàng yòng jiù xíng le
回 其 實 很 簡 單 ， 這 樣 用 就 行 了 。

Nǐ yǐ qián chī guo bá sī shān yao ma
你 以 前 吃 過 拔 絲 山 藥 嗎 ？

Bá sī shān yao Bá sī shì shén me wán yìr ya
回 拔 絲 山 藥 ？ 拔 絲 是 甚 麼 玩 藝兒 呀 ？

Cháng cháng nín jiù zhī dào le
回 嚐 嚐 您 就 知 道 了 。

Hǎo nà wǒ jiù shì shi
回 好 ， 那 我 就 試 試 。

Wǒ lái shì yī xià
回 我 來 試 一 下 。

1 主動幫忙

1.4.01

Xū yào bāng máng ma
需 要 幫 忙 嗎 ?

> Bù yòng le， xiè xie。 Wǒ zì jǐ xíng
> 不 用 了 , 謝 謝 。 我 自 己 行 。

> Xiè xie。 Wǒ zì jǐ kě yǐ
> 謝 謝 。 我 自 己 可 以 。

Kě yǐ bāng gè máng ma
可 以 幫 個 忙 嗎 ?

> Nín yī jù huà， wǒ gàn shén me dōu xíng
> 您 一 句 話 , 我 幹 甚 麼 都 行 。

> Zhǐ yào shì nǐ de fēn fù， ràng wǒ zuò shén me dōu xíng
> 只 要 是 你 的 吩 咐 , 讓 我 做 甚 麼 都 行 。

Jiē xia lai hái zuò xiē shén me ne
接 下 來 還 做 些 甚 麼 呢 ?

> Shèng xia de wǒ zuò
> 剩 下 的 我 做 。

> Shèng xia de jiāo gěi wǒ zuò
> 剩 下 的 交 給 我 做 。

> Xiè xie nǐ le
> 謝 謝 你 了 。

Xiàn zài wǒ zuò diǎnr shén me hǎo ne
現 在 我 做 點 兒 甚 麼 好 呢 ?

> Qǐng bǎ zhèi fēng xìn fù yìn wǔ shí fèn
> 請 把 這 封 信 複 印 五 十 份 。

> Nǐ xiàn zài kě yǐ xiū xi yī xià le
> 你 現 在 可 以 休 息 一 下 了 。

Zhèi ge kě yǐ ān pái ma
這 個 可 以 安 排 嗎 ?

> Nǐ kě yǐ chǔ lǐ zhè jiàn shì ma
> ⇨ 你 可 以 處 理 這 件 事 嗎 ?

> Wǒ bāng nǐ ān pái yī xià
> 我 幫 你 安 排 一 下 。

Ràng wǒ chǔ lǐ ba
☺ 讓我處理吧。
Wǒ néng chǔ lǐ hǎo zhèi jiàn shì
☺ 我能處理好這件事。

2 求助

1.4.02

Nín xiàn zài yǒu kòng ma
您現在有空嗎？

Néng bu néng zhàn yòng nín yī diǎnr shí jiān
⇨ 能不能佔用您一點兒時間？
Néng má fan nín yī xià ma
⇨ 能麻煩您一下嗎？

Má fan nín yī xià xíng ma
麻煩您一下行嗎？

Néng bu néng bāng gè máng
⇨ 能不能幫個忙？
Wǒ xū yào nǐ de bāng zhù
⇨ 我需要你的幫助。
Yào shi bù má fan de huà, qǐng nín bāng gè máng xíng ma
⇨ 要是不麻煩的話，請您幫個忙行嗎？
Kě yǐ ya
☺ 可以呀。
Dāng rán kě yǐ le
☺ 當然可以了。
Méi wèn tí
☺ 沒問題！
Hǎo, méi wèn tí
☺ 好，沒問題。
Xíng a, wǒ méi wèn tí
☺ 行啊，我沒問題！
Hāi, bāng gè mángr, xiǎo yì si
☺ 咳，幫個忙兒，小意思！
Xíng a, zhè diǎnr shìr, bù má fan
☺ 行啊，這點兒事兒，不麻煩。
Shí zài duì bu qǐ, wǒ xiàn zài hěn máng
☺ 實在對不起，我現在很忙。
Zhēn bào qiàn, xiàn zài wǒ méi kòngr
☺ 真抱歉，現在我沒空兒。

3 表 揚

Nǐ de gōng zuò zuò de bù cuò
你 的 工 作 做 得 不 錯 。

Nǐ de gōng zuò zuò de fēi cháng hǎo
⇨ 你 的 工 作 做 得 非 常 好 。

Nǐ gàn de hěn chū sè
⇨ 你 幹 得 很 出 色 。

Gàn de hěn bù cuò ba
⇨ 幹 得 很 不 錯 吧 !

Zuò dé hěn hǎo
⇨ 做 得 很 好 !

Nǎ li nǎ li
⑤ 哪 裏 哪 裏 。

其他表揚的話

Nǐ shì gè hěn yǒu cái huá de rén
你 是 個 很 有 才 華 的 人 。

Nǐ fēi cháng cōng míng
你 非 常 聰 明 。

Nǐ hěn yǒu néng lì
你 很 有 能 力 。

Nǐ hěn qín fèn a
你 很 勤 奮 啊 。

Nǐ shì gè hěn néng gàn de rén
你 是 個 很 能 幹 的 人 。

Wǒ men néng yǒu jīn tiān de chéng jì   duō kuī le nín na
我 們 能 有 今 天 的 成 績 ， 多 虧 了 您 哪 !

4 感 謝

Xiè xie nǐ bāng le wǒ men zhè me dà de máng
謝 謝 你 幫 了 我 們 這 麼 大 的 忙 。

Xiè xie nǐ men bāng máng
⇨ 謝 謝 你 們 幫 忙 。

Gǎn xiè nín de bāng zhù
⇨ 感 謝 您 的 幫 助 。

Bù kè qi
⑤ 不 客 氣 。

B 助人為樂嘛！
Zhù rén wéi lè ma

B 其實您完全不必這樣客氣。
Qí shí nín wán quán bù bì zhè yàng kè qi

其他感謝的話

一般的感謝

謝謝。
Xiè xie

非常感謝。
Fēi cháng gǎn xiè

衷心感謝。
Zhōng xīn gǎn xiè

真得謝謝你。
Zhēn děi xiè xie nǐ

多謝您的好意。
Duō xiè nín de hǎo yì

對您的好意，我們深表感謝。
Duì nín de hǎo yì, wǒ men shēn biǎo gǎn xiè

真不知道怎麼表達謝意才好。
Zhēn bù zhī dào zěn me biǎo dá xiè yì cái hǎo

真不知道如何感謝您才好。
Zhēn bù zhī dào rú hé gǎn xiè nín cái hǎo

您做得非常好，謝謝您。
Nín zuò de fēi cháng hǎo, xiè xie nín

感謝關照

謝謝您關照。
Xiè xie nín guān zhào

感謝您無微不至的關照。
Gǎn xiè nín wú wēi bù zhì de guān zhào

感謝招待

感謝您的熱誠相待。
Gǎn xiè nín de rè chéng xiāng dài

感謝款待。
Gǎn xiè kuǎn dài

感謝您的熱情招待。
Gǎn xiè nín de rè qíng zhāo dài

非常感謝你們的熱情招待。
Fēi cháng gǎn xiè nǐ men de rè qíng zhāo dài

Duō xiè nín yī zhí zhè yàng rè qíng xiāng dài
多 謝 您 一 直 這 樣 熱 情 相 待 。

轉達謝意

Qǐng xiàng tā zhuǎn dá wǒ men de xiè yì
請 向 她 轉 達 我 們 的 謝 意 。

感謝忠告

Duō xiè nín de zhōng gào
多 謝 您 的 忠 告 。

5 勉 勵

1.4.05

Shì chǎng duì xīn chǎn pǐn de fǎn yìng méi yǒu yù qī de nà me
市 場 對 新 產 品 的 反 應 沒 有 預 期 的 那 麼
hǎo
好 。

Zhè bù shì nǐ de cuò
⊇ 這 不 是 你 的 錯 。

Bù yào zé bèi zì jǐ
⊇ 不 要 責 備 自 己 。

Méi yǒu shén me xū yào zì zé de
⊇ 沒 有 甚 麼 需 要 自 責 的 。

Zhèi ge xiàng mù shàng tou bù rèn kě
這 個 項 目 上 頭 不 認 可 。

Bù bì fàng zài xīn shang
⊇ 不 必 放 在 心 上 。

Bù yào jǐn zài xiǎng bié de xiàng mù
⊇ 不 要 緊 ， 再 想 別 的 項 目 。

Miàn shì bù tài shùn lì
面 試 不 太 順 利 。

Yǐ jing shì guò qù de shì le wàng le ba
⊇ 已 經 是 過 去 的 事 了 ， 忘 了 吧 。

Nǐ dé le yī cì jīng yàn yě bù quán shì huài shì ma
⊇ 你 得 了 一 次 經 驗 ， 也 不 全 是 壞 事 嘛 。

Shū rù shù jù hòu，diàn nǎo hǎo xiàng méi fǎn yìng
輸 入 數 據 後 ， 電 腦 好 像 沒 反 應 。

Nǐ zài zuò yī biàn shì shi kàn
回 你 再 做 一 遍 試 試 看 。

Nǐ zài zuò yī cì shì shi
回 你 再 做 一 次 試 試 。

Zài shì yī xià
回 再 試 一 下 。

Nǐ zài hǎo hāor zuò yī cì
回 你 再 好 好兒 做 一 次 。

Jīn tiān yào zuò yǎn shì，xīn li hěn jǐn zhāng
今 天 要 做 演 示 ， 心 裏 很 緊 張 。

Ná chū diǎnr zì xìn lái
回 拿 出 點兒 自 信 來 ！

Nǐ kěn dìng xíng
回 你 肯 定 行 。

其他鼓勵的話

Jiā yóu
加 油 ！

Zài jiā bǎ jìnr
再 加 把 勁兒 ！

Jì rán shì qing yǐ jīng fā shēng le，nà yě méi bàn fǎ bǔ
既 然 事 情 已 經 發 生 了 ， 那 也 沒 辦 法 補

jiù le
救 了 。

Zhèi jiù shì rén shēng a
這 就 是 人 生 啊 。

Zhè zhǒng shì yě shì cháng yǒu de
這 種 事 也 是 常 有 的 。

Zhèi yàng de shì qing yě shì jīng cháng fā shēng de ma
這 樣 的 事 情 也 是 經 常 發 生 的 嘛 。

Wú lùn zuò shén me shì qing，kāi shǐ dōu bù róng yì。Wàn
無 論 做 甚 麼 事 情 ， 開 始 都 不 容 易 。 萬

shì kāi tóu nán ma
事 開 頭 難 嘛 。

Jiù shì xū yào zhè yàng de yǒng qì
就 是 需 要 這 樣 的 勇 氣 ！

6 感同身受

Wǒ bèi cái yuán le
我 被 裁 員 了 。

　Wǒ néng lǐ jiě nǐ de xīn qíng
🗨 我 能 理 解 你 的 心 情 。

　Zhè bù shì nǐ néng kòng zhì dé liǎo de shì
🗨 這 不 是 你 能 控 制 得 了 的 事 。

　Wǒ zhī dào nín hěn nán shòu
🗨 我 知 道 您 很 難 受 。

Gōng zuò fēi cháng máng　měi tiān jiā bān dào shí yī diǎn
工 作 非 常 忙 ， 每 天 加 班 到 十 一 點 。

　Zhēn kě lián na
🗨 真 可 憐 哪 !

　Tài cǎn le
🗨 太 慘 了 !

Wǒ xiǎng dé dào zhè fèn gōng zuò　Nǐ bāng bang máng
我 想 得 到 這 份 工 作 。 你 幫 幫 忙 。

　Zhēn shi zuǒ yòu wéi nán na　Chú fēi nǐ yǒu yī dìng de gōng
🗨 真 是 左 右 為 難 哪 。 除 非 你 有 一 定 的 工

　zuò jīng yàn　fǒu zé nǐ bù kě néng dé dào zhèi fèn gōng zuò
　作 經 驗 ， 否 則 你 不 可 能 得 到 這 份 工 作 。

其他同情的話

　Wǒ hěn tóng qíng nǐ
　我 很 同 情 你 。

　Wǒ tóng qíng nǐ
　我 同 情 你 。

　Nǐ tài kē qiú zì jǐ le
　你 太 苛 求 自 己 了 。

　Zhǐ néng shuō jīn tiān nǐ de yùn qi bù tài hǎo
　只 能 説 今 天 你 的 運 氣 不 太 好 。

　Wǒ zhī dào nǐ hěn zháo jí
　我 知 道 你 很 着 急 。

7 提　醒

Duì bu qǐ，　bào gào li yǒu jǐ gè shù jù nòng cuò le
對 不 起 ， 報 告 裏 有 幾 個 數 據 弄 錯 了 。

Yǐ hòu bié zài chū cuòr le
🔁 以 後 別 再 出 錯兒 了 。

Jīn hòu，　yī dìng yào duì shù zì jìn xíng zài cì hé duì
🔁 今 後 ， 一 定 要 對 數 字 進 行 再 次 核 對 。

Yào bì miǎn zài fàn tóng yàng de cuò wù
🔁 要 避 免 再 犯 同 樣 的 錯 誤 。

Xià cì yào duō jiā zhù yì
🔁 下 次 要 多 加 注 意 。

Jīn hòu yào jiā bèi xiǎo xīn
🔁 今 後 要 加 倍 小 心 。

Yīn wèi dìng bù dào hé shì de chǎng dì，　cuò shī le zhǎn shì
因 為 訂 不 到 合 適 的 場 地 ， 錯 失 了 展 示

chǎn pǐn de tuī guǎng shí jī
產 品 的 推 廣 時 機 。

Suǒ yǐ，　wǒ céng jīng tí xǐng guo nǐ ya
🔁 所 以 ， 我 曾 經 提 醒 過 你 呀 。

Wǒ qí shí tí xǐng guo nǐ
🔁 我 其 實 提 醒 過 你 。

表 示 了 解 的 話

Yào jì qǔ jiào xùn
要 記 取 教 訓 。

Néng cóng cuò wù zhōng xué dào dōng xi yě shì hǎo de
能 從 錯 誤 中 學 到 東 西 也 是 好 的 。

Yào shàn yú cóng cuò wù zhōng zǒng jié jīng yàn
要 善 於 從 錯 誤 中 總 結 經 驗 。

Yǐ hòu bù yào zài juǎn jìn zhè xiē jiū gé zhōng qù le
以 後 不 要 再 捲 進 這 些 糾 葛 中 去 了 。

Wǒ yào tí xǐng nǐ yī xià
我 要 提 醒 你 一 下 。

Zhè shì duì nǐ de zuì hòu zhōng gào
這 是 對 你 的 最 後 忠 告 。

8 生 氣

Nǐ zhèi yàng zuò bāng bù liǎo wǒ, hái bǎ shì qing nòng de yī
你 這 樣 做 幫 不 了 我 ， 還 把 事 情 弄 得 一
tuán zāo
團 糟 。

Nǐ zhēn rě wǒ shēng qì
🗨 你 真 惹 我 生 氣 。

Nǐ shén me yì si
🗨 你 甚 麼 意 思 ？ ！

Jiàn yì shū yào fù yìn yī bǎi fèn, gǎn kuài bǎ zhè ge bào gào
建 議 書 要 複 印 一 百 份 ， 趕 快 把 這 個 報 告
dǎ wán。 Wǒ mǎ shàng yào
打 完 。 我 馬 上 要 。

Wǒ shǒu tóu de shì qing duī de mǎn mǎn de bié fán wǒ xíng
🗨 我 手 頭 的 事 情 堆 得 滿 滿 的 ， 別 煩 我 行
ma
嗎 ？

Yào zhè yào nà de nǐ bié rě wǒ shēng qì
🗨 要 這 要 那 的 ， 你 別 惹 我 生 氣 ！

其他表示生氣的話

Wǒ shēng qì le
我 生 氣 了 。

Wǒ hěn shēng qì
我 很 生 氣 。

Wǒ hěn qì fèn
我 很 氣 憤 。

Wǒ zhēn de hěn shēng qì
我 真 的 很 生 氣 。

Qǐng nǐ dào qiàn
請 你 道 歉 ！

Nǐ yīng gāi dào qiàn
你 應 該 道 歉 。

Wǒ bù xǐ huan nǐ pī píng rén de tài du
我 不 喜 歡 你 批 評 人 的 態 度 。

Chéng xīn qì wǒ shì bu shì
成 心 氣 我 是 不 是 ？

Zhèi fēng xìn yào huí fù　　　nǐ bāng wǒ qǐ gè cǎo ba
這封信要回覆，你幫我起個草吧。

Zhēn duì bu qǐ　　wǒ hái yǒu qí tā shì qing yào zuò
回 真對不起，我還有其他事情要做。

Shí zài bào qiàn　　wǒ xiàn zài hěn máng
回 實在抱歉，我現在很忙。

Bào qiàn　　wǒ shí zài méi kòng
回 抱歉，我實在沒空。

Nǐ bāng wǒ zhuàn xiě yī fèn yù suàn fāng àn ba
你幫我撰寫一份預算方案吧。

Shí zài duì bu qǐ　　wǒ gàn bù liǎo zhèi jiàn shì
回 實在對不起，我幹不了這件事。

Wǒ kǒng pà chǔ lǐ bù hǎo zhèi jiàn shì
回 我恐怕處理不好這件事。

Wǒ jué de wǒ zuò bù liǎo zhè jiàn shì
回 我覺得我做不了這件事。

Hěn bào qiàn　　wǒ zuò bù liǎo
回 很抱歉，我做不了。

其他婉拒的話

Zhēn shi tài bào qiàn le　　wǒ bāng bù liǎo nǐ de máng
真是太抱歉了，我幫不了你的忙。

Wǒ jīn tiān yī tiān dōu méi yǒu shí jiān　　Xià cì zài bāng nín
我今天一天都沒有時間。下次再幫您

zuò ba
做吧。

Wǒ xiàn zài shǒu tóu zhèng máng zhe ne
我現在手頭正忙着呢。

Wǒ zhèng máng zhe ne
我正忙着呢。

Nà wǒ kě kòng zhì bù liǎo
那我可控制不了。

Hái méi ràng wǒ zuò zhèi jiàn shì ne
還沒讓我做這件事呢。

10 致 歉

Wǒ méi yǒu shì xiān dǎ diàn huà　　qǐng yuán liàng
我 沒 有 事 先 打 電 話 ， 請 原 諒 。

Yīng gāi zǎo diǎnr gěi nín dǎ diàn huà　　qǐng yuán liàng
⇨ 應 該 早 點兒 給 您 打 電 話 ， 請 原 諒 。

Méi shì
回 沒 事 。

Méi guān xi
回 沒 關 係 。

Gěi nín tiān má fan le　　hěn guò yì bù qù
給 您 添 麻 煩 了 ， 很 過 意 不 去 。

Gěi nín tiān má fan le　　zhēn duì bu qǐ
⇨ 給 您 添 麻 煩 了 ， 真 對 不 起 。

Gěi nín tiān le hěn duō má fan　　zhēn guò yì bù qù
⇨ 給 您 添 了 很 多 麻 煩 ， 真 過 意 不 去 。

Bù yào jǐn
回 不 要 緊 。

Bào qiàn bào qiàn　　wǒ chí dào le
抱 歉 抱 歉 ， 我 遲 到 了 。

Duì bu qǐ　　Wǒ chí dào le
⇨ 對 不 起 。 我 遲 到 了 。

Bù yào jǐn
回 不 要 緊 。

其他表示歉意的話

Duì bu qǐ　　Wǒ hěn bù hǎo yì si
對 不 起 。 我 很 不 好 意 思 。

Wǒ gǎn dào fēi cháng bù hǎo yì si
我 感 到 非 常 不 好 意 思 。

Nèi jiàn shì wǒ zhēn děi xiàng nín dào qiàn
那 件 事 我 真 得 向 您 道 歉 。

Wǒ jué de hěn duì bu qǐ nín
我 覺 得 很 對 不 起 您 。

Ràng nín pò fèi le　　zhēn guò yì bu qù
讓 您 破 費 了 ， 真 過 意 不 去 。

Duì bu qǐ　　ràng nín shēng qì le
對 不 起 ， 讓 您 生 氣 了 。

第一部分·致歉

Wǒ fàn le gè dà cuò，shí zài duì bu zhù nǐ
我 犯 了 個 大 錯 ， 實 在 對 不 住 你 。

Wǒ zhēn bù yīng gāi nèi yàng duì nín，zhēn bù yīng gāi
我 真 不 應 該 那 樣 對 您 ， 真 不 應 該 ！

Wǒ tài zhí jiē le，nín bié jiè yì
我 太 直 接 了 ， 您 別 介 意 。

Yō，qiáo wǒ zhè zhāng zuǐ，nín bié wǎng xīn li qù a
唷 ， 瞧 我 這 張 嘴 ， 您 別 往 心 裏 去 啊 。

Zhēn duì bu qǐ，wǒ méi yǒu tīng nín de quàn gào
真 對 不 起 ， 我 沒 有 聽 您 的 勸 告 。

11 辯 解

 1.4.11

Nǐ chí dào le
你 遲 到 了 。

㊁ Shí zài bào qiàn，yīn wèi nèi ge huì ne，kāi qi lai méi
實 在 抱 歉 ， 因 為 那 個 會 呢 ， 開 起 來 沒
wán méi liǎo
完 沒 了 。

㊁ Zhēn duì bu qǐ，yīn wèi shǒu tóu shang yǒu diǎnr gōng zuò xū yào
真 對 不 起 ， 因 為 手 頭 上 有 點兒 工 作 需 要
chǔ lǐ wán
處 理 完 。

㊁ Hěn bào qiàn，yīn wèi hái yǒu hǎo xiē wèn tí yào chǔ lǐ
很 抱 歉 ， 因 為 還 有 好 些 問 題 要 處 理 。

㊁ Duì bu qǐ，lù shang dǔ chē，wǒ lái wǎn le
對 不 起 ， 路 上 堵 車 ， 我 來 晚 了 。

Wèi shén me méi gěi wǒ dǎ diàn huà
為 甚 麼 沒 給 我 打 電 話 ？

㊁ Hěn bào qiàn，wǒ méi néng yī zǎo gěi nín qù diàn huà，shì
很 抱 歉 ， 我 沒 能 一 早 給 您 去 電 話 ， 是
yīn wèi wǒ yī zhí bìng zhe ne
因 為 我 一 直 病 着 呢 。

㊁ Shí zài bào qiàn，wǒ méi zǎo diǎnr gào su nín，yīn wèi wǒ
實 在 抱 歉 ， 我 沒 早 點兒 告 訴 您 ， 因 為 我
chū chāi le
出 差 了 。

Wèi shén me hái méi jiāo bào gào
為 甚 麼 還 沒 交 報 告 ？

Wǒ dí què shì yīn wèi méi shí jiān zuò　 Nǐ yào shi zài duō
己 我 的 確 是 因 為 沒 時 間 做 。 你 要 是 再 多

gěi diǎnr shí jiān jiù hǎo le
給 點 兒 時 間 就 好 了 。

Zhēn shi yīn wèi zī xùn bù zú　 Nǐ zài duō tí gōng yī xiē
己 真 是 因 為 資 訊 不 足 。 你 再 多 提 供 一 些

zī xùn jiù hǎo le
資 訊 就 好 了 。

Què shí shì yīn wèi shù jù bù chōng fèn　 Zài duō tí gōng yī
己 確 實 是 因 為 數 據 不 充 分 。 再 多 提 供 一

xiē shù jù jiù hǎo le
些 數 據 就 好 了 。

其他辯解的話

Duì bu qǐ　 dǎ duàn nín de huà le　 yīn wèi yǒu diǎnr
對 不 起 ， 打 斷 您 的 話 了 ， 因 為 有 點 兒

jí shì
急 事 。

Nǐ yào shi shuō jí zhe yào jiù hǎo le
你 要 是 説 急 着 要 就 好 了 。

12 後　悔

1.4.12

Wǒ yīng gāi zài zhù yì yī diǎnr
我 應 該 再 注 意 一 點 兒 。

Wǒ yīng gāi zài xiǎo xīn diǎnr
⇨ 我 應 該 再 小 心 點 兒

Wǒ dāng shí zhēn yīng gāi zài duō zhù yì diǎnr
⇨ 我 當 時 真 應 該 再 多 注 意 點 兒 。

Shì wǒ shū hu dà yi　 fēi cháng bào qiàn　 qǐng yuán liàng
⇨ 是 我 疏 忽 大 意 ， 非 常 抱 歉 ， 請 原 諒 。

Xià cì yào duō jiā zhù yì
己 下 次 要 多 加 注 意 。

Nèi jiàn shì wǒ hěn hòu huǐ
那 件 事 我 很 後 悔 。

Duì zì jǐ zuò de shì　 wǒ gǎn dào hěn qiàn jiù
⇨ 對 自 己 做 的 事 ， 我 感 到 很 歉 疚 。

Wǒ duì zì jǐ zuò guo de shì hěn nèi jiù
⇨ 我 對 自 己 做 過 的 事 很 內 疚 。

Yǐ jing shì guò qù de shì le jiù wàng le ba
㲋 已 經 是 過 去 的 事 了 ， 就 忘 了 吧 。

Jì rán shì qing yǐ jing fā shēng le nà yě méi bàn fǎ bǔ
㲋 既 然 事 情 已 經 發 生 了 ， 那 也 沒 辦 法 補
jiù le
救 了 。

Wǒ duì zì jǐ shuō guo de huà hěn hòu huǐ
我 對 自 己 説 過 的 話 很 後 悔 。

Wǒ duì zì jǐ shuō de huà tè bié cán kuì
⇨ 我 對 自 己 説 的 話 ， 特 別 慚 愧 。

Wǒ duì zì jǐ jiǎng de huà yǒu zuì è gǎn
⇨ 我 對 自 己 講 的 話 ， 有 罪 惡 感 。

Huà yǐ jing shuō le hòu huǐ yě méi yòng
㲋 話 已 經 説 了 ， 後 悔 也 沒 用 。

Wǒ yīng gāi shì xiān zhī dào shì qing de zhēn xiàng
我 應 該 事 先 知 道 事 情 的 真 相 。

Shì Dàn dāng shí shéi yě bù zhī dào zhēn xiàng a
㲋 是 。 但 當 時 誰 也 不 知 道 真 相 啊 。

Dāng shí yě yīng gāi tīng yi tīng qí tā yì jiàn
當 時 也 應 該 聽 一 聽 其 他 意 見 。

Xià cì duō wèn yī xià qí tā rén de yì jiàn
㲋 下 次 多 問 一 下 其 他 人 的 意 見 。

13 附 和

1.4.13

Zhèi ge cù xiāo cè lüè chéng běn tài gāo le
這 個 促 銷 策 略 成 本 太 高 了 。

Wǒ míng bai nín de xiǎng fa
㲋 我 明 白 您 的 想 法 。

Ng zhī dào le
㲋 嗯 ， 知 道 了 。

Wǒ zài tīng nǐ jiǎng
我 在 聽 你 講 。

Wǒ tīng zhe ne
⇨ 我 聽 着 呢 。

Nǐ míng bù míng bai wǒ de yì si
你 明 不 明 白 我 的 意 思 ？

　Míng bai
🗨 明 白 。

　Wǒ néng míng bai nǐ de yì si ， jì xù ba
🗨 我 能 明 白 你 的 意 思 ， 繼 續 吧 。

　Nǐ shuō de wǒ dōu míng bai
🗨 你 説 的 我 都 明 白 。

　Nǐ de yì si wǒ quán dǒng
🗨 你 的 意 思 我 全 懂 。

Tā zhè yàng zuò gěi wǒ men tiān le hěn duō má fan
他 這 樣 做 給 我 們 添 了 很 多 麻 煩 。

　Kě bu shì ma
🗨 可 不 是 嘛 。

　Duì ya
🗨 對 呀 。

Wǒ jīng lì guo zhè yàng de shì qing ， suǒ yǐ hěn qīng chu ，
我 經 歷 過 這 樣 的 事 情 ， 所 以 很 清 楚 ，
bù xiǎng zài zuò dì èr cì le
不 想 再 做 第 二 次 了 。

　Míng bai nín de xiǎng fa
🗨 明 白 您 的 想 法 。

　Kě yǐ lǐ jiě
🗨 可 以 理 解 。

14 贊 同

🔊 1.4.14

Rú guǒ dà jiā tóng yì ， wǒ men jiù àn zhèi ge cì xù jìn
如 果 大 家 同 意 ， 我 們 就 按 這 個 次 序 進
xíng ba
行 吧 。

　Hǎo
🗨 好 。

　Xíng
🗨 行 。

　Hǎo de
🗨 好 的 。

　Hǎo a
🗨 好 啊 。

Xíng a
回 行 啊 。

Hǎo ， jiù zhè me bàn
好 ， 就 這 麼 辦 。

Jiù zhào nǐ shuō de bàn
⇨ 就 照 你 說 的 辦 。

Hǎo de 。 Jiù zhè yàng bàn ba
⇨ 好 的 。 就 這 樣 辦 吧 。

Nà tài hǎo le
回 那 太 好 了 。

Nǐ shuō de yī diǎnr méi cuòr
你 說 的 一 點兒 沒 錯兒 。

Nǐ shì duì de
⇨ 你 是 對 的 。

Nǐ shuō de duì a
⇨ 你 說 的 對 啊 。

Nǐ wán quán zhèng què
⇨ 你 完 全 正 確 。

Wǒ bǎi fēn zhī bǎi zàn chéng
⇨ 我 百 分 之 百 贊 成 。

Jiù shì nín shuō de zhè me huí shìr
就 是 您 說 的 這 麼 回 事兒 。

Jiù gēn nín shuō de shì de
⇨ 就 跟 您 說 的 似 的 。

Jiù xiàng nín gāng cái shuō de shì de
⇨ 就 像 您 剛 才 說 的 似 的 。

Nǐ tóng yì ma
你 同 意 嗎 ？

Wǒ tóng yì
回 我 同 意 。

Wǒ tóng yì nǐ de xiǎng fa
回 我 同 意 你 的 想 法 。

Wǒ méi yì jiàn ， wán quán tóng yì
回 我 沒 意 見 ， 完 全 同 意 。

Nǐ yǒu shén me xiǎng fa
你 有 甚 麼 想 法 ？

Wǒ gēn nǐ de xiǎng fa yī yàng
🗨 我 跟 你 的 想 法 一 樣 。

Wǒ xiǎng zhè ge chǔ lǐ fāng fǎ yǒu wèn tí
🗨 我 想 這 個 處 理 方 法 有 問 題 。

其他表示贊同的話

Nà dāng rán le
那 當 然 了 。

Nà yě xíng a
那 也 行 啊 。

Zhī dào le
知 道 了 。

Dāng rán kě yǐ le
當 然 可 以 了 。

Tài jiǎn dān le
太 簡 單 了 。

Méi wèn tí
沒 問 題 ！

Wán quán méi wèn tí
完 全 沒 問 題 。

Nà hǎo a
那 好 啊 。

Nèi yàng hěn hé dào li a
那 樣 很 合 道 理 啊 。

Nà tài bàng le
那 太 棒 了 。

Wǒ zàn chéng
我 贊 成 。

Zhè ge dào li wǒ míng bai le   nǐ bǎ wǒ shuì fú le
這 個 道 理 我 明 白 了 ， 你 把 我 <u>説 服</u>*了 。

★ 注意：“説服”的“説”也讀作 shuō。

15 勉強同意

如果你能把價格再降一點兒，我們現在就訂貨。

🗨 就同意這一次。

🗨 我只能答應你這一次。

🗨 我只能滿足你這次的要求。

其他表示勉強同意的話

就這一次。

額外的要求，不能滿足。

別提一樣的要求。

記住，下次要還有這樣的要求，我不會答應。

一般是不會滿足你這樣的要求的。

這次是同意了，但給我們添了多少麻煩，你心裏有數。

16 確認是否理解

你 明 白 了 嗎 ？
<small>Nǐ míng bai le ma</small>

⇨ 我 的 意 思 你 明 白 嗎 ？
<small>Wǒ de yì si nǐ míng bai ma</small>

⇨ 我 的 意 思 你 懂 了 嗎 ？
<small>Wǒ de yì si nǐ dǒng le ma</small>

⇨ 你 明 白 我 的 意 思 了 嗎 ？
<small>Nǐ míng bai wǒ de yì si le ma</small>

🙂 明 白 。
<small>Míng bai</small>

🙂 我 能 明 白 你 的 意 思 ， 繼 續 吧 。
<small>Wǒ néng míng bai nǐ de yì si, jì xù ba</small>

🙂 你 說 的 我 都 明 白 。
<small>Nǐ shuō de wǒ dōu míng bai</small>

🙂 到 現 在 為 止 ， 問 題 不 大 。
<small>Dào xiàn zài wéi zhǐ, wèn tí bù dà</small>

你 一 直 在 跟 我 的 思 路 想 嗎 ？
<small>Nǐ yī zhí zài gēn wǒ de sī lù xiǎng ma</small>

⇨ 你 在 跟 着 我 的 思 路 轉 嗎 ？
<small>Nǐ zài gēn zhe wǒ de sī lù zhuàn ma</small>

懂 了 嗎 ？
<small>Dǒng le ma</small>

⇨ 我 的 話 能 理 解 嗎 ？
<small>Wǒ de huà néng lǐ jiě ma</small>

⇨ 我 的 話 好 懂 嗎 ？
<small>Wǒ de huà hǎo dǒng ma</small>

🙂 你 的 意 思 我 全 懂 。
<small>Nǐ de yì si wǒ quán dǒng</small>

我 說 的 內 容 你 能 聽 清 楚 嗎 ？
<small>Wǒ shuō de nèi róng nǐ néng tīng qīng chu ma</small>

🙂 能 聽 清 楚 。
<small>Néng tīng qīng chu</small>

17 反問對方的真正意圖

 1.4.17

Nǐ shì rèn zhēn de ma
你 是 認 真 的 嗎 ?

> Shì rèn zhēn de ma
> ⇨ 是 認 真 的 嗎 ?

> Nǐ bù shì gēn wǒ kāi wán xiào ba
> ⇦ 你 不 是 跟 我 開 玩 笑 吧 ?

> Bù shì gēn wǒ nào zhe wánr ba
> ⇦ 不 是 跟 我 鬧 着 玩兒 吧 ?

Nǐ shì zhēn xīn de ma
你 是 真 心 的 嗎 ?

> Nǐ zhēn shi zhè yàng xiǎng ma
> ⇨ 你 真 是 這 樣 想 嗎 ?

Shì zhēn de ma Nǐ kāi wán xiào ba
是 真 的 嗎 ? 你 開 玩 笑 吧 ?

> Zhēn de ma Kāi wán xiào ba
> ⇨ 真 的 嗎 ? 開 玩 笑 吧 。

> Nǐ shuō xiào hua ba
> ⇨ 你 說 笑 話 吧 ?

其他反問

> Nèi ge nǐ yě xìn
> 那 個 你 也 信 ?

> Nǐ yīng gāi zhī dào de gèng duō ba
> 你 應 該 知 道 得 更 多 吧 。

Néng tí xǐng wǒ jǐ jù ma
能 提 醒 我 幾 句 嗎 ？

Nín yǒu shén me yào tí xǐng wǒ de ma
⇨ 您 有 甚 麼 要 提 醒 我 的 嗎 ？

Něi wèi yǒu hǎo de jiàn yì
哪 位 有 好 的 建 議 ？

Nín yǒu shén me jiàn yì ma
⇨ 您 有 甚 麼 建 議 嗎 ？

Tí diǎnr jiàn yì ba
⇨ 提 點兒 建 議 吧 。

Yǒu shén me zhōng gào ma
有 甚 麼 忠 告 嗎 ？

Nín děi tí diǎn tí diǎn wǒ
⇨ 您 得 提 點 提 點 我 。

Yào yù xiān dìng hǎo chǎng dì
⇦ 要 預 先 訂 好 場 地 。

Xiè xie néng dé dào nín de zhōng gào wǒ hěn gāo xìng
⇦ 謝 謝 ， 能 得 到 您 的 忠 告 ， 我 很 高 興 。

其他尋求建議的話

Něi wèi yǒu hǎo zhǔ yi
哪 位 有 好 主 意 ？

Wǒ xiǎng tīng ting nín gè rén de yì jiàn
我 想 聽 聽 您 個 人 的 意 見 。

19 提出忠告、建議

1.4.19

Wǒ yǒu yī xiē jiàn yì
我 有 一 些 建 議 。

Wǒ xiǎng tí diǎnr jiàn yì
⇨ 我 想 提 點兒 建 議 。

Tán diǎnr jiàn yì xíng ma
⇨ 談 點兒 建 議 行 嗎 ？

Qǐng tí chū
⮐ 請 提 出 。

Huān yíng tí chū
⮐ 歡 迎 提 出 。

Wú lùn shén me yàng de jiàn yì wǒ men dōu fēi cháng huān yíng
⮐ 無 論 甚 麼 樣 的 建 議 ， 我 們 都 非 常 歡 迎 。

Rú guǒ nín néng gěi wǒ tí diǎnr zhuān yè jiàn yì nà jiù
⮐ 如 果 您 能 給 我 提 點兒 專 業 建 議 ， 那 就

gèng hǎo le
更 好 了 。

Wǒ yǒu yī gè zhōng gào
我 有 一 個 忠 告 。

Yǒu xiē huà wǒ bù néng bù shuō
⇨ 有 些 話 我 不 能 不 説 。

Wǒ yǒu jǐ jù zhōng gào bù zhī dào gāi bù gāi shuō
⇨ 我 有 幾 句 忠 告 ， 不 知 道 該 不 該 説 。

Wú lùn shén me zhōng gào wǒ men dōu huān yíng
⮐ 無 論 甚 麼 忠 告 ， 我 們 都 歡 迎 。

20 傳遞訊息

Yǒu jiàn shì bù néng bù gēn nín shuō
有 件 事 不 能 不 跟 您 說 。

Yǒu yī jiàn hěn zhòng yào de shì qing bì xū gào su nín
⇨ 有 一 件 很 重 要 的 事 情 必 須 告 訴 您 。

Wǒ hòu tou yào shuō de nǐ yī dìng huì yǒu xìng qù
⇨ 我 後 頭 要 說 的 ， 你 一 定 會 有 興 趣 。

Wǒ yǒu jiàn shì yào zhuǎn gào nǐ
我 有 件 事 要 轉 告 你 。

Yǒu jiàn shì yào gào su nǐ
⇨ 有 件 事 要 告 訴 你 。

Zhèi shìr nǐ kě néng gǎn xìng qù
☺ 這 事 兒 你 可 能 感 興 趣 。

Yǒu gè hǎo xiāo xi yào gào su nǐ
☺ 有 個 好 消 息 要 告 訴 你 。

Yǒu yī gè bù hǎo de xiāo xi
有 一 個 不 好 的 消 息 。

Yǒu jiàn shì shí zài hěn nán gēn nǐ shuō dàn shì
⇨ 有 件 事 實 在 很 難 跟 你 說 ， 但 是 ⋯⋯

Yǒu gè shìr yào gēn nǐ shuō nǐ děi yǒu xīn lǐ zhǔn bèi
⇨ 有 個 事 兒 要 跟 你 說 ， 你 得 有 心 理 準 備 。

V. 職場日常會話

1 日常寒暄

一般性問候

Nǐ hǎo　Nín hǎo
你 好 。 您 好 。

　　Nǐ　　Nín zuì jìn hǎo ma
⇨ 你 / 您 最 近 好 嗎 ？

　　Nǐ　　Nín zěn me yàng
⇨ 你 / 您 怎 麼 樣 ？

　　Hěn hǎo
🖵 很 好 。

　　Fēi cháng hǎo
🖵 非 常 好 。

　　Hái xíng
🖵 還 行 。

　　Hái chéng ba
🖵 還 成 吧 。

　　Xiāngdāng bù cuò
🖵 相 當 不 錯 。

Nǐ zuì jìn hùn de zěn me yàng
你 最 近 混 得 怎 麼 樣 ？ （ 俚 語 式 ）

　　Ng　　hái nèi yàngr
🖵 嗯 ， 還 那 樣 兒 。

　　Hái suàn guò de qù
🖵 還 算 過 得 去 。

Yī qiè dōu shùn lì ma
一 切 都 順 利 嗎 ？

　　Yī qiè shùn lì
🖵 一 切 順 利 。

　　Hěn hǎo a
🖵 很 好 啊 。

　　Hěn bù cuò
🖵 很 不 錯 ！

　　Fēi cháng hǎo
🖵 非 常 好 。

Gōng zuò shùn lì ma
工 作 順 利 嗎？

> Hái kě yǐ
> 回 還 可 以 。

> Tǐng hǎo de
> 回 挺 好 的 。

> Bǐ jiào hǎo
> 回 比 較 好 。

Nǐ jīn tiān zěn me yàng
你 今 天 怎 麼 樣？

> Tài bàng le
> 回 太 棒 了！

Shì qing jìn xíng de zěn me yàng a
事 情 進 行 得 怎 麼 樣 啊？

> Bù tài shùn lì
> 回 不 太 順 利 。

> Hāi yī bù bù lái ba
> 回 咳，一 步 步 來 吧 。

告 辭

Néng gēn nín miàn tán ràng wǒ hěn gāo xìng
能 跟 您 面 談，讓 我 很 高 興 。

> Shí zài bào qiàn wǒ bì xū gào cí le
> 回 實 在 抱 歉，我 必 須 告 辭 了 。

> Néng yǔ nǐ jiāo tán wǒ yě hěn gāo xìng
> 回 能 與 你 交 談，我 也 很 高 興 。

> Xiè xie nín chōu shí jiān gēn wǒ men Jiàn miàn
> 回 謝 謝 您 抽 時 間 跟 我 們 見 面 。

> Néng gēn nín cháng tán wǒ jué de tǐng róng xìng de
> 回 能 跟 您 長 談，我 覺 得 挺 榮 幸 的 。

Gēn nín liáo de hěn kāi xīn
跟 您 聊 得 很 開 心 。

> Néng gēn nǐ tán zhè me jiǔ wǒ zhēn gāo xìng
> ⇨ 能 跟 你 談 這 麼 久，我 真 高 興 。

> Duì bu qǐ wǒ yào gào cí le
> 回 對 不 起，我 要 告 辭 了 。

> Wǒ men hěn kuài yòu huì jiàn miàn le
> 回 我 們 很 快 又 會 見 面 了 。

Néng gēn nín jù huì wǒ hěn gāo xìng
能 跟 您 聚 會 ， 我 很 高 興 。

Hěn bào qiàn wǒ děi gào cí le
㋡ 很 抱 歉 ， 我 得 告 辭 了 。

Xī wàng bù jiǔ zài jiàn miàn
㋡ 希 望 不 久 再 見 面 。

Duì bu qǐ wǒ děi zǒu le
對 不 起 ， 我 得 走 了 。

Nà me gǎi tiān zài jiàn ba
㋡ 那 麼 ， 改 天 再 見 吧 。

Xià ge lǐ bài zài jiàn
㋡ 下 個 禮 拜 再 見 。

Míng tiān jiàn
㋡ 明 天 見 ！

Bào qiàn wǒ bì xū gào cí le
抱 歉 ， 我 必 須 告 辭 了 。

Nà me zài lián xì
㋡ 那 麼 ， 再 聯 繫 。

Wǒ gěi nǐ dǎ diàn huà
㋡ 我 給 你 打 電 話 。

Jiàn dào nǐ zhēn gāo xìng Dàn wǒ děi zǒu le
見 到 你 真 高 興 。 但 我 得 走 了 。

Gǎi tiān zài tán ba
㋡ 改 天 再 談 吧 。

Wǒ men guò liǎng tiān zài jiàn
㋡ 我 們 過 兩 天 再 見 。

Zěn me gēn nín bǎo chí lián xì ne
怎 麼 跟 您 保 持 聯 繫 呢 ？

Wǒ zěn me gēn nǐ lián luò ne
⇨ 我 怎 麼 跟 你 聯 絡 呢 ？

Kě yǐ yòng diàn yóu huò zhě shǒu jī gēn wǒ lián xì
㋡ 可 以 用 電 郵 或 者 手 機 跟 我 聯 繫 。

Yǒu shén me wèn tí jiù dǎ diàn huà
㋡ 有 甚 麼 問 題 ， 就 打 電 話 。

Zhè shì wǒ de diàn yóu dì zhǐ Gěi wǒ fā diàn yóu ba
㋡ 這 是 我 的 電 郵 地 址 。 給 我 發 電 郵 吧 。

Wǒ gěi nǐ fā diàn yóu
㋡ 我 給 你 發 電 郵 。

Nǐ néng yǒu huà zhí shuō, wǒ hěn gāo xìng。 Wǒ xī wàng zài cì
你 能 有 話 直 說 ， 我 很 高 興 。 我 希 望 再 次

jiàn dào nín。
見 到 您 。

Gěi nín yī zhāng míng piàn。 Àn zhè ge hào mǎ， gěi wǒ dǎ
🗨 給 您 一 張 名 片 。 按 這 個 號 碼 ， 給 我 打

diàn huà。
電 話 。

Zhè shì wǒ de míng piàn。 Shàng mian yǒu wǒ de diàn huà hào mǎ。
🗨 這 是 我 的 名 片 。 上 面 有 我 的 電 話 號 碼 。

Suí shí gěi wǒ dǎ diàn huà a。
🗨 隨 時 給 我 打 電 話 啊 。

Fēi cháng gǎn xiè dà jiā chōu shí jiān jiāo huàn yì jiàn。 Zài jiàn。
非 常 感 謝 大 家 抽 時 間 交 換 意 見 。 再 見 。

Zài jiàn， duō bǎo zhòng。
🗨 再 見 ， 多 保 重 。

2 介 紹

🔊 1.5.02

Wǒ lái jiè shào yī xià， zhè shì wǒ de tóng shì Wú Zhuō Yí。
我 來 介 紹 一 下 ， 這 是 我 的 同 事 吳 倬 儀 。

Hěn gāo xìng rèn shi nǐ。
🗨 很 高 興 認 識 你 。

Rèn shi nǐ hěn gāo xìng。
🗨 認 識 你 很 高 興 。

Bǐ cǐ bǐ cǐ， wǒ yě hěn gāo xìng。
🗨 彼 此 彼 此 ， 我 也 很 高 興 。

Gāo xiān sheng， zhè shì wǒ de lǎo zǒng Lín xiān sheng。
高 先 生 ， 這 是 我 的 老 總 林 先 生 。

Xìng huì， xìng huì。
🗨 幸 會 ， 幸 會 。

Zhè shì wǒ de mì shū Zhāng Huì Líng Zhāng xiǎo jiě。
🎨 這 是 我 的 秘 書 張 慧 玲 張 小 姐 。

Ràng wǒ jiè shào yī xià， zhèi shì wǒ men gōng sī de Lǐ fù
🎨 讓 我 介 紹 一 下 ， 這 是 我 們 公 司 的 李 副

zǒng cái。
總 裁 。

Ràng wǒ jiè shào yī xià， zhèi shì wǒ de tóng shì zhèng nǚ shì。
🎨 讓 我 介 紹 一 下 ， 這 是 我 的 同 事 鄭 女 士 。

Wǒ jiè shào yī xià， zhèi wèi shì Hé zǒng jīng lǐ
我 介 紹 一 下 ， 這 位 是 何 總 經 理 。

Mò xiān sheng， nǐ jiàn guo Chén Xióng Dá ma
莫 先 生 ， 你 見 過 陳 雄 達 嗎 ？

Mò xiān sheng， wǒ xiǎng nǐ hé Chén Xióng Dá yǐ qián yīng gāi rèn
莫 先 生 ， 我 想 你 和 陳 雄 達 以 前 應 該 認

shi
識 。

Méi yǒu
沒 有 。

Nà ràng wǒ lái jiè shào yī xià， zhè wèi shì Chén Xióng Dá
那 讓 我 來 介 紹 一 下 ， 這 位 是 陳 雄 達 。

Nǐ hǎo。 Wǒ jiào Mò Zhì Jiān
你 好 。 我 叫 莫 志 堅 。

Yáng xiān sheng， zhè wèi shì GME gōng sī de Zhào Xiān Sheng
楊 先 生 ， 這 位 是 GME 公 司 的 趙 先 生 。

Chū cì jiàn miàn， qǐng duō duō guān zhào
初 次 見 面 ， 請 多 多 關 照 。

Bǐ cǐ bǐ cǐ。 Wǒ yě qǐng nín duō guān zhào
彼 此 彼 此 。 我 也 請 您 多 關 照 。

Hǎo xiàng gēn nín shì tóu yī cì jiàn miàn ba
好 像 跟 您 是 頭 一 次 見 面 吧 。

Wǒ men yǐ qián jiàn guo miàn de
我 們 以 前 見 過 面 的 。

Jiàn dào nín hěn gāo xìng
見 到 您 很 高 興 。

Jiàn dào nín hěn róng xìng
見 到 您 很 榮 幸 。

Jiǔ yǎng dà míng
久 仰 大 名 。

第一部分·介紹

81

3 休假、請年假

第一部分 · 休假、請年假

Zuò zhèi ge xīn gōng zuò　　néng yǒu duō shao tiān jià qī
做 這 個 新 工 作 ， 能 有 多 少 天 假 期 ？

　Kě yǐ yǒu liǎng gè xīng qī yǒu xīn nián jià
🗨 可 以 有 兩 個 星 期 有 薪 年 假 。

Jīn nián xià tiān de xiū jià nǐ shì zěn me ān pái de
今 年 夏 天 的 休 假 你 是 怎 麼 安 排 的 ？

　Wǒ zhǔn bèi qù Běi Jīng lǚ yóu
🗨 我 準 備 去 北 京 旅 遊 。

Nǐ dǎ suan xiū jià ma
你 打 算 休 假 嗎 ？

　Shì a　　dǎ suan xiū jià
🗨 是 啊 ， 打 算 休 假 。

　Wǒ hái méi dìng ne
🗨 我 還 沒 定 呢 。

　Hái méi ne　　Bù guò zuì jìn yīng gāi kǎo lù le
🗨 還 沒 呢 。 不 過 最 近 應 該 考 慮 了 。

Guò nián nǐ huí jiā kàn fù mǔ qù ma
過 年 你 回 家 看 父 母 去 嗎 ？

　Shì　　kěn dìng yào huí qu
🗨 是 ， 肯 定 要 回 去 。

　Wǒ xiū jià kě néng huí fù mǔ nàr qù
🗨 我 休 假 可 能 回 父 母 那 兒 去 。

　Bù　　wǒ zhǔn bèi guò wán nián zài huí qu
🗨 不 ， 我 準 備 過 完 年 再 回 去 。

Shǔ jià dǎ suan zěn me guò a
暑 假 打 算 怎 麼 過 啊 ？

　Wǒ xiǎng shàng Qīng Dǎo xiū xi liǎng gè lǐ bài
🗨 我 想 上 青 島 休 息 兩 個 禮 拜 。

Xiū jià le　　Shén me shí hou fēi ya
休 假 了 ？ 甚 麼 時 候 飛 呀 ？

　Ā　　lǐ bài liù de fēi jī
🗨 啊 ， 禮 拜 六 的 飛 機 。

　Xiē xie　　xīng qī yī zǒu
🗨 歇 歇 ， 星 期 一 走 。

Míng tiān jiù chū fā　　Ōu Zhōu lǚ xíng qu
明 天 就 出 發 , 歐 洲 旅 行 去 。

Hǎo hāor chōng diàn
🕒 好 好兒 充 電 。

Hǎo hāor wánr
🕒 好 好兒 玩兒 。

Yī lù shùn fēng
🕒 一 路 順 風 !

Jià qī guò de hǎo ma
假 期 過 得 好 嗎 ?

Hǎo　　Wánr de tè bié gāo xìng
🕒 好 ! 玩兒 的 特 別 高 興 。

Wán de hěn gāo xìng　　Jiù shì tiān qì bù tài hǎo
🕒 玩 得 很 高 興 。 就 是 天 氣 不 太 好 。

Běi Jīng hǎo wánr ma
北 京 好 玩兒 嗎 ?

Wǒ méi qù　　Wǒ qǔ xiāo xiū jià le
🕒 我 沒 去 。 我 取 消 休 假 了 。

4　請半天假、請病假

🎧 1.5.04

Nǐ míng tiān xiū xi ma
你 明 天 休 息 嗎 ?

Zhǔn bèi xiū xi
🕒 準 備 休 息 。

Nǐ shén me shí hou xiū xi
你 甚 麼 時 候 休 息 ?

Míng tiān shàng wǔ xiū xi
🕒 明 天 上 午 休 息 。

Jīn tiān xià wǔ wǒ qǐng bàn tiān jià
🕒 今 天 下 午 我 請 半 天 假 。

Wǒ míng tiān néng qǐng bàn tiān jià ma
我 明 天 能 請 半 天 假 嗎 ?

Méi wèn tí
🕒 沒 問 題 。

Dāng rán kě yǐ
🕒 當 然 可 以 。

今天下午，你休息半天吧。
Jīn tiān xià wǔ, nǐ xiū xi bàn tiān ba

🈁 好，那我就休息一下。
Hǎo, nà wǒ jiù xiū xi yī xià

🈁 哎，我回去休息一下。
Āi, wǒ huí qù xiū xi yī xià

我感覺不太舒服，想請半天假。
Wǒ gǎn jué bù tài shū fu, xiǎng qǐng bàn tiān jià

⇨ 我覺得渾身不舒服，想請半天假。
Wǒ jué dé hún shēn bù shū fu, xiǎng qǐng bàn tiān jià

🈁 好，你回家休息吧。
Hǎo, nǐ huí jiā xiū xi ba

🈁 好，你去看病去。
Hǎo, nǐ qù kàn bìng qù

他今天休息嗎？
Tā jīn tiān xiū xi ma

🈁 休息。他早上打電話來請病假。
Xiū xi. Tā zǎo shang dǎ diàn huà lái qǐng bìng jià

🈁 對。他今天請假了。
Duì. Tā jīn tiān qǐng jià le

🈁 可不。他今天病了。
Kě bù. Tā jīn tiān bìng le

我明天上午休息半天行嗎？
Wǒ míng tiān shàng wǔ xiū xi bàn tiān xíng ma

🈁 行啊，那你就歇半天。
Xíng a, nà nǐ jiù xiē bàn tiān

🈁 你能不能換到下午休息？
Nǐ néng bu néng huàn dào xià wǔ xiū xi

這個星期五，我想休息一下行嗎？
Zhèi ge xīng qī wǔ, wǒ xiǎng xiū xi yī xià xíng ma

🈁 可以。沒問題。
Kě yǐ. Méi wèn tí

🈁 可以。不過你得填一張請假單。
Kě yǐ. Bù guò nǐ děi tián yī zhāng qǐng jià dān

第一部分・請半天假、請病假

84

5 對工作表示不滿

 1.5.05

Zhèi ge gōng zuò shìr tài duō le
這 個 工 作 事 兒 太 多 了 。
Wǒ chéng dān bù liǎo
我 承 擔 不 了 。

Zhè me duō de shìr wǒ kǒng pà chǔ lǐ bù wán
⇨ 這 麼 多 的 事 兒 我 恐 怕 處 理 不 完 。

Zhè xiē quán dōu yào zuò ma Nǐ bù jué de tài duō le ma
🗨 這 些 全 都 要 做 嗎 ？ 你 不 覺 得 太 多 了 嗎 ？

Nǐ de yāo qiú tài duō le
🗨 你 的 要 求 太 多 了 。

Wèi shén me bù néng duō gěi diǎnr shí jiān ne
為 甚 麼 不 能 多 給 點 兒 時 間 呢 ？

Bì xū zài duō gěi diǎnr shí jiān
⇨ 必 須 再 多 給 點 兒 時 間 。

Néng bu néng ràng qí tā rén zuò zhèi jiàn shì Zhèi jiàn shì duì
🗨 能 不 能 讓 其 他 人 做 這 件 事 ？ 這 件 事 對
wǒ lái jiǎng tài fù zá le
我 來 講 太 複 雜 了 。

Nà me duǎn de shí jiān wǒ wán bù chéng
那 麼 短 的 時 間 我 完 不 成 。

Zài zěn me zháo jí wǒ yě zuò bù wán
⇨ 再 怎 麼 着 急 ， 我 也 做 不 完 。

Duō gěi yī gè yuè xíng ma
🗨 多 給 一 個 月 行 嗎 ？

Bù xíng yào duō gěi liǎng gè yuè shí jiān
🕒 不 行 ， 要 多 給 兩 個 月 時 間 。

Bié bǎ zé rèn tuī zài wǒ shēn shang
別 把 責 任 推 在 我 身 上 。

Bié bǎ nèi bǐ zhàng suàn zài wǒ tóu shang Zhè yàng duì wǒ bù
⇨ 別 把 那 筆 賬 算 在 我 頭 上 。 這 樣 對 我 不
gōng píng
公 平 。

Nǐ bié mìng lìng wǒ gàn zhè gàn nà de
你 別 命 令 我 幹 這 幹 那 的 ！

Nǐ zhè huà ràng wǒ jué de hěn shēng qì
🗨 你 這 話 讓 我 覺 得 很 生 氣 。

第
一
部
分
・
對
工
作
表
示
不
滿

6 評價某人性格

Tā shì shén me lèi xíng de rén
他 是 甚 麼 類 型 的 人 ？

Nǐ duì tā de yìn xiàng rú hé
⇨ 你 對 他 的 印 象 如 何 ？

Nǐ zěn me píng jià tā zhè ge rén
⇨ 你 怎 麼 評 價 他 這 個 人 ？

Tā tǐng hé qì de
🗟 他 挺 和 氣 的 。

Tā shì gè fēi cháng yǒu yōu mò gǎn de rén
🗟 他 是 個 非 常 有 幽 默 感 的 人 。

Tā shì wǒ jiàn guo de pí qi zuì hǎo de rén
🗟 他 是 我 見 過 的 脾 氣 最 好 的 人 。

Tā zhè rén yǒu jiā jiào dǒng lǐ mào
🗟 他 這 人 有 家 教 、 懂 禮 貌 。

Zuò wéi yī gè shāng rén nǐ huì zěn me píng jià tā
作 為 一 個 商 人 ， 你 會 怎 麼 評 價 他 ？

Tā duì gōng zuò de yāo qiú jí yán gé
🗟 他 對 工 作 的 要 求 極 嚴 格 。

Nǐ zěn me píng jià tā
你 怎 麼 評 價 她 ？

Tā de mén lù hěn duō
🗟 她 的 門 路 很 多 。

Tā shàn yú fēn xī fù zá de wèn tí
🗟 她 擅 於 分 析 複 雜 的 問 題 。

Tā zuò shì yòu kuài yòu hǎo
🗟 她 做 事 又 快 又 好 。

Tā duì shén me shì qing dōu méi yǒu yuàn yán
🗟 她 對 甚 麼 事 情 都 沒 有 怨 言 。

Tā duì zhōu wéi de rén dōu tǐng yǒu tóng qíng xīn de
🗟 她 對 周 圍 的 人 都 挺 有 同 情 心 的 。

Tā shì yìng néng lì tè qiáng qíng kuàng zěn me biàn huà dōu bù
🗟 她 適 應 能 力 特 強 ， 情 況 怎 麼 變 化 都 不

pà
怕 。

7 吃午飯

Yī qǐ chī wǔ fàn ba
一 起 吃 午 飯 吧 ？

   Hǎo   yī qǐ qù
答 好 ， 一 起 去 。

   Wǒ jīn tiān bù chī le
答 我 今 天 不 吃 了 。

   Wǒ hái bù è ne
答 我 還 不 餓 呢 。

Nǐ wǔ fàn xiǎng chī shén me
你 午 飯 想 吃 甚 麼 ？

   Chī sān míng zhì ba
答 吃 三 明 治 吧 。

   Suí biàn   tīng nǐ de
答 隨 便 ， 聽 你 的 。

   Wǒ shén me dōu xíng
答 我 甚 麼 都 行 。

   Wǒ bù tiāo shí   shén me dōu chī
答 我 不 挑 食 ， 甚 麼 都 吃 。

Nǐ chī fàn le ma
你 吃 飯 了 嗎 ？

   Hái méi ne
答 還 沒 呢 。

   Hái méi chī ne   yī zhí máng a
答 還 沒 吃 呢 ， 一 直 忙 啊 。

   Chī guo le   Wèi   dào chī fàn shí jiān le
答 吃 過 了 。 喂 ， 到 吃 飯 時 間 了 。

   Ō   dào shí jiān le   Zhēn kuài
答 噢 ， 到 時 間 了 ？ 真 快 ！

   Wǒ dōu wàng le
答 我 都 忘 了 。

   Wǒ zǎo   bǎ chī wǔ fàn de shì   wàng gān jìng le
答 我 早 （ 把 吃 午 飯 的 事 ） 忘 乾 淨 了 。

8　通　勤

Nǐ cóng nǎr lái de
你 從 哪兒 來 的 ？

　Wǒ cóng Shàng Hǎi lái de
回 我 從 上 海 來 的 。

　Wǒ cóng Hú Nán lái de
回 我 從 湖 南 來 的 。

Nǐ měi tiān shàng bān xū yào duō shao shí jiān
你 每 天 上 班 需 要 多 少 時 間 ？

　Nǐ měi tiān shàng bān yào yòng duō cháng shí jiān
⇨ 你 每 天 上 班 要 用 多 長 時 間 ？

　Shàng bān dà gài yī gè zhōng tóu duō diǎnr
回 上 班 大 概 一 個 鐘 頭 多 點兒 。

　Cóng jiā li dào gōng sī chà bu duō yī xiǎo shí
回 從 家 裏 到 公 司 ， 差 不 多 一 小 時 。

Nǐ shàng bān zuò jǐ lù chē
你 上 班 坐 幾 路 車 ？

　Wǒ zuò èr sān èr wú guǐ
回 我 坐 二 三 二 無 軌 。

　Zài nǎr dǎo chē ne
◔ 在 哪兒 倒 車 呢 ？

　Zài Ān Dìng Mén dǎo chē
回 在 安 定 門 倒 車 。

　Wǒ bù yòng dǎo chē
回 我 不 用 倒 車 。

9　推薦和選飲料

Lái bēi kā fēi zěn me yàng
來 杯 咖 啡 怎 麼 樣 ？

　Hǎo Má fan nín
回 好 。 麻 煩 您 。

　Xiè xie bù bì le
回 謝 謝 ， 不 必 了 。

Hē shuǐ ma
喝 水 嗎 ？

    Hǎo a   xiè xie
    回 好 啊 ， 謝 謝 。

Nín yào shén me yǐn liào
您 要 甚 麼 飲 料 ？

    Nín yào diǎnr shén me yǐn liào ma
⇨ 您 要 點 兒 甚 麼 飲 料 嗎 ？

    Gěi wǒ kā fēi ba
回 給 我 咖 啡 吧 。

    Gěi wǒ yī bēi lǜ chá
回 給 我 一 杯 綠 茶 。

Gěi nín ná diǎnr yǐn liào lái ya
給 您 拿 點 兒 飲 料 來 呀 ？

    Gěi wǒ yī bēi shuǐ jiù xíng le   Nín hē diǎnr shén me
回 給 我 一 杯 水 就 行 了 。 您 喝 點 兒 甚 麼 ？

    Kě lè ba
回 可 樂 吧 。

---

10 公司的活動

🎧 1.5.10

Wǒ men gōng sī yào qù nǎr lǚ yóu wa
我 們 公 司 要 去 哪 兒 旅 遊 哇 ？

    Zhǔn bèi qù Dí Shì Ní Hǎi Yáng Shì Jiè
回 準 備 去 迪 士 尼 海 洋 世 界 。

    Wǒ yě bù tài qīng chu   kě néng shì qù Shàng Hǎi de Dōng Fāng
回 我 也 不 太 清 楚 ， 可 能 是 去 上 海 的 東 方

    Míng Zhū Tǎ ba
    明 珠 塔 吧 。

    Shì qù Tiān Chí de wēn quán
回 是 去 天 池 的 溫 泉 。

Xīn nián jù huì nǐ qù ma
新 年 聚 會 你 去 嗎 ？

    Qù
回 去 。

    Wǒ hái méi yǒu jué dìng ne
回 我 還 沒 有 決 定 呢 。

Shēng ri huì shì shén me shí hou a
生 日 會 是 甚 麼 時 候 啊 ？

Zhèi ge xīng qī wǔ
🈂 這 個 星 期 五 。

Hái méi yǒu dìng ne
🈂 還 沒 有 定 呢 。

Nǐ cān jiā tā de huān sòng huì ma
你 參 加 她 的 歡 送 會 嗎 ？

Wǒ cān jiā
🈂 我 參 加 。

Á Wǒ hái méi tīng shuō zhèi jiàn shì ne Shén me shí hou
🈂 啊 ？ 我 還 沒 聽 説 這 件 事 呢 。 甚 麼 時 候

jǔ xíng ne
舉 行 呢 ？

Zhèi ge xīng qī wǔ de xià wǔ liù diǎn Fèi yòng shì duō shao
🕐 這 個 星 期 五 的 下 午 六 點 。 費 用 是 多 少 ？

Èr bǎi rén mín bì
🈂 二 百 人 民 幣 。

Zhēn duì bu qǐ wǒ bù qīng chu
🈂 真 對 不 起 ， 我 不 清 楚 。

Shéi shì jù huì de zhào jí rén na
誰 是 聚 會 的 召 集 人 哪 ？

Shì Ōu Yáng xiān sheng
🈂 是 歐 陽 先 生 。

Jù huì shéi lái zǔ zhī a
聚 會 誰 來 組 織 啊 ？

Yóu Wáng Wǎn Wén fù zé
🈂 由 王 婉 文 負 責 。

Nǐ kě yǐ wèn Sūn Líng Nèi ge wǎn huì shén me shí hou
🈂 你 可 以 問 孫 玲 。 那 個 晚 會 甚 麼 時 候 、

zài nǎr jǔ xíng
在 哪 兒 舉 行 ？

Zhèi ge lǐ bài wǔ wǎn shang qī diǎn zài Bái Yún Jiǔ Diàn jǔ xíng
🕐 這 個 禮 拜 五 晚 上 七 點 在 白 雲 酒 店 舉 行 。

11 對衣着的提醒

Nǐ de lǐng dài dǎ de yǒu diǎnr wāi
你 的 領 帶 打 得 有 點兒 歪 。

Nǐ de lǐng dài jì de bù zhèng
⇨ 你 的 領 帶 繫 得 不 正 。

___

Nǐ de nèi yī lòu chu lai le
你 的 內 衣 露 出 來 了 。

Nǐ de chèn shān bèi hòu zāng le
你 的 襯 衫 背 後 髒 了 。

Nǐ de wài yī bèi hòu zāng le Nǐ kù zi shàng yǒu gè kū
你 的 外 衣 背 後 髒 了 。 你 褲 子 上 有 個 窟

long
窿 。

Nǐ kù zi shàng de lā liàn méi lā hǎo
你 褲 子 上 的 拉 鏈 沒 拉 好 。

Nǐ de xié dàir sōng le
你 的 鞋 帶兒 鬆 了 。

Nǐ de xié dàir kāi le
你 的 鞋 帶兒 開 了 。

Nǐ tóu fa shàng yǒu tóu pí
你 頭 髮 上 有 頭 皮 。

Nǐ jiān bǎng shàng yǒu tóu pí
你 肩 膀 上 有 頭 皮 。

Nǐ tóu fa shàng yǒu xiàn tóur
你 頭 髮 上 有 綫 頭兒 。

Nǐ bèi shang yǒu xiàn tóur
你 背 上 有 綫 頭兒 。

第二部分

不同業務場合的

商業普通話

1 合同的期限、履行情況和種類

Wǒ men xū yào qiān hé tong ma
我 們 需 要 簽 合 同 嗎 ?

    Dāng rán xū yào qiān hé tong le
    當 然 需 要 簽 合 同 了 。

Xū yào qiān shū miàn hé tong ma
需 要 簽 書 面 合 同 嗎 ?

    Shì a   xū yào qiān gè shū miàn hé tong   Zhǐ yǒu kǒu tóu
    是 啊 ， 需 要 簽 個 書 面 合 同 。 只 有 口 頭
    xié yì shì bù gòu de
    協 議 是 不 夠 的 。

Hé tong bì xū qiān zì ma
合 同 必 須 簽 字 嗎 ?

    Hé tong dāng rán yào qiān zì le
    合 同 當 然 要 簽 字 了 。

Nà shén me shí hou qiān yuē hǎo ne
那 甚 麼 時 候 簽 約 好 呢 ?

    Zuì hǎo yī gè yuè yǐ nèi qiān
    最 好 一 個 月 以 內 簽 。

Hé tong yǐ jing dào qī le ma
合 同 已 經 到 期 了 嗎 ?

    Hé tong yǐ jing shī xiào le ma
  ⇨ 合 同 已 經 失 效 了 嗎 ?
    Wǒ men de hé tong xià gè yuè dào qī
    我 們 的 合 同 下 個 月 到 期 。
    Wǒ men de hé tong yǐ jing shī xiào
    我 們 的 合 同 已 經 失 效 。
    Yīng gāi bǎ xiàn zài zhè ge hé tong yán qī
    應 該 把 現 在 這 個 合 同 延 期 。

Hé tong yīng gāi yán qī duō cháng shí jiān
合 同 應 該 延 期 多 長 時 間 ?

    Bǎ hé tong zài yán cháng yī nián ba
    把 合 同 再 延 長 一 年 吧 。
    Bǎ hé tong zài yán cháng liǎng nián zěn me yàng
    把 合 同 再 延 長 兩 年 怎 麼 樣 ?

Wǒ men de hé tong shén me shí hou dào qī
我們的合同甚麼時候到期？

　Zhèi ge yuè dǐ hé tong qī mǎn
⮐ 這個月底合同期滿。

　Wǒ men de hé tong xià ge yuè dào qī
⮐ 我們的合同下個月到期。

　Gēn tā men de hé tong hái yǒu yī nián shí jiān
🎨 跟他們的合同還有一年時間。

Zhèi ge hé tong hái yǒu xiào ma
這個合同還有效嗎？

　Wǒ men de hé tong hái yǒu xiào ma
⇨ 我們的合同還有效嗎？

　Zhèi ge hé tong hái yǒu xiào
⮐ 這個合同還有效。

　Zhèi ge hé tong réng rán yǒu xiào
⮐ 這個合同仍然有效。

　Zhèi ge hé tong yǐ jing wú xiào le
⮐ 這個合同已經無效了。

Wǒ men zhī jiān hái yǒu yǒu xiào de hé tong ma
我們之間還有有效的合同嗎？

　Yǒu　　hái yǒu yǒu xiào hé tong
⮐ 有，還有有效合同。

　Wǒ men zhī jiān yǐ jing bù cún zài yǒu xiào hé tong le
⮐ 我們之間已經不存在有效合同了。

Zhèi ge hé tong yǐ hòu zěn me chǔ lǐ
這個合同以後怎麼處理？

　Zhèi ge hé tong yīng gāi jiě chú
⮐ 這個合同應該解除。

　Hé tong bì xū chóng xīn xiū dìng
⮐ 合同必須重新修訂。

　Bì xū jié shù hé tong
⮐ 必須結束合同。

Mù qián　　wǒ men xiān qiān yī gè yì xiàng shū　　hǎo bu hǎo
目前，我們先簽一個意向書，好不好？

　Shén me shí hou kě yǐ zhèng shì qiān yuē
⇨ 甚麼時候可以正式簽約？

　Liǎng gè xīng qī hòu zài qiān zhèng shì hé tong
⮐ 兩個星期後再簽正式合同。

Wǒ xiǎng chóng xīn xiū gǎi
我 想 重 新 修 改 。

Yǒu xiē dì fang xī wàng nǐ men xiū gǎi yī xià
⇨ 有 些 地 方 希 望 你 們 修 改 一 下 。

Nǐ xiǎng zěn yàng xiū gǎi zhè ge hé tong   Zhè shì biāo zhǔn hé
㢍 你 想 怎 樣 修 改 這 個 合 同 ？ 這 是 標 準 合

tong ma
同 嗎 ？

Zhè jiù shi wǒ men de biāo zhǔn hé tong
㢍 這 就 是 我 們 的 標 準 合 同 。

Bù shì   zhè shì tè dìng hé tong
㢍 不 是 ， 這 是 特 定 合 同 。

Shì dìng cháng qī hé tong ne   hái shi xiān qiān gè duǎn qī de
是 訂 長 期 合 同 呢 ， 還 是 先 簽 個 短 期 的 ？

Wǒ men xiǎng qiān dìng yī nián de hé tong
㢍 我 們 想 簽 訂 一 年 的 合 同 。

Wǒ men xiǎng qiān liǎng nián de hé tong
㢍 我 們 想 簽 兩 年 的 合 同 。

Wǒ men xī wàng dìng cháng qī hé tong
㢍 我 們 希 望 訂 長 期 合 同 。

Xī wàng nǐ men dìng gè duǎn qī hé tong
㢍 希 望 你 們 訂 個 短 期 合 同 。

Qǐ mǎ děi dìng yī nián de hé tong
㢍 起 碼 得 訂 一 年 的 合 同 。

Xū yào dìng sān nián de hé tong   Hé tong qī xiàn shì zěn me
㢍 需 要 訂 三 年 的 合 同 。 合 同 期 限 是 怎 麼

dìng de
定 的 ？

Kě yǐ jiù hé tong de qī xiàn tán yi tán
㢍 可 以 就 合 同 的 期 限 談 一 談 。

Nǐ gēn tā men qiān yuē le ma
你 跟 他 們 簽 約 了 嗎 ？

Qiān le
㢍 簽 了 。

Nǐ wèi shén me xiǎng yào jiě chú hé tong ne
你 為 甚 麼 想 要 解 除 合 同 呢 ？

Yīn wèi   nǐ men   wéi fǎn le hé tong tiáo jiàn
㢍 因 為 （ 你 們 ） 違 反 了 合 同 條 件 。

Hé tong yǐ jing bù xū yào le
㢍 合 同 已 經 不 需 要 了 。

Qíng kuàng yǐ jing fā shēng le biàn huà
㉡ 情 況 已 經 發 生 了 變 化 。

Nèi ge hé tong de zuì xīn qíng kuàng zěn me yàng
那 個 合 同 的 最 新 情 況 怎 麼 樣 ？

Nèi ge hé tong mù qián yǐ jing méi yǒu yuē shù lì le bù
㉡ 那 個 合 同 目 前 已 經 沒 有 約 束 力 了 ， 不
qǐ zuò yòng le
起 作 用 了 。

Nèi ge hé tong yǐ jing qiān zì le
㉡ 那 個 合 同 已 經 簽 字 了 。

Nèi ge hé tong yǐ jing shāng liang dìng le
㉡ 那 個 合 同 已 經 商 量 定 了 。

Nèi ge hé tong cóng xià gè yuè kāi shǐ shēng xiào
㉡ 那 個 合 同 從 下 個 月 開 始 生 效 。

Shuāng fāng zài hé tong shàng qiān le zì
㉡ 雙 方 在 合 同 上 簽 了 字 。

2 合同條件

🔊 2.02

Nǐ men de hé tong tiáo jiàn shì shén me
你 們 的 合 同 條 件 是 甚 麼 ？

Nǐ men de hé tong tiáo jiàn bāo kuò něi xiē nèi róng
⇨ 你 們 的 合 同 條 件 包 括 哪 些 內 容 ？

Wǒ xiǎng jiù hé tong de tiáo kuǎn hé nǐ men xié shāng yī xià
㉡ 我 想 就 合 同 的 條 款 和 你 們 協 商 一 下 。

Yī gè xīng qī hòu wǒ fāng jiāng tí jiāo hé tong tiáo kuǎn
㉡ 一 個 星 期 後 ， 我 方 將 提 交 合 同 條 款 。

Mù qián yǒu guān de hé tong tiáo kuǎn zhèng zài xiū gǎi
㉡ 目 前 ， 有 關 的 合 同 條 款 正 在 修 改 。

Wǒ men de hé tong tiáo kuǎn yī gè yuè hòu kě yǐ tí jiāo
㉡ 我 們 的 合 同 條 款 一 個 月 後 可 以 提 交 。

Hé tong tiáo jiàn dōu xiě zài zhè fèn wén jiàn li le
㉡ 合 同 條 件 都 寫 在 這 份 文 件 裏 了 。

Wǒ men de hé tong tiáo jiàn dōu xiě zài fù lù li le
㉡ 我 們 的 合 同 條 件 都 寫 在 附 錄 裏 了 。

Wǒ men de hé tong tiáo jiàn dōu zài zhèi zhāng zhǐ shang zhù míng le
㉡ 我 們 的 合 同 條 件 都 在 這 張 紙 上 註 明 了 。

Hé tong tiáo jiàn yǐ jing yìn zài zhèr le
㉡ 合 同 條 件 已 經 印 在 這 兒 了 。

Wǒ men de hé tong tiáo jiàn hái méi zhǔn bèi hǎo
㉡ 我 們 的 合 同 條 件 還 沒 準 備 好 。

僱用條款是怎麼規定的？
Gù yòng tiáo kuǎn shì zěn me guī dìng de

回 在工作人員手冊裏都有這些規定。
Zài gōng zuò rén yuán shǒu cè li dōu yǒu zhèi xiē guī dìng

接受我們提案的條件是甚麼？
Jiē shòu wǒ men tí àn de tiáo jiàn shì shén me

回 我們的條件會在下次會議上提出。
Wǒ men de tiáo jiàn huì zài xià cì huì yì shàng tí chū

回 有關內容寫在第五項裏了。
Yǒu guān nèi róng xiě zài dì wǔ xiàng li le

接受海外訂貨的條件是甚麼？
Jiē shòu hǎi wài dìng huò de tiáo jiàn shì shén me

回 實在對不起，我們目前不接受海外訂
Shí zài duì bu qǐ, wǒ men mù qián bù jiē shòu hǎi wài dìng

貨。
huò

某些條款能不能修改一下？
Mǒu xiē tiáo kuǎn néng bu néng xiū gǎi yī xià

⇨ 你們的條件中，有幾項我們不能同意。
Nǐ men de tiáo jiàn zhōng, yǒu jǐ xiàng wǒ men bù néng tóng yì

能不能修改一下？
Néng bu néng xiū gǎi yī xià

⇨ 你們的合同條款，有些太苛刻了。能
Nǐ men de hé tong tiáo kuǎn, yǒu xiē tài kē kè le。 Néng

不能修改一下？
bu néng xiū gǎi yī xià

回 噢，有的條款可以修改。
Ō, yǒu de tiáo kuǎn kě yǐ xiū gǎi

回 這些條款不能改動。
Zhèi xiē tiáo kuǎn bù néng gǎi dòng

請問，還有其他條件嗎？
Qǐng wèn, hái yǒu qí tā tiáo jiàn ma

⇨ 你要不要補充新的條件？
Nǐ yào bu yào bǔ chōng xīn de tiáo jiàn

回 還有一個附加條件。
Hái yǒu yī gè fù jiā tiáo jiàn

回 除此之外，沒有其他條件了。
Chú cǐ zhī wài, méi yǒu qí tā tiáo jiàn le

Wǒ xiǎng tí chū xīn de tiáo jiàn jiàn yì
Ɛ 我 想 提 出 新 的 條 件 建 議。

Nǐ men tóng yì wǒ men de tiáo jiàn ma
你 們 同 意 我 們 的 條 件 嗎?

Nǐ men rèn tóng wǒ men de tiáo kuǎn nèi róng ma
⇨ 你 們 認 同 我 們 的 條 款 內 容 嗎?

Wǒ men tóng yì nǐ men de tiáo jiàn
Ɛ 我 們 同 意 你 們 的 條 件。

Wǒ men kǎo lǜ quán bù jiē shòu nǐ men de tiáo jiàn　　Nín shén
Ɛ 我 們 考 慮 全 部 接 受 你 們 的 條 件。 您 甚

me shí hou rèn kě wǒ men de tiáo jiàn
麼 時 候 認 可 我 們 的 條 件?

Wǒ men hái xū yào yī gè xīng qī de shí jiān tǎo lùn zhè xiē
Ɛ 我 們 還 需 要 一 個 星 期 的 時 間 討 論 這 些

tiáo kuǎn
條 款。

Qǐng zài gěi liǎng gè lǐ bài
Ɛ 請 再 給 兩 個 禮 拜。

3 談 判

🔊 2.03

Tiáo jiàn kě yǐ shāng liang ma
條 件 可 以 商 量 嗎?

Kě yǐ shāng liang
Ɛ 可 以 商 量。

Tiáo jiàn yǒu shāng liang de yú dì　　Shén me shí hou kāi shǐ tán
Ɛ 條 件 有 商 量 的 餘 地。 甚 麼 時 候 開 始 談?

Xià xīng qī kāi shǐ tán
Ɛ 下 星 期 開 始 談。

Tán pàn bù huì mǎ shàng kāi shǐ
Ɛ 談 判 不 會 馬 上 開 始。

Hái méi dìng hǎo shén me shí hou kāi shǐ tán
Ɛ 還 沒 定 好 甚 麼 時 候 開 始 談。

Tán pàn shén me shí hou jié shù
談 判 甚 麼 時 候 結 束?

Xià gè yuè jié shù
Ɛ 下 個 月 結 束。

Bù huì mǎ shàng jié shù ba　　Tán pàn yào chí xù duō jiǔ
Ɛ 不 會 馬 上 結 束 吧? 談 判 要 持 續 多 久?

Gū jì zěn me yě děi yī gè yuè
估 計 怎 麼 也 得 一 個 月 。

Tán pàn shí jiān zuì duǎn yě děi sān gè yuè ba
談 判 時 間 最 短 也 得 三 個 月 吧 。

Shéi shì shǒu xí tán pàn dài biǎo
誰 是 首 席 談 判 代 表 ?

Lín xiān sheng shì shǒu xí tán pàn dài biǎo
林 先 生 是 首 席 談 判 代 表 。

Zhuāng xiǎo jiě fù zé tán pàn de xié tiáo gōng zuò
莊 小 姐 負 責 談 判 的 協 調 工 作 。

Shì bu shì xū yào shuāng fāng zuì gāo lǐng dǎo chū miàn xié shāng
是 不 是 需 要 雙 方 最 高 領 導 出 面 協 商 ?

Xū yào jìn kuài jǔ xíng zuì gāo lǐng dǎo zhī jiān de xié shāng
需 要 盡 快 舉 行 最 高 領 導 之 間 的 協 商 。

Zhè bù shì zuì hòu tán pàn 。 Mù qián hái méi bì yào yóu zuì
這 不 是 最 後 談 判 。 目 前 還 沒 必 要 由 最

gāo lǐng dǎo chū miàn xié shāng
高 領 導 出 面 協 商 。

Xiàn zài hái bù xū yào jǔ xíng zuì gāo lǐng dǎo zhī jiān de huì
現 在 還 不 需 要 舉 行 最 高 領 導 之 間 的 會

tán
談 。

Tán pàn de jié guǒ zěn me yàng
談 判 的 結 果 怎 麼 樣 ?

Tán de zěn me yàng
⇨ 談 得 怎 麼 樣 ?

Tán pàn jìn xíng de fēi cháng shùn lì
談 判 進 行 得 非 常 順 利 。

Qì fēn fēi cháng yǒu hǎo
（ 氣 氛 ） 非 常 友 好 。

Tán pàn shī bài le
談 判 失 敗 了 。

Fēi cháng chī lì
非 常 吃 力 。

Tán le hěn cháng shí jiān
談 了 很 長 時 間 。

Tán pàn de shí hou fān yì kě yǐ yī qǐ qù ma
談 判 的 時 候 翻 譯 可 以 一 起 去 嗎 ？

Kě yǐ。 Yī wèi fān yì jiù gòu le
回 可 以 。 一 位 翻 譯 就 夠 了 。

Bù kě yǐ。
回 不 可 以 。

Tán pàn kě yǐ yòng guǎng dōng huà ma
談 判 可 以 用 廣 東 話 嗎 ？

Shí zài duì bu qǐ， tán pàn zhǐ néng yòng pǔ tōng huà
回 實 在 對 不 起 ， 談 判 只 能 用 普 通 話 。

Zhè suàn shì shì xiān cuō shāng ma
這 算 是 事 先 磋 商 嗎 ？

Zhè shì shì xiān cuō shāng。
回 這 是 事 先 磋 商 。

Wǒ men kě yǐ zhí jiē jiāo shè ma
我 們 可 以 直 接 交 涉 嗎 ？

Nǐ men kě yǐ zhí jiē jiāo shè
回 你 們 可 以 直 接 交 涉 。

Nǐ men zhǐ néng jìn xíng jiàn jiē jiāo shè
回 你 們 只 能 進 行 間 接 交 涉 。

Duì fāng de tán pàn dài biǎo shì shéi
對 方 的 談 判 代 表 是 誰 ？

Duì fāng de tán pàn dài biǎo shì Chén xiān sheng
回 對 方 的 談 判 代 表 是 陳 先 生 。

Wǒ men zhèi bian de tán pàn dài biǎo shì shéi
我 們 這 邊 的 談 判 代 表 是 誰 ？

Wǒ men de tán pàn dài biǎo shì Qián xiān sheng
回 我 們 的 談 判 代 表 是 錢 先 生 。

4 價格談判

Bù zhī dào yǒu méi yǒu jiàng jià de yú dì
不 知 道 有 沒 有 降 價 的 餘 地 ？

Bù zhī dào xiàn zài de bào jià néng bu néng jiàng dī yī xiē
⇨ 不 知 道 現 在 的 報 價 能 不 能 降 低 一 些 ？

Bù zhī dào jià gé hái yǒu méi yǒu xià tiáo de kōng jiān
⇨ 不 知 道 價 格 還 有 沒 有 下 調 的 空 間 ？

Wǒ xiǎng gēn nín tán yī xià yǒu guān jiàng jià de wèn tí
⇨ 我 想 跟 您 談 一 下 有 關 降 價 的 問 題 。

Fēi cháng bào qiàn wǒ men bù néng jiàng jià
⇦ 非 常 抱 歉 ， 我 們 不 能 降 價 。

Bù néng zài jiàng le
⇦ 不 能 再 降 了 。

其他議價的話

Nǐ men de bào jià kě bu kě yǐ shāng liang
你 們 的 報 價 可 不 可 以 商 量 ？

Jià gé nín shì zěn me kǎo lǜ de
價 格 您 是 怎 麼 考 慮 的 ？

Wǒ men xiǎng tán tan jià gé wèn tí
我 們 想 談 談 價 格 問 題 。

Wǒ men tán tan jià gé wèn tí ba
我 們 談 談 價 格 問 題 吧 。

Nín xū yào jiàng jià duō shao
您 需 要 降 價 多 少 ？

Nín xī wàng de jiàng jià fú dù shì duō shao
⇨ 您 希 望 的 降 價 幅 度 是 多 少 ？

Zuì shǎo yě yào jiàng jià bǎi fēn zhī wǔ
⇦ 最 少 也 要 降 價 百 分 之 五 。

Mù qián de bào jià néng bu néng zài wǎng xià yā bǎi fēn zhī
⇦ 目 前 的 報 價 能 不 能 再 往 下 壓 百 分 之

èr shí
二 十 ？

Jiǎn jià bǎi fēn zhī èr shí shì bù kě néng de Rú guǒ shì
⇦ 減 價 百 分 之 二 十 是 不 可 能 的 。 如 果 是

bǎi fēn zhī shí wǔ hái kě yǐ xiǎng xiang bàn fǎ
百 分 之 十 五 還 可 以 想 想 辦 法 。

Rú guǒ zuì duō shì bǎi fēn zhī shí kě yǐ kǎo lǜ jiàng jià
⇦ 如 果 最 多 是 百 分 之 十 ， 可 以 考 慮 降 價 。

下 調 百 分 之 十 是 我 們 能 承 受 的 最 大 限
度 。

🗨 希 望 能 再 減 價 百 分 之 五 。

🗨 要 是 降 這 麼 多 ， 那 我 們 一 點 利 潤 都 沒
了 。 百 分 之 八 您 認 為 怎 麼 樣 ？

有 沒 有 數 量 折 扣 ？

🗨 如 果 訂 購 一 千 個 以 上 ， 可 以 給 數 量 折
扣 。

🗨 最 多 可 以 給 百 分 之 三 十 的 折 扣 ， 關 鍵
看 訂 貨 量 。

🗨 最 多 優 惠 百 分 之 十 。

能 提 供 詳 細 的 價 格 表 嗎 ？

🗨 下 星 期 可 以 提 供 詳 細 的 價 格 表 。

🗨 具 體 價 格 是 保 密 的 。

🗨 實 在 對 不 起 ， 具 體 價 格 是 不 能 公 開 的 。

5 成本談判

你們的成本是多少？

⇨ 可以了解一下你們的成本價格嗎？

⇨ 你們能不能提供詳細的成本價格？

⇨ 請告訴我們具體的成本價格。

↩ 真不好意思，我沒權力告訴您成本價格。

↩ 實在對不起，我也沒有具體的成本價格。

↩ 很抱歉，具體的成本情況是保密的。

↩ 一個星期以後才可以公開詳細的成本價格。

↩ 公開成本價格之前，必須得到上司的同意。

目前的成本價可以下調百分之十嗎？

↩ 可以試試看。不過我認為最多也只能降低百分之五。

怎麼才能把目前的成本降下來呢？

⇨ 有甚麼辦法能把現在的成本降下來呢？

↩ 如果增加產量，成本就可以降下來。

把目前的產量提高兩倍，就可以降低百分之二十的成本。

安裝最先進的生產設備，就可以大幅度降低成本。

把工廠轉移到中國去，就能夠降低成本。

要是把金屬材料改成塑膠的，成本應該可以降下來。

6 交貨期

2.06

交貨日期是甚麼時候？

交貨日期是八月十號。

最快的交貨日期是甚麼時候？

最快的交貨日期是這個星期五。

在可能的限度，最快的交貨日期是甚麼時候？

在可能的情況下，最快的交貨日期是下個星期一。

現在 的 交貨 日 期 能 提 前 嗎 ？

⇨ 我 們 的 訂 貨 能 不 能 更 早 一 點兒 交 貨 呢 ？

⇨ 請 提 前 交 貨 。

回 可 以 把 現 在 的 交 貨 日 期 提 前 一 個 禮 拜 。

⇦ 請 延 緩 交 貨 。

我 們 訂 的 貨 甚 麼 時 候 可 以 交 貨 ？

回 你 們 公 司 訂 的 貨 明 天 就 可 以 交 貨 。

回 實 在 對 不 起 ， 至 少 還 需 要 一 個 月 的 時 間 。

推 遲 交 貨 的 原 因 是 甚 麼 ？

回 因 為 工 廠 停 電 了 。

回 因 為 必 要 的 部 件 數 量 不 夠 了 。

交 貨 需 要 多 長 時 間 ？

回 交 貨 需 要 三 個 月 。

現 在 耽 誤 的 交 貨 時 間 能 趕 回 來 多 少 ？

⇨ 請 趕 快 把 耽 誤 的 交 貨 時 間 搶 回 來 。

回 從 下 個 月 開 始 就 可 以 恢 復 到 原 來 的 交 貨 時 間 。

7 設計圖

2.07

Néng gěi wǒ yī zhāng shè jì tú ma
能 給 我 一 張 設 計 圖 嗎 ？

Hǎo Gěi nín
回 好 。 給 您 。

Zhè jiù shì shè jì tú
回 這 就 是 設 計 圖 。

Zhè shì yǐ qián xiàn zài zuì xīn de shè jì tú
回 這 是 以 前 / 現 在 / 最 新 的 設 計 圖 。

Néng àn zhào wǒ men de shè jì zhì zuò ma
能 按 照 我 們 的 設 計 製 作 嗎 ？

Qǐng àn zhào wǒ men de shè jì shēngchǎn
⇨ 請 按 照 我 們 的 設 計 生 產 。

Néng wǒ men kě yǐ àn zhào nǐ men de shè jì zhì zuò
回 能 ， 我 們 可 以 按 照 你 們 的 設 計 製 作 。

Nǐ men de chǎn pǐn yǒu jǐ zhǒng bù zài wǒ men gōng sī de shè
回 你 們 的 產 品 有 幾 種 不 在 我 們 公 司 的 設

jì fàn wéi zhī nèi dàn wèi le mǎn zú nǐ men de shè jì
計 範 圍 之 內 ， 但 為 了 滿 足 你 們 的 設 計

yāo qiú wǒ men kě yǐ jìn xíng bì yào de gǎi dòng
要 求 ， 我 們 可 以 進 行 必 要 的 改 動 。

Nǐ men de shè jì tú chóng xīn xiū dìng le ma
你 們 的 設 計 圖 重 新 修 訂 了 嗎 ？

Mù qián shè jì tú zhèng zài chóng xīn xiū dìng
回 目 前 ， 設 計 圖 正 在 重 新 修 訂 。

Shè jì tú gēng xīn le
回 設 計 圖 更 新 了 。

Wǒ men gōng sī de yàng pǐn fú hé nǐ men de shè jì yāo qiú
我 們 公 司 的 樣 品 符 合 你 們 的 設 計 要 求

ma
嗎 ？

Nǐ men de yàng pǐn fú hé wǒ men de shè jì yāo qiú
回 你 們 的 樣 品 符 合 我 們 的 設 計 要 求 。

Nǐ men de yàng pǐn bù fú hé wǒ men de shè jì yāo qiú
回 你 們 的 樣 品 不 符 合 我 們 的 設 計 要 求 。

Kě yǐ dé dào fēi biāo zhǔn shè jì de xǔ kě zhèng ma
可 以 得 到 非 標 準 設 計 的 許 可 證 嗎 ?

答 Wǒ men kě yǐ fā fēi biāo zhǔn shè jì de xǔ kě zhèng
我 們 可 以 發 非 標 準 設 計 的 許 可 證 。

答 Wǒ men bù néng fā fēi biāo zhǔn shè jì de xǔ kě zhèng
我 們 不 能 發 非 標 準 設 計 的 許 可 證 。

Zhèi zhǒng chǎn pǐn fú hé Měi Guó de shè jì yāo qiú ma
這 種 產 品 符 合 美 國 的 設 計 要 求 嗎 ?

答 Zhèi zhǒng chǎn pǐn fú hé Měi Guó de shè jì yāo qiú
這 種 產 品 符 合 美 國 的 設 計 要 求 。

答 Wǒ men de chǎn pǐn shì gēn jù Měi Guó biāo zhǔn shēng chǎn de
我 們 的 產 品 是 根 據 美 國 標 準 生 產 的 。

答 Nǐ men de chǎn pǐn tōng guò jiǎn cè le ma
你 們 的 產 品 通 過 檢 測 了 嗎 ?

答 Wǒ men gōng sī de chǎn pǐn tōng guò le suǒ yǒu jiǎn cè
我 們 公 司 的 產 品 通 過 了 所 有 檢 測 。

8 驗 貨

 2.08

Nǐ men yǒu biāo zhǔn de jiǎn yàn chéng shì ma
你 們 有 標 準 的 檢 驗 程 式 嗎 ?

答 Wǒ men gōng sī yǒu biāo zhǔn de jiǎn yàn chéng shì Nà pī chǎn
我 們 公 司 有 標 準 的 檢 驗 程 式 。 那 批 產

pǐn yàn guò le ma
品 驗 過 了 嗎 ?

答 Yǐ jing jiǎn yàn wán le
已 經 檢 驗 完 了 。

答 Nà pī chǎn pǐn jiǎn yàn bù hé gé
那 批 產 品 檢 驗 不 合 格 。

Chǎn pǐn jiǎn chá hé gé ma
產 品 檢 查 合 格 嗎 ?

答 Jiǎn chá hé gé
檢 查 合 格 。

答 Nà pī chǎn pǐn jiǎn chá bù hé gé Zhè shì nǐ men chǎn pǐn
那 批 產 品 檢 查 不 合 格 。 這 是 你 們 產 品

chū chǎng de jiǎn yàn chéng shì ma
出 廠 的 檢 驗 程 式 嗎 ?

答 Zhè jiù shì wǒ men gōng sī chǎn pǐn chū chǎng de jiǎn yàn chéng shì
這 就 是 我 們 公 司 產 品 出 廠 的 檢 驗 程 式 。

Zhè shì nǐ men de shōu huò jiǎn yàn chéng shì ma
這 是 你 們 的 收 貨 檢 驗 程 式 嗎 ？

Zhè shì wǒ men gōng sī de shōu huò jiǎn yàn chéng shì　 Nǐ men
這 是 我 們 公 司 的 收 貨 檢 驗 程 式 。 你 們

shì zěn me jìn xíng jiǎn yàn de
是 怎 麼 進 行 檢 驗 的 ？

Wǒ men jìn xíng le chǎn pǐn de chōu chá
我 們 進 行 了 產 品 的 抽 查 。

Wǒ men duì quán bù chǎn pǐn jìn xíng le jiǎn yàn　 Jiǎn chá de
我 們 對 全 部 產 品 進 行 了 檢 驗 。 檢 查 的

jié guǒ zěn me yàng
結 果 怎 麼 樣 ？

Chǎn pǐn quán bù hé gé
產 品 全 部 合 格 。

Yī bǎi gè yàng pǐn quán bù jiǎn yàn hé gé
一 百 個 樣 品 全 部 檢 驗 合 格 。

Yī bǎi gè yàng pǐn zhōng yǒu shí gè jiǎn yàn bù hé gé
一 百 個 樣 品 中 有 十 個 檢 驗 不 合 格 。

9 樣 品

2.09

Kě yǐ dìng gòu shí gè yàng pǐn ma
可 以 訂 購 十 個 樣 品 嗎 ？

Wǒ men xiǎng dìng gòu shí gè yàng pǐn
我 們 想 訂 購 十 個 樣 品 。

Wǒ men xū yào xīn de yàng pǐn　 Néng àn zhào wǒ men de shè jì
我 們 需 要 新 的 樣 品 。 能 按 照 我 們 的 設 計

zhì zuò yàng pǐn ma
製 作 樣 品 嗎 ？

Wán quán kě yǐ àn zhào nǐ men tí gōng de shè jì zhì zuò yàng
完 全 可 以 按 照 你 們 提 供 的 設 計 製 作 樣

pǐn　 Yǒu méi yǒu miǎn fèi yàng pǐn
品 。 有 沒 有 免 費 樣 品 ？

Méi yǒu
沒 有 。

Yàng pǐn yào bu yào qián
樣 品 要 不 要 錢 ？

Yǒu miǎn fèi yàng pǐn
有 免 費 樣 品 。

請問，十個樣品要多少錢？

回 每個三十美元。總共三百美元。

甚麼時候可以交貨？我們需要盡快拿到樣品。

回 一個月以內，十個樣品可以交貨。

模具甚麼時候可以拿到？

⇨ 模具甚麼時候交貨？

回 模具下個月出來。

回 模具下個星期供貨。

製作模具要做哪些準備？

回 製作你們的模具需要翻砂模型。

🗨 我們負擔翻砂模型、調刃具和固定夾具的全部費用。

樣品通沒通過你們的檢驗？

回 你們的樣品符合檢測要求。

回 你們的樣品不合格。

10 產品質量

Chǎn pǐn zhì liàng kě yǐ gǎi jìn ma
產 品 質 量 可 以 改 進 嗎 ？

Chǎn pǐn zhì liàng kě yǐ gǎi jìn
🗭 產 品 質 量 可 以 改 進 。

Pǐn zhì kě yǐ gǎi shàn　Wǒ men xū yào zhì liàng shàng chéng de
🗭 品 質 可 以 改 善 。 我 們 需 要 質 量 上 乘 的

chǎn pǐn
產 品 。

Chǎn pǐn zhì liàng fēi cháng zhòng yào　Zhè shì wǒ men gōng sī zhì
🗭 產 品 質 量 非 常 重 要 。 這 是 我 們 公 司 質

liàng zuì hǎo de chǎn pǐn
量 最 好 的 產 品 。

Chǎn pǐn zhì liàng hěn zhòng yào　Wǒ men gōng sī de chǎn pǐn zhì
🗭 產 品 質 量 很 重 要 。 我 們 公 司 的 產 品 質

liàng zài yè jiè shì zuì hǎo de
量 在 業 界 是 最 好 的 。

Nǐ men yǒu zhì liàng bǎo zhèng bù mén ma
你 們 有 質 量 保 證 部 門 嗎 ？

Wǒ men yǒu zhì liàng bǎo zhèng bù mén
🗭 我 們 有 質 量 保 證 部 門 。

Méi yǒu zhuān mén de zhì liàng bǎo zhèng bù mén
🗭 沒 有 專 門 的 質 量 保 證 部 門 。

Zhì liàng bǎo zhèng chéng shì zhèng zài kāi fā dāng zhōng
🗭 質 量 保 證 程 式 正 在 開 發 當 中 。

Nǐ men yǒu zhì liàng jiǎn yàn chéng shì ma
你 們 有 質 量 檢 驗 程 式 嗎 ？

Yǒu zhì liàng jiǎn yàn chéng shì
🗭 有 質 量 檢 驗 程 式 。

11 產品性能

Zhèi ge jiàn de gōng néng shì shén me
這 個 鍵 的 功 能 是 甚 麼 ?

    Zhè shì fù yuán jiàn
🗨 這 是 復 原 鍵 。

Zhèi ge kāi guān qǐ shén me zuò yòng
這 個 開 關 起 甚 麼 作 用 ?

    Zhè ge kāi guān de zuò yòng shì jiē rù hé duàn kāi
🗨 這 個 開 關 的 作 用 是 接 入 和 斷 開 。

    Jiē xia lai jué dìng zhèi ge kāi guān de zuò yòng
🗨 接 下 來 決 定 這 個 開 關 的 作 用 。

Zhèi tái jī xiè néng fā huī shén me gōng néng
這 台 機 械 能 發 揮 甚 麼 功 能 ?

    Wǒ lái zuò gè jiè shào ba
🗨 我 來 做 個 介 紹 吧 。

    Qǐng yuè dú shǐ yòng shǒu cè
🗨 請 閱 讀 使 用 手 冊 。

    Qǐng yuè dú yòng hù shǒu cè
🗨 請 閱 讀 用 戶 手 冊 。

Diàn yuán kāi guān zài nǎ li
電 源 開 關 在 哪 裏 ?

    Diàn yuán kāi guān zài jī qì hòu mian
🗨 電 源 開 關 在 機 器 後 面 。

    Diàn yuán kāi guān zài yòu bian
🗨 電 源 開 關 在 右 邊 。

    Zhèi ge kāi guān kòng zhì diàn yuán
🗨 這 個 開 關 控 制 電 源 。

    Zhè shì diàn yuán kāi guān   Xī wàng zài zēng jiā liǎng xiàng gōng néng
🗨 這 是 電 源 開 關 。 希 望 再 增 加 兩 項 功 能 。

Nín suǒ shuō de liǎng xiàng gōng néng shì zhǐ shén me
您 所 説 的 兩 項 功 能 是 指 甚 麼 ?

    Qǐng shuō míng yī xià nà xiē gōng néng
🗨 請 説 明 一 下 那 些 功 能 。

Wǒ men gōng sī de jiù xì tǒng zhōng yǒu jǐ gè gōng néng bù gòu
我 們 公 司 的 舊 系 統 中 有 幾 個 功 能 不 夠

wán shàn
完 善 。

Hái xū yào gèng duō de gōng néng
巴 還 需 要 更 多 的 功 能 。

Kě yǐ kǎo lǜ gēng huàn xīn xì tǒng
巴 可 以 考 慮 更 換 新 系 統 。

12 產品開發

2.12

Nǐ men yǒu yán jiū suǒ ma
你 們 有 研 究 所 嗎 ？

Yǒu yán jiū suǒ
巴 有 研 究 所 。

Yǒu liǎng gè chǎn pǐn kāi fā yán jiū suǒ
巴 有 兩 個 產 品 開 發 研 究 所 。

Yán jiū suǒ zài nǎ li
研 究 所 在 哪 裏 ？

Yán jiū suǒ zài fù jìn
巴 研 究 所 在 附 近 。

Yǒu duō shao wèi yán fā gōng chéng shī
有 多 少 位 研 發 工 程 師 ？

Yán fā gōng chéng shī yǒu wǔ shí wǔ wèi
巴 研 發 工 程 師 有 五 十 五 位 。

Zhè shì bǎo mì de
巴 這 是 保 密 的 。

Nǐ men zhèng zài kāi fā de pǐn zhǒng yǒu duō shao
你 們 正 在 開 發 的 品 種 有 多 少 ？

Yǒu wǔ gè pǐn zhǒng zhèng zài yán fā zhī zhōng
巴 有 五 個 品 種 正 在 研 發 之 中 。

Yán zhì zhōu qī yào duō jiǔ
研 製 週 期 要 多 久 ？

Nà děi gēn jù chǎn pǐn lái dìng
巴 那 得 根 據 產 品 來 定 。

Měi gè chǎn pǐn de yán zhì zhōu qī dōu bù yī yàng
巴 每 個 產 品 的 研 製 週 期 都 不 一 樣 。

Biāo zhǔn de yán zhì zhōu qī shì duō cháng shí jiān
標 準 的 研 製 週 期 是 多 長 時 間 ?

　　　Biāo zhǔn de yán zhì zhōu qī shì sān gè yuè
　　答 標 準 的 研 製 週 期 是 三 個 月 。

　　　Xū yào sān gè yuè de yán fā shí jiān
　　答 需 要 三 個 月 的 研 發 時 間 。

Zhè shì shén me ruǎn jiàn
這 是 甚 麼 軟 件 ?

　　　Zhè shì wǒ men xīn yán zhì de ruǎn jiàn
　　答 這 是 我 們 新 研 製 的 軟 件 。

Chǎn pǐn kāi fā xū yào duō shao zī jīn
產 品 開 發 需 要 多 少 資 金 ?

　　　Zǒng shōu yì de bǎi fēn zhī shí yòng zài chǎn pǐn kāi fā shàng
　　答 總 收 益 的 百 分 之 十 用 在 產 品 開 發 上 。

13 報　價

2.13

Shén me shí hou tí chū bào jià
甚 麼 時 候 提 出 報 價 ?

　　　Qǐng zài sān gè xīng qī nèi bào jià
　　答 請 在 三 個 星 期 內 報 價 。

　　　Bào jià shí xiàn zài xún jià shū zhōng yǐ jing zhù míng le
　　答 報 價 時 限 在 詢 價 書 中 已 經 註 明 了 。

Nǐ men xī wàng shén me shí hou bào jià
你 們 希 望 甚 麼 時 候 報 價 ?

　　　Xū yào zài liǎng gè lǐ bài zhī nèi bào
　　答 需 要 在 兩 個 禮 拜 之 內 報 。

Hái yǒu qí tā zhǔn bèi bào jià de gōng sī ma
還 有 其 他 準 備 報 價 的 公 司 嗎 ?

　　　Yǒu hái yǒu jǐ jiā
　　答 有 ， 還 有 幾 家 。

Shè bèi fèi yòng hái shì lìng bào gè jià bǐ jiào hǎo ba
設 備 費 用 還 是 另 報 個 價 比 較 好 吧 ？

Hǎo ba jiù àn nǐ shuō de bàn
回 好 吧 ， 就 按 你 說 的 辦 。

Qǐng bǎ shè bèi de zhé jiù fèi tǐ xiàn dào chǎn pǐn de jià gé
回 請 把 設 備 的 折 舊 費 體 現 到 產 品 的 價 格
lǐ qù
裏 去 。

Shè bèi fèi yòng kě yǐ dǎ jìn chǎn pǐn jià gé li
回 設 備 費 用 可 以 打 進 產 品 價 格 裏 。

Qǐng xiān bào gè dà zhì de jià gé
請 先 報 個 大 致 的 價 格 。

Xī wàng nǐ men kāi shǐ de shí hou xiān bào gè dà zhì jià gé
⇨ 希 望 你 們 開 始 的 時 候 先 報 個 大 致 價 格 。

Xū yào shū miàn bào jià ma
回 需 要 書 面 報 價 嗎 ？

Qǐng tí gōng shū miàn bào jià
○ 請 提 供 書 面 報 價 。

Qǐng gēn jù bù tóng shù liàng fēn bié bào jià
○ 請 根 據 不 同 數 量 分 別 報 價 。

Qǐng àn bù tóng shù liàng fēn bié tí gōng xiáng xì bào jià
○ 請 按 不 同 數 量 分 別 提 供 詳 細 報 價 。

Qǐng bǎ yùn fèi yī qǐ bào guo lai
○ 請 把 運 費 一 起 報 過 來 。

Néng tí gōng shēng chǎn mú jù de bào jià ma
能 提 供 生 產 模 具 的 報 價 嗎 ？

Mú jù de bào jià guò liǎng gè lǐ bài zài gěi nín
回 模 具 的 報 價 過 兩 個 禮 拜 再 給 您 。

Qǐng wèn nǐ men shén me shí hou néng gào su wǒ men bào jià de
請 問 ， 你 們 甚 麼 時 候 能 告 訴 我 們 報 價 的
yán jiū jié guǒ
研 究 結 果 。

Yī gè yuè hòu tōng zhī nǐ men
回 一 個 月 後 通 知 你 們 。

Shí zài bào qiàn ， nǐ men de bào jià wǒ men jiē shòu bu liǎo
實 在 抱 歉 ， 你 們 的 報 價 我 們 接 受 不 了 。

Néng bu néng wǎng xià tiáo bǎi fēn zhī èr shí
能 不 能 往 下 調 百 分 之 二 十 ？

Kǒng pà fēi cháng kùn nan
㠯 恐 怕 非 常 困 難 。

Zhǐ kě yǐ xià tiáo bǎi fēn zhī bā
㠯 只 可 以 下 調 百 分 之 八 。

Nín shén me shí hou kě yǐ dìng huò
您 甚 麼 時 候 可 以 訂 貨 ？

Zhèi jǐ tiān jiù yào dìng huò
㠯 這 幾 天 就 要 訂 貨 。

Wǒ men gōng sī de dìng dān mǎ shàng jiù yào fā chū le
㠯 我 們 公 司 的 訂 單 馬 上 就 要 發 出 了 。

14 訂 貨

2.14

Wǒ men yào dìng huò 。 Zhè shì dìng dān
我 們 要 訂 貨 。 這 是 訂 單 。

Wǒ men yào dìng gòu zhèi xiē huò pǐn
⇨ 我 們 要 訂 購 這 些 貨 品 。

Qǐng què rèn yǐ jing shōu dào dìng dān
㥁 請 確 認 已 經 收 到 訂 單 。

Qǐng què rèn dìng dān 。 Wǒ men shì àn zhào bào jià dān dìng de
㥁 請 確 認 訂 單 。 我 們 是 按 照 報 價 單 訂 的
huò
貨 。

Qǐng què rèn yī xià nǐ men dìng de huò
請 確 認 一 下 你 們 訂 的 貨 。

Wǒ hěn gāo xìng bāng nín què rèn zuì xīn de dìng dān
㠯 我 很 高 興 幫 您 確 認 最 新 的 訂 單 。

Néng bāng nín què rèn dìng dān wǒ hěn gāo xìng
㠯 能 幫 您 確 認 訂 單 我 很 高 興 。

Wǒ men yào dìng yī nián de huò Zhè shì zhì zào yàng pǐn de
我 們 要 訂 一 年 的 貨 。 這 是 製 造 樣 品 的

dìng dān
訂 單 。

Fēi cháng gǎn xiè nǐ men dà pī liàng de dìng huò
回 非 常 感 謝 你 們 大 批 量 的 訂 貨 。

Wǒ men jí xū zhè xiē huò pǐn Zhè shì shēng chǎn chǎn pǐn de
我 們 急 需 這 些 貨 品 。 這 是 生 產 產 品 的

dìng dān
訂 單 。

Xiè xie nǐ men dìng huò
回 謝 謝 你 們 訂 貨 。

15 取消訂貨

2.15

Shí zài duì bu qǐ wǒ men bì xū qǔ xiāo dìng huò
實 在 對 不 起 ， 我 們 必 須 取 消 訂 貨 。

Zhēn shi tài duì bu qǐ le wǒ men bù dé bù qǔ xiāo dìng
⇨ 真 是 太 對 不 起 了 ， 我 們 不 得 不 取 消 訂

huò
貨 。

Wǒ men bì xū qǔ xiāo dìng huò
⇨ 我 們 必 須 取 消 訂 貨 。

Yīn wèi xū qiú jiǎn shǎo zhǐ néng qǔ xiāo dìng huò
⇨ 因 為 需 求 減 少 ， 只 能 取 消 訂 貨 。

Xū yào zhī fù dìng huò qǔ xiāo fèi ma
需 要 支 付 訂 貨 取 消 費 嗎 ？

Yào shōu qǔ xiāo fèi ma
⇨ 要 收 取 消 費 嗎 ？

Qǔ xiāo dìng huò yào fá duō shao qián ne
⇨ 取 消 訂 貨 ， 要 罰 多 少 錢 呢 ？

Qǔ xiāo fèi shì duō shao
⇨ 取 消 費 是 多 少 ？

Sān bǎi měi yuán
回 三 百 美 元 。

Kě yǐ miǎn shōu qǔ xiāo fèi ma
可 以 免 收 取 消 費 嗎 ？

🗨 Bù kě yǐ
不 可 以 。

16 送 貨

Nǐ men de jiāo huò qī xū yào duō cháng shí jiān
你 們 的 交 貨 期 需 要 多 長 時 間 ？

🗨 Qǐng gěi liǎng gè lǐ bài de jiāo huò shí jiān
請 給 兩 個 禮 拜 的 交 貨 時 間 。

🗨 Yī xiǎo shí yǐ nèi bǎo zhèng sòng dào
一 小 時 以 內 保 證 送 到 。

Jiē shòu dìng huò hòu   shén me shí hou kě yǐ jiāo huò
接 受 訂 貨 後 ， 甚 麼 時 候 可 以 交 貨 ？

🗨 Dìng huò hòu liǎng gè yuè kě yǐ jiāo huò
訂 貨 後 兩 個 月 可 以 交 貨 。

🗨 Kě yǐ bǎo zhèng zài jiē dào dìng dān hòu liǎng gè xīng qī zhī nèi
可 以 保 證 在 接 到 訂 單 後 兩 個 星 期 之 內
jiāo huò
交 貨 。

Néng sòng huò dào jiā ma
能 送 貨 到 家 嗎 ？

⇨ Sòng huò shàng mén xíng ma
送 貨 上 門 行 嗎 ？

🗨 Kě yǐ tí gōng miǎn fèi de shàng mén sòng huò fú wù
可 以 提 供 免 費 的 上 門 送 貨 服 務 。

🗨 Sòng huò shàng mén méi wèn tí
送 貨 上 門 沒 問 題 。

🗨 Xiāng Gǎng jìng wài de sòng huò   xū yào jiā shōu wǔ bǎi yuán de
香 港 境 外 的 送 貨 ， 需 要 加 收 五 百 元 的
yóu fèi hé shǒu xù fèi   Jiā lǐ méi rén de shí hou   yóu
郵 費 和 手 續 費 。 家 裏 沒 人 的 時 候 ， 郵
jiàn néng bu néng zàn cún yī xià
件 能 不 能 暫 存 一 下 ？

🗨 Wǒ men kě yǐ tì nín bǎo guǎn
我 們 可 以 替 您 保 管 。

Sòng huò fèi yòng shì duō shao
送 貨 費 用 是 多 少 ？

　Zài dìng huò jīn é shàng jiā shōu bǎi fēn zhī shí wǔ zuò wéi sòng
㗂 在 訂 貨 金 額 上 加 收 百 分 之 十 五 作 為 送
　huò fèi yòng
　貨 費 用 。

Shén me shí hou kě yǐ sòng huò
甚 麼 時 候 可 以 送 貨 ？

　Sān xiǎo shí yǐ nèi jiù kě yǐ
㗂 三 小 時 以 內 就 可 以 。

　Néng zǎo diǎnr sòng huò ma
㪫 能 早 點 兒 送 貨 嗎 ？

　Wǒ men jìn liàng zhēng qǔ zǎo sòng
㗂 我 們 盡 量 爭 取 早 送 。

Néng bǐ xiàn zài de sòng huò qī tí qián ma
能 比 現 在 的 送 貨 期 提 前 嗎 ？

　Wǒ mén dìng de huò néng tí qián duō cháng shí jiān sòng huò
⇨ 我 們 訂 的 貨 能 提 前 多 長 時 間 送 貨 ？

　Kě yǐ bǐ xiàn zài de sòng huò qī tí qián yī gè lǐ bài
㗂 可 以 比 現 在 的 送 貨 期 提 前 一 個 禮 拜 。

　Nín dìng de huò hòu tiān jiù kě yǐ jiāo huò
㗂 您 訂 的 貨 後 天 就 可 以 交 貨 。

Tuī chí jiāo huò de yuán yīn shì shén me
推 遲 交 貨 的 原 因 是 甚 麼 ？

　Chéng pǐn lù bǐ jiào dī shì gè wèn tí
㗂 成 品 率 比 較 低 是 個 問 題 。

Shén me shí hou néng bǎ yán wù de jiāo huò shí jiān gǎn huí lai
甚 麼 時 候 能 把 延 誤 的 交 貨 時 間 趕 回 來 ？

　Zài yǒu liǎng gè yuè jiù néng bǎ yán wù de shí jiān gǎn huí lai
㗂 再 有 兩 個 月 就 能 把 延 誤 的 時 間 趕 回 來 。

Xiàn zài dān wu de jiāo huò shí jiān zuì kuài děi duō cháng shí jiān cái
現 在 耽 誤 的 交 貨 時 間 最 快 得 多 長 時 間 才
néng zhuī huí lai
能 追 回 來 ？

　Yī gè yuè yǐ nèi néng bǎ dān wu de shí jiān gǎn huí lai
㗂 一 個 月 以 內 能 把 耽 誤 的 時 間 趕 回 來 。

Nǐ xū yào duō zǎo jiāo huò
你 需 要 多 早 交 貨 ？

> Qǐng nǐ men wù bì zài liǎng tiān zhī nèi jiāo huò
> 回 請 你 們 務 必 在 兩 天 之 內 交 貨 。

Jiǎ rú zài yuē dìng de jiāo huò qī xiàn nèi bù néng jiāo huò nǐ
假 如 在 約 定 的 交 貨 期 限 內 不 能 交 貨 ， 你
men huì zěn yàng chǔ lǐ ne
們 會 怎 樣 處 理 呢 ？

> Rú guǒ bù néng àn qī jiāo huò jiù děi qǔ xiāo dìng huò le
> 回 如 果 不 能 按 期 交 貨 ， 就 得 取 消 訂 貨 了 。
> Jiǎ rú bù néng zūn shǒu jiāo huò qī xiàn jiù zhǐ hǎo qǔ xiāo
> 回 假 如 不 能 遵 守 交 貨 期 限 ， 就 只 好 取 消
> dìng huò le
> 訂 貨 了 。

17 收 貨

2.17

Wǒ mí lù le qǐng nín gào su wǒ yī xià qù nǐ men
我 迷 路 了 ， 請 您 告 訴 我 一 下 （ 去 你 們
nàr de xíng chē lù xiàn
那 兒 的 ） 行 車 路 綫 。

> Méi wèn tí Qǐng wèn nín xiàn zài zài nǎ li
> 回 沒 問 題 。 請 問 您 現 在 在 哪 裏 ？
> Qǐng nín xiān zhí zhe zǒu rán hòu wǎng yòu guǎi Shōu huò chù
> 回 請 您 先 直 着 走 ， 然 後 往 右 拐 。 收 貨 處
> jiù zài zuǒ bian
> 就 在 左 邊 。

Shōu huò dì diǎn zài nǎr a
收 貨 地 點 在 哪 兒 啊 ？

> Jiù zài nèi ge jiàn zhù wù de hòu bianr Wǒ men zhèng zài
> 回 就 在 那 個 建 築 物 的 後 邊 兒 。 我 們 正 在
> gěi nǐ men sòng huò ne
> 給 你 們 送 貨 呢 。
> Qǐng sòng dào shōu huò chù
> 回 請 送 到 收 貨 處 。

Qǐng zài zhè zhāng fù kuǎn dān shàng qiān zì
請 在 這 張 付 款 單 上 簽 字 。

Má fan nín zài zhè li qiān yī xià zì
⇨ 麻 煩 您 在 這 裏 簽 一 下 字 。

Hǎo
㡀 好 。

Qǐng wèn   yǒu méi yǒu chǎn chē
請 問 ， 有 沒 有 鏟 車 ？

Wǒ men xū yào chǎn chē
⇨ 我 們 需 要 鏟 車 。

Duì bu qǐ   méi yǒu
㡀 對 不 起 ， 沒 有 。

Má fan nín bāng gè máng   bāng wǒ hǎ huò guì cóng chē shang xiè
麻 煩 您 幫 個 忙 ， 幫 我 把 貨 櫃 從 車 上 卸
xia lai
下 來 。

Hǎo   Ràng shéi lái bāng nǐ yī xià ba
㡀 好 。 讓 誰 來 幫 你 一 下 吧 。

18 市場調查

2.18

Wǒ men yīng gāi jìn xíng shì chǎng diào chá
我 們 應 該 進 行 市 場 調 查 。

Nà jìn xíng něi lèi de shì chǎng diào chá hǎo ne
㡀 那 進 行 哪 類 的 市 場 調 查 好 呢 ？

Zuò gè diàn huà diào chá ba
㿟 做 個 電 話 調 查 吧 。

Yào mǎ shàng jìn xíng gù kè xiāo fèi xí guàn de diào chá
㡀 要 馬 上 進 行 顧 客 消 費 習 慣 的 調 查 。

Wǒ men yào yòng hé xīn xiǎo zǔ xíng shì diào chá
㡀 我 們 要 用 核 心 小 組 形 式 調 查 。

Gù kè diào chá de jié guǒ zěn me yàng
顧 客 調 查 的 結 果 怎 麼 樣 ？

Jīng guò gù kè diào chá   zhǎng wò le hěn yǒu yòng de zī liào
㡀 經 過 顧 客 調 查 ， 掌 握 了 很 有 用 的 資 料 。

Tōng guò zuì xīn de shì chǎng diào chá   hěn duō zhòng yào de shì
㡀 通 過 最 新 的 市 場 調 查 ， 很 多 重 要 的 事

情 變 得 更 清 楚 了 。

你 能 不 能 參 加 電 話 調 查 ?

⮂ 好 啊 。 我 很 願 意 參 加 。

想 請 您 回 答 幾 個 調 查 問 卷 的 問 題 , 可 以 嗎 ?

⇨ 麻 煩 您 , 請 回 答 一 下 這 張 調 查 表 的 問 題 。

⮂ 行 , 問 吧 。

⮂ 實 在 抱 歉 , 我 現 在 很 忙 。 你 找 別 人 問 吧 。

甚 麼 時 候 把 調 查 表 交 給 您 ?

⮂ 調 查 表 在 週 末 之 前 交 回 來 就 行 。

您 在 哪 裏 工 作 ?

⮂ 我 在 工 廠 上 班 。

Zhèi wèi shì shéi
這 位 是 誰 ？

　　Zhèi shì wǒ men de chǎng zhǎng
　　🗨 這 是 我 們 的 廠 長 。

Nǐ men yǒu duō shao tiáo shēng chǎn xiàn
你 們 有 多 少 條 生 產 綫 ？

　　Yǒu sān tiáo shēng chǎn xiàn
　　🗨 有 三 條 生 產 綫 。

Zǒng gòng yǒu duō shao tiáo zǔ zhuāng xiàn
總 共 有 多 少 條 組 裝 綫 ？

　　Yǒu wǔ tiáo zǔ zhuāng xiàn
　　🗨 有 五 條 組 裝 綫 。

Shēng chǎn xiàn fā shēng shén me wèn tí le ma
生 產 綫 發 生 甚 麼 問 題 了 嗎 ？

　　Duì　　zuó tiān wǎn shang shēng chǎn xiàn tíng gōng le
　　🗨 對 ， 昨 天 晚 上 生 產 綫 停 工 了 。

Zǔ zhuāng xiàn tíng gōng de yuán yīn shì shén me
組 裝 綫 停 工 的 原 因 是 甚 麼 ？

　　Yīn wèi tíng diàn　　zǔ zhuāng xiàn tíng zhǐ gōng zuò le
　　🗨 因 為 停 電 ， 組 裝 綫 停 止 工 作 了 。

Yǒu shén me dān xīn de shì qing ma
有 甚 麼 擔 心 的 事 情 嗎 ？

　　Jīn nián xià jì kǒng pà diàn lì gōng yìng bù zú
　　🗨 今 年 夏 季 恐 怕 電 力 供 應 不 足 。

Nǐ men yǒu zì bèi de fā diàn shè bèi ma
你 們 有 自 備 的 發 電 設 備 嗎 ？

　　Yǐ jing ān zhuāng le zì bèi fā diàn shè bèi
　　🗨 已 經 安 裝 了 自 備 發 電 設 備 。

Nǐ men shǐ yòng de shì něi zhǒng diàn lì
你 們 使 用 的 是 哪 種 電 力 ？

　　Wǒ men zài yǒu xiào lì yòng dī chéng běn de diàn lì zī yuán
　　🗨 我 們 在 有 效 利 用 低 成 本 的 電 力 資 源 。

Nǐ men de gōng zuò shì jǐ bān dǎo
你 們 的 工 作 是 幾 班 倒 ?

Liǎng bān dǎo
㕚 兩 班 倒 。

Wǒ men shì sān bān dǎo
㕚 我 們 是 三 班 倒 。

Fēn bái bān hé wǎn bān　　Měi bān gōng zuò shí jiān shì bā gè
㕚 分 白 班 和 晚 班 。 每 班 工 作 時 間 是 八 個
xiǎo shí
小 時 。

Nǐ rèn wéi jīn hòu shēng chǎn yīng gāi zěn me bàn
你 認 為 今 後 生 產 應 該 怎 麼 辦 ?

Wǒ men zài yán jiū néng bu néng cǎi yòng tài yáng néng fā diàn
㕚 我 們 在 研 究 能 不 能 採 用 太 陽 能 發 電 ,
huò zhě fēng lì fā diàn
或 者 風 力 發 電 。

Nǐ men zēng shè le jǐ tiáo zǔ zhuāng xiàn
你 們 增 設 了 幾 條 組 裝 綫 ?

Zēng shè le liǎng tiáo
㕚 增 設 了 兩 條 。

Fǔ zhù zǔ zhuāng xiàn guī shéi guǎn
輔 助 組 裝 綫 歸 誰 管 ?

Fǔ zhù zǔ zhuāng xiàn yóu zhuǎn bāo shāng fù zé
㕚 輔 助 組 裝 綫 由 轉 包 商 負 責 。

Xū yào tí gāo shēng chǎn néng lì
需 要 提 高 生 產 能 力 。

Bì xū kuò dà shēng chǎn guī mó
㕚 必 須 擴 大 生 產 規 模 。

Zhèi zhǒng shēng chǎn xiàn shì shén me lèi xíng de
這 種 生 產 綫 是 甚 麼 類 型 的 ?

Zhè shì shì yàn yòng de shēng chǎn xiàn
㕚 這 是 試 驗 用 的 生 產 綫 。

Zuò tè shū yàng pǐn de shēng chǎn xiàn nǐ men zhuāng hǎo le ma
做 特 殊 樣 品 的 生 產 綫 你 們 裝 好 了 嗎 ?

Yǐ jing zhuāng hǎo le
㕚 已 經 裝 好 了 。

Zhèi tiáo shēng chǎn xiàn zhǔn bèi zěn me chǔ lǐ
這 條 生 產 綫 準 備 怎 麼 處 理 ？

Zhèi tiáo shēng chǎn xiàn huì zhú jiàn tíng zhǐ shǐ yòng
⮐ 這 條 生 產 綫 會 逐 漸 停 止 使 用 。

Suǒ yǒu bù jiàn yào zài zǔ zhuāng qián dōu jìn xíng jiǎn cè ma
所 有 部 件 要 在 組 裝 前 都 進 行 檢 測 嗎 ？

Suǒ yǒu bù jiàn zài zǔ zhuāng qián dōu yào jìn xíng jiǎn cè
⮐ 所 有 部 件 在 組 裝 前 都 要 進 行 檢 測 。

Fǔ zhù bù jiàn de zǔ zhuāng yóu shéi lái wán chéng
輔 助 部 件 的 組 裝 由 誰 來 完 成 ？

Fǔ zhù bù jiàn de zǔ zhuāng yóu zhuǎn bāo shāng fù zé
⮐ 輔 助 部 件 的 組 裝 由 轉 包 商 負 責 。

Zǔ zhuāng fǔ zhù bù jiàn de zhuǎn bāo shāng yǒu jǐ jiā
🕑 組 裝 輔 助 部 件 的 轉 包 商 有 幾 家 ？

Fù zé zǔ zhuāng fǔ zhù bù jiàn de zhuǎn bāo shāng yǒu wǔ jiā
⮐ 負 責 組 裝 輔 助 部 件 的 轉 包 商 有 五 家 。

Shéi fù zé zuì hòu de zǔ zhuāng gōng zuò
誰 負 責 最 後 的 組 裝 工 作 ？

Wǒ men fù zé chǎn pǐn de zuì hòu zǔ zhuāng
⮐ 我 們 負 責 產 品 的 最 後 組 裝 。

Zhèi xiē bù jiàn zěn me chǔ lǐ
這 些 部 件 怎 麼 處 理 ？

Zhèi xiē bù jiàn bì xū jìn xíng chāi xiè
⮐ 這 些 部 件 必 須 進 行 拆 卸 。

Nǐ men de shēng chǎn lǜ tí gāo le duō shao
你 們 的 生 產 率 提 高 了 多 少 ？

Shēng chǎn lǜ tí gāo le bǎi fēn zhī shí
⮐ 生 產 率 提 高 了 百 分 之 十 。

Wèi shén me shēng chǎn lǜ xià jiàng le
為 甚 麼 生 產 率 下 降 了 ？

Shēng chǎn lǜ dī xià de yuán yīn shì shén me
⇨ 生 產 率 低 下 的 原 因 是 甚 麼 ？

Zhèng zài zhǎo yuán yīn
⮐ 正 在 找 原 因 。

Zhǔ yào yuán yīn shì chǎn liàng zài jiǎn shǎo
⮐ 主 要 原 因 是 產 量 在 減 少 。

你們的設備是數控的嗎？
Nǐ men de shè bèi shì shù kòng de ma

🄔 是數控的，所有設備都是。
Shì shù kòng de， suǒ yǒu shè bèi dōu shì

你們使用機器人（自控設備）嗎？
Nǐ men shǐ yòng jī qì rén （zì kòng shè bèi） ma

🄔 目前，組裝綫採用機器人作業。
Mù qián， zǔ zhuāng xiàn cǎi yòng jī qì rén zuò yè

🄒 應該在更多的組裝綫使用機器人。
Yīng gāi zài gèng duō de zǔ zhuāng xiàn shǐ yòng jī qì rén

您認為生產應該怎麼開展？
Nín rèn wéi shēng chǎn yīng gāi zěn me kāi zhǎn

🄔 應該在海外進行生產。
Yīng gāi zài hǎi wài jìn xíng shēng chǎn

你們在海外有幾個工廠？
Nǐ men zài hǎi wài yǒu jǐ gè gōng chǎng

🄔 在海外有兩個工廠。
Zài hǎi wài yǒu liǎng gè gōng chǎng

你們的零部件是外購的嗎？
Nǐ men de líng bù jiàn shì wài gòu de ma

🄔 是的。零部件是外購的。
Shì de。 Líng bù jiàn shì wài gòu de

🄔 零部件是從同行手裏買的。
Líng bù jiàn shì cóng tóng háng shǒu li mǎi de

🄔 零部件是從外部採購的。
Líng bù jiàn shì cóng wài bù cǎi gòu de

所有的零部件都經過檢驗嗎？
Suǒ yǒu de líng bù jiàn dōu jīng guò jiǎn yàn ma

🄔 對。所有的零部件都要檢測。
Duì。 Suǒ yǒu de líng bù jiàn dōu yào jiǎn cè

🄔 我們進行抽樣查驗。
Wǒ men jìn xíng chōu yàng chá yàn

誰負責評估零部件的成本？
Shéi fù zé píng gū líng bù jiàn de chéng běn

🄔 由價格工程師負責評估。
Yóu jià gé gōng chéng shī fù zé píng gū

Zhèi pī chǎn pǐn de jiǎn yàn jié guǒ zěn yàng
這 批 產 品 的 檢 驗 結 果 怎 樣 ?

回 Wǒ men de jìn huò jiǎn chá shì hěn yán gé de 。 Zhèi pī chǎn
我 們 的 進 貨 檢 查 是 很 嚴 格 的 。 這 批 產
pǐn jiǎn yàn méi yǒu tōng guò 。
品 檢 驗 沒 有 通 過 。

回 Zhèi xiē bù jiàn jiǎn chá bù hé gé
這 些 部 件 檢 查 不 合 格 。

🕐 Duì bù hé gé de líng bù jiàn yào zhǔn bèi hǎo bèi yòng pǐn 。
對 不 合 格 的 零 部 件 要 準 備 好 備 用 品 。

Jiǎn cè shè bèi duō cháng shí jiān jìn xíng yī cì
檢 測 設 備 多 長 時 間 進 行 一 次 ?

回 Jiǎn cè shè bèi měi gè yuè yī cì
檢 測 設 備 每 個 月 一 次 。

回 Jiǎn cè shè bèi jiē shòu bàn nián yī cì de dìng qī jiǎn chá
檢 測 設 備 接 受 半 年 一 次 的 定 期 檢 查 。

Jiǎn cè qì yào jìn xíng tiáo shì ma
檢 測 器 要 進 行 調 試 嗎 ?

回 Jiǎn cè qì jīng cháng jìn xíng tiáo shì
檢 測 器 經 常 進 行 調 試 。

20 成品率

🔊 2.20

Nǐ men zuì chū de chéng pǐn lǜ shì duō shao
你 們 最 初 的 成 品 率 是 多 少 ?

回 Zuì chū de chéng pǐn lǜ shì bǎi fēn zhī liù shí
最 初 的 成 品 率 是 百 分 之 六 十 。

Xiàn zài de chéng pǐn lǜ shì duō shao
現 在 的 成 品 率 是 多 少 ?

回 Wǒ men gōng sī xiàn zài de chéng pǐn lǜ shì bǎi fēn zhī qī shí
我 們 公 司 現 在 的 成 品 率 是 百 分 之 七 十
wǔ 。
五 。

Nǐ men jiāng lái chéng pǐn lǜ de mù biāo yào dá dào duō shao
你 們 將 來 成 品 率 的 目 標 要 達 到 多 少 ?

回 Mù biāo shì bǎi fēn zhī jiǔ shí wǔ
目 標 是 百 分 之 九 十 五 。

成品率低的原因是甚麼？

Chéng pǐn lǜ dī de yuán yīn shì shén me

回 因 為 剛 剛 採 用 了 新 的 生 產 綫 。
Yīn wèi gāng gāng cǎi yòng le xīn de shēng chǎn xiàn

回 因 為 增 加 了 很 多 新 的 操 作 人 員 。
Yīn wèi zēng jiā le hěn duō xīn de cāo zuò rén yuán

你 們 滿 意 現 在 的 成 品 率 嗎 ？
Nǐ men mǎn yì xiàn zài de chéng pǐn lǜ ma

回 不 滿 意 。 必 須 進 一 步 改 進 。
Bù mǎn yì Bì xū jìn yī bù gǎi jìn

回 我 們 必 須 改 善 目 前 的 成 品 率 。
Wǒ men bì xū gǎi shàn mù qián de chéng pǐn lǜ

你 們 打 算 怎 麼 解 決 目 前 成 品 率 偏 低 的 問 題 ？
Nǐ men dǎ suan zěn me jiě jué mù qián chéng pǐn lǜ piān dī de wèn tí

⇨ 你 們 有 改 善 成 品 率 的 計 劃 嗎 ？
Nǐ men yǒu gǎi shàn chéng pǐn lǜ de jì huà ma

回 我 們 的 改 善 計 劃 一 個 月 後 出 來 。
Wǒ men de gǎi shàn jì huà yī gè yuè hòu chū lai

回 為 這 個 ， 我 們 特 意 組 織 了 一 個 工 作 組 。
Wèi zhè ge wǒ men tè yì zǔ zhī le yī gè gōng zuò zǔ

21 軟 件

2.21

你 們 使 用 的 是 甚 麼 軟 件 ？
Nǐ men shǐ yòng de shì shén me ruǎn jiàn

回 使 用 的 是 暢 銷 軟 件 。
Shǐ yòng de shì chàng xiāo ruǎn jiàn

？ 哪 個 是 暢 銷 的 軟 件 ？
Něi ge shì chàng xiāo de ruǎn jiàn

回 這 個 就 是 暢 銷 的 軟 件 。
Zhèi ge jiù shì chàng xiāo de ruǎn jiàn

你 們 安 裝 最 新 版 本 了 嗎 ？
Nǐ men ān zhuāng zuì xīn bǎn běn le ma

回 已 經 換 上 了 最 新 版 本 。
Yǐ jing huàn shàng le zuì xīn bǎn běn

Zuì xīn bǎn běn yǐ jing zhuāng hǎo le ma
最 新 版 本 已 經 裝 好 了 嗎 ？

Hái méi zhuāng ne　　Bù guò hěn kuài jiù zhuāng
回 還 沒 裝 呢 。 不 過 很 快 就 裝 。

Yù dìng shén me shí hou fā bù xīn bǎn běn
預 定 甚 麼 時 候 發 佈 新 版 本 ？

Xià gè yuè fā bù xīn bǎn běn
回 下 個 月 發 佈 新 版 本 。

Nèi ge shì bǎo mì de
回 那 個 是 保 密 的 。

Hěn kuài jiù yào tuī chū xīn de bǎn běn
回 很 快 就 要 推 出 新 的 版 本 。

Nǐ yòng de xīn ruǎn jiàn shì bu shì nèi zhǒng yī zhuāng jiù néng yòng
你 用 的 新 軟 件 是 不 是 那 種 一 裝 就 能 用
de
的 ？

Shì a　　Xīn de ruǎn jiàn shì　　jí zhuāng jí yòng　　de
回 是 啊 。 新 的 軟 件 是 " 即 裝 即 用 " 的 。

Xīn de ruǎn jiàn yǒu něi xiē yōu diǎn
新 的 軟 件 有 哪 些 優 點 ？

Xīn de ruǎn jiàn zēng jiā le hěn duō gōng néng
回 新 的 軟 件 增 加 了 很 多 功 能 。

Nǐ yòng de shì chā rù shì de kǎ ma
你 用 的 是 插 入 式 的 卡 嗎 ？

Shì　　wǒ xiàn zài yòng de jiù shì chā rù shì zhì tú kǎ
回 是 , 我 現 在 用 的 就 是 插 入 式 製 圖 卡 。

Zhèi ge ruǎn jiàn duō shao qián
這 個 軟 件 多 少 錢 ？

Bā shí yuán
回 八 十 元 。

Jiàn yì líng shòu jià shì bā shí yuán
回 建 議 零 售 價 是 八 十 元 。

使用新的軟件對硬件有甚麼特殊的要求嗎？

Shǐ yòng xīn de ruǎn jiàn duì yìng jiàn yǒu shén me tè shū de yāo qiú ma

使用新的軟件對硬件有甚麼特殊的要求嗎？

回 新的軟件對硬件沒有甚麼特殊的要求。
Xīn de ruǎn jiàn duì yìng jiàn méi yǒu shén me tè shū de yāo qiú

回 使用這種軟件，需要配備特殊的硬件。
Shǐ yòng zhèi zhǒng ruǎn jiàn xū yào pèi bèi tè shū de yìng jiàn

Nǐ de ruǎn jiàn chū xiàn le shén me wèn tí
你的軟件出現了甚麼問題？

回 軟件需要排除錯誤。
Ruǎn jiàn xū yào pái chú cuò wù

Xiàn zài shì zhèng zài qǐ dòng jiū cuò gōng néng ma
現在是正在啓動糾錯功能嗎？

⇨ 已經啟動糾錯功能了嗎？
Yǐ jing qǐ dòng jiū cuò gōng néng le ma

回 研究所正在排除故障。
Yán jiū suǒ zhèng zài pái chú gù zhàng

回 軟件的糾錯工作已經全部完成了。
Ruǎn jiàn de jiū cuò gōng zuò yǐ jing quán bù wán chéng le

22 互聯網

 2.22

Nǐ men kāi shè wǎng zhàn le ma
你們開設網站了嗎？

回 我們公司已經建立網站了。
Wǒ men gōng sī yǐ jing jiàn lì wǎng zhàn le

回 我們最近會建立網站。
Wǒ men zuì jìn huì jiàn lì wǎng zhàn

⑦ 你們有建立網站的計劃嗎？
Nǐ men yǒu jiàn lì wǎng zhàn de jì huà ma

Nǐ men de wǎng zhǐ shì shén me
你們的網址是甚麼？

回 網址已經印在名片上了。
Wǎng zhǐ yǐ jing yìn zài míng piàn shàng le

你們的網站出甚麼問題了嗎？

回 網站正在建立中。

你們甚麼時候開始網上交易？

回 從明年開始網上交易。

回 網站馬上就可以投入使用。

你們有開展網上交易的計劃嗎？

回 這個計劃現在正在進行中。

在網上可以買到你們的產品嗎？

⇨ 你們的產品在網上銷售嗎？

回 我們公司的產品在網上都可以買到。

回 目前還沒有。不過，很快就可以實現了。

回 目前我們也有一部分產品在網上銷售。

網上交易提供特別的打折優惠嗎？

回 在網上訂購可以享受百分之五的優惠。

23 部件、產品及設計書號碼

Nèi ge bù jiàn de biān hào shì duō shao
那 個 部 件 的 編 號 是 多 少 ？

Bù jiàn biān hào shì liù bā liù liù
部 件 編 號 是 六 八 六 六 。

Wǒ men gōng sī de bù jiàn biān hào shì duō shao
我 們 公 司 的 部 件 編 號 是 多 少 ？

Wǒ men gōng sī de bù jiàn biān hào shì liù bā liù liù
我 們 公 司 的 部 件 編 號 是 六 八 六 六 。

Nǐ men de bù jiàn biān hào shì duō shao hào
你 們 的 部 件 編 號 是 多 少 號 ？

Wǒ men de bù jiàn biān hào shì liù qī sān èr
我 們 的 部 件 編 號 是 六 七 三 二 。

Chǎn pǐn biān hào shì duō shao
產 品 編 號 是 多 少 ？

Chǎn pǐn biān hào shì wǔ èr jiǔ èr
產 品 編 號 是 五 二 九 二 。

Yàng pǐn biān hào shì duō shao
樣 品 編 號 是 多 少 ？

Yàng pǐn biān hào sān bā bā èr
樣 品 編 號 三 八 八 二 。

Shè jì shū de hào mǎ shì duō shao
設 計 書 的 號 碼 是 多 少 ？

Shè jì shū hào mǎ shì èr èr èr qī sān sì
設 計 書 號 碼 是 二 二 二 七 三 四 。

Tú zhǐ hào mǎ shì duō shao
圖 紙 號 碼 是 多 少 ？

Tú zhǐ hào mǎ shì èr qī liù liù wǔ
圖 紙 號 碼 是 二 七 六 六 五 。

Jì shù biàn gēng hào mǎ shì duō shao
技 術 變 更 號 碼 是 多 少 ？

Jì shù biàn gēng hào mǎ shì èr liù bā sì
技 術 變 更 號 碼 是 二 六 八 四 。

Xīn de bù jiàn biān hào le ma
新 的 部 件 編 號 了 嗎 ？

　　Wǒ men yǐ jing gěi bù jiàn biān le hào
　　㠪 我 們 已 經 給 部 件 編 了 號 。

Xiàng mù dài hào shì shén me
項 目 代 號 是 甚 麼 ？

　　Xiàng mù dài hào shì 　　 fēi yīng
　　㠪 項 目 代 號 是 " 飛 鷹 " 。
　　Xiàng mù dài hào biàn gēng le
　　㠪 項 目 代 號 變 更 了 。

Nǐ men biān xiàng mù dài hào le ma
你 們 編 項 目 代 號 了 嗎 ？

　　Wǒ men gōng sī gěi xiàng mù biān le dài hào
　　㠪 我 們 公 司 給 項 目 編 了 代 號 。

Nǐ men gěi tā biān xīn de xiàng mù dài hào le ma
你 們 給 它 編 新 的 項 目 代 號 了 嗎 ？

　　Wǒ men gōng sī biān zhì le xīn de xiàng mù dài mǎ
　　㠪 我 們 公 司 編 制 了 新 的 項 目 代 碼 。

Jiù de xiàng mù dài mǎ zěn me bàn
舊 的 項 目 代 碼 怎 麼 辦 ？

　　Jiù de xiàng mù dài mǎ réng rán yǒu xiào 　 Xiàng mù dài mǎ yǐ
　　㠪 舊 的 項 目 代 碼 仍 然 有 效 。 項 目 代 碼 已
　　jing gēng xīn
　　經 更 新 。
　　Jiù de xiàng mù dài mǎ yǐ jing shī xiào
　　㠪 舊 的 項 目 代 碼 已 經 失 效 。

24 產品說明

Zhèi zhǒng chǎn pǐn shì gàn shén me yòng de
這 種 產 品 是 幹 甚 麼 用 的 ？

Zhèi zhǒng chǎn pǐn de tè diǎn shì shén me
⇨ 這 種 產 品 的 特 點 是 甚 麼 ？

Zhèi zhǒng zhuāng zhì de tè diǎn shì shén me
⇨ 這 種 裝 置 的 特 點 是 甚 麼 ？

Guān yú zhè zhǒng chǎn pǐn nín néng jiè shào yī xià ma
關 於 這 種 產 品 您 能 介 紹 一 下 嗎 ？

Nín néng jiù zhèi ge chǎn pǐn zuò yī gè shuō míng ma
⇨ 您 能 就 這 個 產 品 做 一 個 説 明 嗎 ？

Guān yú zhèi ge bù jiàn nín néng gěi wǒ tí gōng yī xiē zī
⇨ 關 於 這 個 部 件 ， 您 能 給 我 提 供 一 些 資

xùn ma
訊 嗎 ？

Guān yú zhèi ge chǎn pǐn qǐng xiáng xì shuō míng yī xià
⇨ 關 於 這 個 產 品 ， 請 詳 細 説 明 一 下 。

Wǒ jiù zhèi ge chǎn pǐn zuò gè jiè shào
⇦ 我 就 這 個 產 品 作 個 介 紹 。

Wǒ jiè shào yī xià zhè ge chǎn pǐn
⇦ 我 介 紹 一 下 這 個 產 品 。

Wǒ xiàn chǎng yǎn shì yī xià zhè ge zhuāng zhì ba
⇦ 我 現 場 演 示 一 下 這 個 裝 置 吧 。

Zhè shì yòng shén me cái liào zhì zuò de
這 是 用 甚 麼 （ 材 料 ） 製 作 的 ？

Zhè shì yòng sù jiāo cái liào zhì zuò de
⇦ 這 是 用 塑 膠 材 料 製 作 的 。

Chǎn pǐn de shè jì shì zěn yàng de
產 品 的 設 計 是 怎 樣 的 ？

Zhèi shì xīn chǎn pǐn
⇦ 這 是 新 產 品 。

Zhèi shì zuì xīn xíng chǎn pǐn zhōng de yī zhǒng
⇦ 這 是 最 新 型 產 品 中 的 一 種 。

Zhè shì zuì gāo pǐn zhì de chǎn pǐn
⇦ 這 是 最 高 品 質 的 產 品 。

Zhèi ge diàn nǎo nèi zhuāng zhì le bō fàng gōng néng
⇦ 這 個 電 腦 內 裝 置 了 DVD 播 放 功 能 。

Zhèi ge tè shū xíng hào de chǎn pǐn yǒu zhào xiàng gōng néng nèi
回 這 個 特 殊 型 號 的 產 品 有 照 相 功 能 ， 內

zhì de
置 的 。

Zhèi tái diàn nǎo pèi le yī gè èr shí cùn de xiǎn shì píng
回 這 台 電 腦 配 了 一 個 二 十 吋 的 顯 示 屏 。

Shǐ yòng zhèi zhǒng chǎn pǐn kě yǐ tí gāo shēng chǎn lǜ Dìng jià
回 使 用 這 種 產 品 可 以 提 高 生 產 率 。 定 價

duō shao
多 少 ？

Zhèi tái de dìng jià shì liǎng qiān wǔ bǎi rén mín bì
回 這 台 的 定 價 是 兩 千 五 百 人 民 幣 。

Zhèi tái shì yī qiān rén mín bì
回 這 台 是 一 千 人 民 幣 。

25 向顧客推薦商品

🔊 2.25

Wǒ xiǎng xiàng nín tuī jiàn zhèi kuǎn
我 想 向 您 推 薦 這 款 。

Nín kàn zhèi ge zěn me yàng
⇨ 您 看 這 個 怎 麼 樣 ？

Bù cuò
回 不 錯 。

Tǐng hǎo
回 挺 好 。

Nín wèi shén me yào tuī jiàn zhèi kuǎn chǎn pǐn ne
您 為 甚 麼 要 推 薦 這 款 產 品 呢 ？

Yīn wèi tā zhì zuò jīng liáng a
回 因 為 它 製 作 精 良 啊 。

Yīn wèi tā hěn nài yòng
回 因 為 它 很 耐 用 。

Yīn wèi tā zhì liàng shàng chéng
回 因 為 它 質 量 上 乘 。

Zhèi ge xíng hào de chǎn pǐn yǒu shén me yōu diǎn
這 個 型 號 的 產 品 有 甚 麼 優 點 ？

Zhèi zhǒng chǎn pǐn yǒu hěn duō zhí dé yī tí de yōu diǎn
回 這 種 產 品 有 很 多 值 得 一 提 的 優 點 。

Zhèi zhǒng chǎn pǐn de xìng jià bǐ shì zuì hǎo de
回 這 種 產 品 的 性 價 比 是 最 好 的 。

Zhè zhǒng chǎn pǐn shè jì xiǎo qiǎo ， biàn yú xié dài
回 這 種 產 品 設 計 小 巧 ， 便 於 攜 帶 。

Nín xiǎng tuī jiàn něi yī kuǎn
回 您 想 推 薦 哪 一 款 ？

26 關於項目情況

2.26

Nín xiàn zài máng shén me xiàng mù ne
您 現 在 忙 甚 麼 項 目 呢 ？

Nín xiàn zài zuò shén me gōng zuò ne
⇨ 您 現 在 做 甚 麼 工 作 呢 ？

Nín mù qián zài zuò něi yī lèi de xiàng mù ne
⇨ 您 目 前 在 做 哪 一 類 的 項 目 呢 ？

Wǒ zhèng gǎo xīn xiàng mù ne
回 我 正 搞 新 項 目 呢 。

Mù qián zài gǎo yī xiàng jiàng dī chéng běn de xiàng mù
回 目 前 在 搞 一 項 降 低 成 本 的 項 目 。

Nǐ shì cóng shì shén me gōng zuò de
你 是 從 事 甚 麼 工 作 的 ？

Wǒ zuò hù lián wǎng de
回 我 做 互 聯 網 的 。

Kāi fā xīn ruǎn jiàn
回 開 發 新 軟 件 。

Zhǔ yào shì mài shù mǎ xiàng jī
回 主 要 是 賣 數 碼 相 機 。

Wǒ zài cóng shì gù kè diào chá de gōng zuò
回 我 在 從 事 顧 客 調 查 的 工 作 。

Yǐ qián de xiàng mù zěn me yàng le
以 前 的 項 目 怎 麼 樣 了 ？

Yǐ jing tíng zhǐ le
回 已 經 停 止 了 。

Xīn xiàng mù cún zài shén me wèn tí ma
新 項 目 存 在 甚 麼 問 題 嗎 ？

Jīng fèi zhèng zài bù duàn jiǎn shǎo
回 經 費 正 在 不 斷 減 少 。

Jīng fèi yù suàn bù zú
回 經 費 預 算 不 足 。

Néng gēn wǒ jiǎng nèi ge xiàng mù de zuì xīn qíng kuàng ma
能 跟 我 講 那 個 項 目 的 最 新 情 況 嗎 ？

Yě méi yǒu shén me tè bié yào jiǎng de
回 也 沒 有 甚 麼 特 別 要 講 的 。

27 退款與退貨

Nín shì yào tuì kuǎn ma
您 是 要 退 款 嗎 ？

Děi quán shù tuì kuǎn
回 得 全 數 退 款 。

Nín shì xī wàng huàn huò hái shi dǎ suan tuì qián
您 是 希 望 換 貨 ， 還 是 打 算 退 錢 ？

Huàn huò
回 換 貨 。

Dāng rán shì tuì qián le
回 當 然 是 退 錢 了 ！

Wǒ bù xiǎng yào tì dài pǐn Zěn me cái néng tuì qián ne
我 不 想 要 替 代 品 。 怎 麼 才 能 退 錢 呢 ？

Děi zěn me yàng cái néng huàn huò ne
⇨ 得 怎 麼 樣 才 能 換 貨 呢 ？

Qǐng nín tián tián zhè zhāng biǎo
回 請 您 填 填 這 張 表 。

Qǐng bǎ shāng pǐn hé shōu jù dài lai
回 請 把 商 品 和 收 據 帶 來 。

Néng gěi wǒ tuì kuǎn ma
能 給 我 退 款 嗎 ？

Kě yǐ gěi nín quán é tuì kuǎn
回 可 以 給 您 全 額 退 款 。

Wǒ lì kè gěi nín tuì kuǎn
回 我 立 刻 給 您 退 款 。

Wǒ àn shāng pǐn jià gé gěi nín tuì kuǎn
回 我 按 商 品 價 格 給 您 退 款 。

Néng gěi wǒ huàn huò ma
能 給 我 換 貨 嗎 ？

Kě yǐ gěi nín miǎn fèi huàn
回 可 以 給 您 免 費 換 。

Gěi nín huàn gè xīn de
回 給 您 換 個 新 的 。

Wèi shén me bù gěi wǒ tuì
為 甚 麼 不 給 我 退 ？

Wèi shén me bù néng tuì huò ne
⇨ 為 甚 麼 不 能 退 貨 呢 ？

Yīn wèi nà shì dǎ zhé huò
回 因 為 那 是 打 折 貨 。

Yīn wèi nín méi yǒu bǎ shōu jù dài lai
回 因 為 您 沒 有 把 收 據 帶 來 。

28 索 賠

 2.28

第二部分・索賠

Wǒ tí chū suǒ péi
我 提 出 索 賠 。

Wǒ yāo qiú suǒ péi
⇨ 我 要 求 索 賠 。

Wǒ yào xiàng fǎ yuàn tí chū suǒ péi de qǐng qiú
⇨ 我 要 向 法 院 提 出 索 賠 的 請 求 。

Wǒ xiān yào què rèn shōu dào suǒ péi de yāo qiú
回 我 先 要 確 認 收 到 索 賠 的 要 求 。

Wǒ yào duì nǐ men de suǒ péi yāo qiú jìn xíng què rèn
回 我 要 對 你 們 的 索 賠 要 求 進 行 確 認 。

Wǒ men bù néng jiē shòu nǐ tí chū de suǒ péi yāo qiú
回 我 們 不 能 接 受 你 提 出 的 索 賠 要 求 。

Nǐ de suǒ péi bù hé lǐ
回 你 的 索 賠 不 合 理 。

Duì bu qǐ wǒ men bù néng jiē shòu nǐ huò pǐn pò sǔn de
回 對 不 起 ， 我 們 不 能 接 受 你 貨 品 破 損 的
suǒ péi
索 賠 。

Bù néng péi
回 不 能 賠 。

Wǒ qǐng qiú bǎ suǒ péi shì yí zuò tíng wài chǔ lǐ
🎨 我 請 求 把 索 賠 事 宜 作 庭 外 處 理 。

139

Wǒ men chè huí suǒ péi yāo qiú
我 們 撤 回 索 賠 要 求 。

Wǒ men chè huí duì nǐ men de suǒ péi yāo qiú
⇨ 我 們 撤 回 對 你 們 的 索 賠 要 求 。

Xiàng shéi tí chū suǒ péi de yāo qiú hǎo ne
向 誰 提 出 索 賠 的 要 求 好 呢 ？

Gù kè de suǒ péi yóu něi ge bù mén fù zé
⇨ 顧 客 的 索 賠 由 哪 個 部 門 負 責 ？

Qǐng xiàng wǒ men gōng sī de fú wù bù mén tí chū suǒ péi
⛉ 請 向 我 們 公 司 的 服 務 部 門 提 出 索 賠 。

Yóu wǒ men bù mén fù zé
⛉ 由 我 們 部 門 負 責 。

29 資金運用

🔊 2.29

Jié yuē jīng fèi zhǐ de shì shén me
節 約 經 費 指 的 是 甚 麼 ？

Zhè fèn wén jiàn yǐ jing duì jié yuē jīng fèi de wèn tí zuò le
⛉ 這 份 文 件 已 經 對 節 約 經 費 的 問 題 作 了

shuō míng
說 明 。

Yù jì néng jié yuē duō shao jīng fèi
預 計 能 節 約 多 少 經 費 ？

Yù jì néng jié yuē bǎi fēn zhī shí zuǒ yòu de jīng fèi
⛉ 預 計 能 節 約 百 分 之 十 左 右 的 經 費 。

Rén gōng fèi néng xuē jiǎn duō shao
人 工 費 能 削 減 多 少 ？

Rén gōng fèi néng xuē jiǎn bǎi fēn zhī èr shí
⛉ 人 工 費 能 削 減 百 分 之 二 十 。

Yuán cái liào fèi néng xuē jiǎn duō shao
原 材 料 費 能 削 減 多 少 ？

Yuán cái liào fèi kě yǐ xuē jiǎn bǎi fēn zhī wǔ
⛉ 原 材 料 費 可 以 削 減 百 分 之 五 。

Cāng chǔ fèi kě yǐ xuē jiǎn duō shao
倉 儲 費 可 以 削 減 多 少 ？

Cāng kù fèi néng xuē jiǎn duō shao
⇨ 倉 庫 費 能 削 減 多 少 ？

Cāng chǔ fèi kě yǐ xuē jiǎn bǎi fēn zhī èr
🗩 倉 儲 費 可 以 削 減 百 分 之 二 。

Yíng yùn fèi yòng néng xuē jiǎn duō shao
營 運 費 用 能 削 減 多 少 ？

Hái méi yǒu dé dào zuì zhōng de shù zì
🗩 還 沒 有 得 到 最 終 的 數 字 。

Cái wù fèi yòng néng xuē jiǎn duō shao
財 務 費 用 能 削 減 多 少 ？

Dà gài néng xuē jiǎn bǎi fēn zhī sān
🗩 大 概 能 削 減 百 分 之 三 。

Dà yuē kě yǐ xuē jiǎn bǎi fēn zhī yī zuǒ yòu
🗩 大 約 可 以 削 減 百 分 之 一 左 右 。

Yǒu xíng zī chǎn fèi yòng néng xuē jiǎn duō shao
有 形 資 產 費 用 能 削 減 多 少 ？

Yǒu xíng zī chǎn fèi yòng kě yǐ xuē jiǎn bǎi fēn zhī shí èr
🗩 有 形 資 產 費 用 可 以 削 減 百 分 之 十 二 。

Wú xíng zī chǎn fèi yòng néng xuē jiǎn duō shao
無 形 資 產 費 用 能 削 減 多 少 ？

Mù qián hái bù qīng chu
🗩 目 前 還 不 清 楚 。

Zǒng gòng néng xuē jiǎn duō shao
總 共 能 削 減 多 少 ？

Zǒng gòng kě yǐ xuē jiǎn bǎi fēn zhī sān shí sān
🗩 總 共 可 以 削 減 百 分 之 三 十 三 。

Xiàng mù chéng běn yù jì shì duō shao
項 目 成 本 預 計 是 多 少 ？

Zhěng gè xiàng mù chéng běn shì duō shao
⇨ 整 個 項 目 成 本 是 多 少 ？

Yù jì xiàng mù chéng běn shì rén mín bì yī qiān wǔ bǎi wàn
🗩 預 計 項 目 成 本 是 人 民 幣 一 千 五 百 萬 。

Mù qián zhèng zài cè suàn
🗩 目 前 正 在 測 算 。

Yù jì néng gòu xuē jiǎn duō shao chéng běn
預 計 能 夠 削 減 多 少 成 本 ？

Yù jì néng xuē jiǎn liǎng bǎi wàn
回 預 計 能 削 減 兩 百 萬 。

Zǒng chéng běn jiǎn shǎo duō shao
總 成 本 減 少 多 少 ？

Zǒng chéng běn jiǎn shǎo wǔ shí wàn rén mín bì
回 總 成 本 減 少 五 十 萬 人 民 幣 。

Chéng běn de xuē jiǎn shì zěn me jìn xíng liàng huà de
成 本 的 削 減 是 怎 麼 進 行 量 化 的 ？

Zài duì suǒ yǒu de chéng běn shù jù jìn xíng fēn xī de jī chǔ
回 在 對 所 有 的 成 本 數 據 進 行 分 析 的 基 礎

shàng zài duì xuē jiǎn jìn xíng liàng huà
上 ， 再 對 削 減 進 行 量 化 。

Mù qián zhī fù de lì xī shì duō shao
目 前 支 付 的 利 息 是 多 少 ？

Mù qián zhī fù de lì xī shì měi nián bǎi fēn zhī liù
回 目 前 支 付 的 利 息 是 每 年 百 分 之 六 。

Nǐ men de zī jīn liú dòng qíng kuàng zěn me yàng
你 們 的 資 金 流 動 情 況 怎 麼 樣 ？

Zī jīn zhōu zhuǎn de qíng kuàng rú hé
⇨ 資 金 周 轉 的 情 況 如 何 ？

Zī jīn liú dòng qíng kuàng liáng hǎo
回 資 金 流 動 情 況 良 好 。

Zī jīn zhōu zhuǎn hěn zhèng cháng
回 資 金 周 轉 很 正 常 。

Zī jīn liú dòng shàng yǒu shén me wèn tí ma
資 金 流 動 上 有 甚 麼 問 題 嗎 ？

Zī jīn zhōuzhuǎn méi wèn tí ba
⇨ 資 金 周 轉 沒 問 題 吧 ？

Zī jīn liú dòng shàng méi yǒu rèn hé wèn tí
回 資 金 流 動 上 沒 有 任 何 問 題 。

Wán quán méi yǒu wèn tí
回 完 全 沒 有 問 題 。

Zī jīn liú dòng zhèng cháng ba
資 金 流 動 正 常 吧 ？

 Zī jīn liú dòng hěn zhèng cháng
回 資 金 流 動 很 正 常 。

Kě biàn chéng běn néng xuē jiǎn duō shao
可 變 成 本 能 削 減 多 少 ？

 Kě biàn chéng běn néng xuē jiǎn bǎi fēn zhī bā
回 可 變 成 本 能 削 減 百 分 之 八 。

Gù dìng chéng běn kě yǐ xuē jiǎn duō shao
固 定 成 本 可 以 削 減 多 少 ？

 Kě yǐ xuē jiǎn bǎi fēn zhī sì
回 可 以 削 減 百 分 之 四 。

Shè bèi tóu zī é shì duō shao
設 備 投 資 額 是 多 少 ？

 Lěi jī de shè bèi tóu zī zǒng é shì wǔ qiān wàn rén mín bì
回 累 積 的 設 備 投 資 總 額 是 五 千 萬 人 民 幣 。

30 公司的決策者

🔊 2.30

Nǐ men jǐ gè shéi yǒu jué dìng quán
你 們 幾 個 誰 有 決 定 權 ？

 Suǒ yǒu yǒu jué dìng quán de rén dōu xiě zài zhèi zhāng biǎo shàng le
回 所 有 有 決 定 權 的 人 都 寫 在 這 張 表 上 了 。

Nǐ men yǒu jué dìng quán de rén shì něi wèi
你 們 有 決 定 權 的 人 是 哪 位 ？

 Fù zǒng jīng lǐ zǒng jīng lǐ tā men yǒu jué dìng quán
回 副 總 經 理 、 總 經 理 ， 他 們 有 決 定 權 。

 Tā men shéi shuō le suàn
👂 他 們 誰 説 了 算 ？

 Zǒng jīng lǐ hé fù zǒng jīng lǐ yǒu jué dìng quán
回 總 經 理 和 副 總 經 理 有 決 定 權 。

Shéi shì zuì zhōng jué cè zhě
誰 是 最 終 決 策 者 ?

Nǐ rèn wéi shéi yǒu zuì zhōng jué dìng quán
⇨ 你 認 為 誰 有 最 終 決 定 權 ?

Tā men de lǎo zǒng zuì hòu pāi bǎn
🖃 他 們 的 老 總 最 後 拍 板 。

Yī wǒ kàn shì tā men de zǒng cái zuì hòu ná zhǔ yi
🖃 依 我 看 , 是 他 們 的 總 裁 最 後 拿 主 意 。

Shéi duì zuì hòu de jué cè fù zé
誰 對 最 後 的 決 策 負 責 ?

Tā men de cháng wù dǒng shì duì zuì hòu de jué cè fù zé
🖃 他 們 的 常 務 董 事 對 最 後 的 決 策 負 責 。

Shéi lái zuò zuì hòu de jué dìng
誰 來 做 最 後 的 決 定 ?

Fù zé tā men bù mén de dǒng shì zuò zuì hòu de jué dìng
🖃 負 責 他 們 部 門 的 董 事 做 最 後 的 決 定 。

31 制訂經營方案

2.31

Fāng àn zhōng shè xiǎng de zuì jiā qíng kuàng shì shén me yàng de
方 案 中 設 想 的 最 佳 情 況 是 甚 麼 樣 的 ?

Xiàn zài zhèng zài zhì dìng
🖃 現 在 正 在 制 定 。

Zuì chà de qíng kuàng shì shén me
最 差 的 情 況 是 甚 麼 ?

Zuì chà de qíng kuàng jiù shì jìng zhēng duì shǒu bǎ wǒ men de yè
🖃 最 差 的 情 況 就 是 競 爭 對 手 把 我 們 的 業

wù quán bù ná zǒu
務 全 部 拿 走 。

Nà bù hǎo bù huài de yī bān de zhuàngkuàng shì shén me
那 (不 好 不 壞 的) 一 般 的 狀 況 是 甚 麼

yàng de
樣 的 ?

Yī bān zhuàng kuàng jiù shì wéi chí píng jūn de nián xiāo shòu shuǐ píng
🖃 一 般 狀 況 就 是 維 持 平 均 的 年 銷 售 水 平 。

Shéi fù zé zhì dìng fāng àn
誰 負 責 制 定 方 案 ？

答 我 們 負 責 。
Wǒ men fù zé

Shéi fù zé fāng àn de tǒng chóu
誰 負 責 方 案 的 統 籌 ？

答 我 們 的 管 理 小 組 負 責 方 案 統 籌 。
Wǒ men de guǎn lǐ xiǎo zǔ fù zé fāng àn tǒng chóu

Fāng àn yóu shéi shěn dìng
方 案 由 誰 審 定 ？

答 我 們 的 營 業 部 經 理 負 責 審 定 。
Wǒ men de yíng yè bù jīng lǐ fù zé shěn dìng

Shéi fù zé duì zhèi ge fāng àn jìn xíng shuō míng
誰 負 責 對 這 個 方 案 進 行 説 明 ？

答 我 們 部 門 負 責 。
Wǒ men bù mén fù zé

Fāng àn bì xū dé dào shéi de tóng yì
方 案 必 須 得 到 誰 的 同 意 ？

⇨ 方 案 必 須 得 到 誰 的 批 准 ？
Fāng àn bì xū dé dào shéi de pī zhǔn

答 必 須 得 到 我 們 公 司 董 事 的 同 意 。
Bì xū dé dào wǒ men gōng sī dǒng shì de tóng yì

Nǐ duì fāng àn zhōng suǒ shè xiǎng de zuì jiā qíng kuàng zěn me kàn
你 對 方 案 中 所 設 想 的 最 佳 情 況 怎 麼 看 ？

答 我 認 為 對 最 佳 情 況 的 設 想 過 於 樂 觀 。
Wǒ rèn wéi duì zuì jiā qíng kuàng de shè xiǎng guò yú lè guān

答 對 最 差 情 況 的 設 想 過 於 悲 觀 。
Duì zuì chà qíng kuàng de shè xiǎng guò yú bēi guān

答 對 一 般 情 況 的 設 想 過 於 保 守 。
Duì yī bān qíng kuàng de shè xiǎng guò yú bǎo shǒu

32 商業案例

Nǐ rèn wéi zhèi ge shāng yè àn lì zěn me yàng
你 認 為 這 個 商 業 案 例 怎 麼 樣 ?

Zhèi ge shāng yè àn lì hěn jīng cǎi
答 這 個 商 業 案 例 很 精 彩 。

Nǐ zhèng zuò shāng yè àn lì ma
你 正 做 商 業 案 例 嗎 ?

Shì a　　 Wǒ zhèng zuò ne
答 是 啊 。 我 正 做 呢 。

Yào zhǔn bèi sān zhǒng lèi xíng de shāng yè àn lì
答 要 準 備 三 種 類 型 的 商 業 案 例 。

Shāng yè àn lì yāo qiú shén me shí hou zuò wán
商 業 案 例 要 求 甚 麼 時 候 做 完 ?

Zhèi ge xīng qī wǔ shì tí jiāo shāng yè àn lì de jié zhǐ qī
答 這 個 星 期 五 是 提 交 商 業 案 例 的 截 止 期
xiàn
限 。

Shāng yè àn lì bì xū zài liǎng gè xīng qī nèi wánchéng
答 商 業 案 例 必 須 在 兩 個 星 期 內 完 成 。

Shéi shì cān yù zhì dìngshāng yè àn lì de chéng yuán
誰 是 參 與 制 訂 商 業 案 例 的 成 員 ?

Suǒ yǒu cān yù chéng yuán dōu zài zhè zhāng míng dān shàng
答 所 有 參 與 成 員 都 在 這 張 名 單 上 。

Shéi shì shāng yè àn lì de zuì hòu pī zhǔn rén
誰 是 商 業 案 例 的 最 後 批 准 人 ?

Wǒ men de zǒng jīng lǐ shì zuì hòu pī zhǔn rén
答 我 們 的 總 經 理 是 最 後 批 准 人 。

Shāng yè àn lì yóu shéi lái jiǎng jiě ne
商 業 案 例 由 誰 來 講 解 呢 ?

Yù dìng yóu wǒ men lǐng dǎo jìn xíngshāng yè àn lì de jiǎng jiě
答 預 定 由 我 們 領 導 進 行 商 業 案 例 的 講 解 。

33 關於市場競爭力

2.33

Tā men gōng sī de chǎn pǐn yǒu jìng zhēng lì ma
他 們 公 司 的 產 品 有 競 爭 力 嗎 ？

Yǒu de chǎn pǐn yǒu jìng zhēng lì
回 有 的 產 品 有 競 爭 力 。

Yǒu de chǎn pǐn bù jù bèi jìng zhēng lì
回 有 的 產 品 不 具 備 競 爭 力 。

Wèi shén me yǒu de chǎn pǐn quē fá jìng zhēng lì ne
為 甚 麼 有 的 產 品 缺 乏 競 爭 力 呢 ？

Yīn wèi jià gé gāo
回 因 為 價 格 高 。

Yīn wèi dìng jià gāo
回 因 為 定 價 高 。

Yīn wèi chǎn pǐn de zhǔ yào xìng néng yǒu quē xiàn
回 因 為 產 品 的 主 要 性 能 有 缺 陷 。

Yīn wèi gōng néng hái bù gòu wán shàn
回 因 為 功 能 還 不 夠 完 善 。

Wèi shén me bù néng shēng chǎn chū jù yǒu jìng zhēng lì de chǎn pǐn
為 甚 麼 不 能 生 產 出 具 有 競 爭 力 的 產 品
ne
呢 ？

Yīn wèi shēng chǎn chéng běn tài gāo
回 因 為 生 產 成 本 太 高 。

Yīn wèi kāi fā tóu rù bù gòu
回 因 為 開 發 投 入 不 夠 。

Yīn wèi jìng zhēng duì shǒu de chéng běn hěn dī
回 因 為 競 爭 對 手 的 成 本 很 低 。

Yīn wèi jìng zhēng duì shǒu zài kāi fā yù suàn shàng de tóu rù hěn
回 因 為 競 爭 對 手 在 開 發 預 算 上 的 投 入 很
dà
大 。

Wǒ men zěn me zuò cái néng tí gāo chǎn pǐn jìng zhēng lì ne
我 們 怎 麼 做 才 能 提 高 產 品 競 爭 力 呢 ？

Bì xū jiàng dī shēng chǎn chéng běn
回 必 須 降 低 生 產 成 本 。

Chǎn pǐn bì xū zēng jiā xīn de gōng néng
回 （ 產 品 ） 必 須 增 加 新 的 功 能 。

147

Shēng chǎn gōng xù yīng gāi jìn yī bù hé lǐ huà
生 產 工 序 應 該 進 一 步 合 理 化 。

Bì xū tí gāo shēng chǎn lǜ
必 須 提 高 生 產 率 。

Bì xū tí gāo chǎn pǐn zhì liàng
必 須 提 高 產 品 質 量 。

Jìng zhēng duì shǒu shì zěn yàng bǎo chí bǐ jiào dī de chǎn pǐn jià gé
競 爭 對 手 是 怎 樣 保 持 比 較 低 的 產 品 價 格
de ne
的 呢 ？

Yīn wèi láo dòng bào chóu dī
因 為 勞 動 報 酬 低 。

Yīn wèi shēng chǎn chéng běn hěn dī
因 為 生 產 成 本 很 低 。

Yīn wèi tā men zài hǎi wài yǒu shēng chǎn jī dì
因 為 他 們 在 海 外 有 生 產 基 地 。

Yīn wèi tā men gù yòng le dà liàng de lín shí gōng
因 為 他 們 僱 用 了 大 量 的 臨 時 工 。

Yīn wèi tā men zài qīng xiāo
因 為 他 們 在 傾 銷 。

Yīn wèi tā men yōng yǒu bǐ jiào dà de shì chǎng fèn é
因 為 他 們 擁 有 比 較 大 的 市 場 份 額 。

Yīn wèi chǎn liàng gāo
因 為 產 量 高 。

Něi jiā gōng sī de shì chǎng fèn é dà ne
哪 家 公 司 的 市 場 份 額 大 呢 ？

Shì Guāng Huá Gōng Sī
是 光 華 公 司 。

34 涉密訊息

🔊 2.34

Zhèi ge wén jiàn qǐng àn bǎo mì jiàn chǔ lǐ
這 個 文 件 請 按 保 密 件 處 理 。

Zhèi ge qǐng bǎo mì
⇨ 這 個 請 保 密 。

Zhè shì jī mì wén jiàn
⇨ 這 是 機 密 文 件 。

Zhèi fèn wén jiàn bì xū quán bù zuò bǎo mì chǔ lǐ
⇨ 這 份 文 件 必 須 全 部 作 保 密 處 理 。

Zhèi ge shù jù shì shén me mì jí de
這 個 數 據 是 甚 麼 密 級 的 ?

    Zhèi ge shù jù shì jī mì de
回 這 個 數 據 是 機 密 的 。

    Zhèi ge shù jù shì jué mì de
回 這 個 數 據 是 絕 密 的 。

    Zhè shì jué mì shù jù   Yuè dú jué mì shù jù bì xū
回 這 是 絕 密 數 據 。 （ 閱 讀 絕 密 數 據 必 須

    qiān míng
簽 名 ）

Wǒ xià mian yào duì nǐ shuō de shì qing shì jué mì de
我 下 面 要 對 你 説 的 事 情 是 絕 密 的 。

    Qǐng nǐ yī dìng yào jì zhù   wǒ yào gào su nǐ de shì qing
⇨ 請 你 一 定 要 記 住 ， 我 要 告 訴 你 的 事 情

    shì jué mì de
是 絕 密 的 。

    Wǒ gào su nǐ yī gè mì mì
🖗 我 告 訴 你 一 個 秘 密 。

    Zhè shì nǐ wǒ liǎng gè rén zhī jiān de mì mì
🖗 這 是 你 我 兩 個 人 之 間 的 秘 密 。

35 關於職業

2.35

Nín shì zuò shén me gōng zuò de
您 是 做 甚 麼 工 作 的 ?

    Nín shì cóng shì shén me gōng zuò de
⇨ 您 是 從 事 甚 麼 工 作 的 ?

    Nín cóng shì shén me gōng zuò
⇨ 您 從 事 甚 麼 工 作 ?

    Nín zuò shén me gōng zuò
⇨ 您 做 甚 麼 工 作 ?

    Nín zhǔ yào cóng shì shén me gōng zuò
⇨ 您 主 要 從 事 甚 麼 工 作 ?

    Nín shì cóng shì něi lèi gōng zuò de
⇨ 您 是 從 事 哪 類 工 作 的 ?

    Wǒ shì
回 我 是 ＿＿＿＿＿ 。

    shòu huò yuán   yíng yè bù jīng lǐ   fù zé yíng yè de
售 貨 員 / 營 業 部 經 理 / 負 責 營 業 的

董事 / 系統工程師 / 軟件工程師 / 技
dǒng shì / xì tǒng gōng chéng shī / ruǎn jiàn gōng chéng shī / jì

術指導 / 開發工程師
shù zhǐ dǎo / kāi fā gōng chéng shī

您在哪家公司上班？
Nín zài něi jiā gōng sī shàng bān

⇒ 您在哪家公司高就？
Nín zài něi jiā gōng sī gāo jiù

⇒ 您在哪裏工作？
Nín zài nǎ li gōng zuò

🗨 我在日昇公司工作。
Wǒ zài Rì Shēng Gōng Sī gōng zuò

🗨 我在華美公司上班。
Wǒ zài Huá Měi Gōng Sī shàng bān

🗨 我在集成公司工作。
Wǒ zài Jí Chéng Gōng Sī gōng zuò

您代表哪家公司？
Nín dài biǎo něi jiā gōng sī

🗨 我代表國豐公司。
Wǒ dài biǎo Guó Fēng Gōng Sī

你們公司叫甚麼名字？
Nǐ men gōng sī jiào shén me míng zi

🗨 我們是冠揚公司。
Wǒ men shì Guān Yáng Gōng Sī

您是做哪方面工作的？
Nín shì zuò něi fāng miàn gōng zuò de

⇒ 您負責哪些工作？
Nín fù zé něi xiē Gōng Zuò

⇒ 您的職責範圍是哪些？
Nín de zhí zé fàn wéi shì něi xiē

🗨 我是電腦商店的店長。
Wǒ shì diàn nǎo shāng diàn de diàn zhǎng

🗨 我屬於營業部門。
Wǒ shǔ yú yíng yè bù mén

🗨 我屬於客戶服務部門。
Wǒ shǔ yú kè hù fú wù bù mén

🗨 我在開發部門。
Wǒ zài kāi fā bù mén

Wǒ cóng shì ruǎn jiàn kāi fā
巴 我 從 事 軟 件 開 發 。

Wǒ shì shēng chǎn diàn nǎo de
巴 我 是 生 產 電 腦 的 。

Wǒ jiāo zī xùn kē jì de
巴 我 教 資 訊 科 技 的 。

Wǒ fù zé cái wù de
巴 我 負 責 財 務 的 。

Wǒ fù zé yuán gōng de jiào yù
巴 我 負 責 員 工 的 教 育 。

Wǒ fù zé lián xì dà xíng qǐ yè
巴 我 負 責 聯 繫 大 型 企 業 。

Nǐ men gōng sī zài nǎ li
你 們 公 司 在 哪 裏 ？

Wǒ men gōng sī zài Shàng Hǎi
巴 我 們 公 司 在 上 海 。

Wǒ men gōng sī de zǒng bù zài Běi Jīng
巴 我 們 公 司 的 總 部 在 北 京 。

Nǐ men de zǒng bù zài nǎ li
你 們 的 總 部 在 哪 裏 ？

36 公司業務範圍

2.36

Nín shì zuò shén me shēng yi de
您 是 做 甚 麼 生 意 的 ？

Nǐ men jīng yíng shén me yè wù
你 們 經 營 甚 麼 業 務 ？

Nín shì zuò shén me yè wù de
您 是 做 甚 麼 業 務 的 ？

Wǒ men shēng chǎn qì chē bù jiàn
巴 我 們 生 產 汽 車 部 件 。

Wǒ men xiāo shòu qì chē bù jiàn
巴 我 們 銷 售 汽 車 部 件 。

Wǒ men zuò diàn nǎo shēng yi
巴 我 們 做 電 腦 生 意 。

Nǐ men zài něi xiē fāng miàn jù yǒu zhuān cháng
你們在哪些方面具有專長？

⇨ Nǐ men de zhuān cháng shì shén me
你們的專長是甚麼？

🄔 Wǒ men zhuān mén jīng yíng wǎng shàng jiāo yì
我們專門經營網上交易。

🄔 Wǒ men shàn cháng duì jīn róng shù jù kù de guǎn lǐ
我們擅長對金融數據庫的管理。

Nǐ men de zhuān yíng chǎn pǐn shì shén me
你們的專營產品是甚麼？

🄔 Wǒ men zhǐ jīng yíng jiān duān kē jì chǎn pǐn
我們只經營尖端科技產品。

Nǐ men de zhǔ yào chǎn pǐn shì chén me
你們的主要產品是甚麼？

⇨ Nǐ men de zhǔ dǎ chǎn pǐn shì shén me
你們的主打產品是甚麼？

🄔 Wǒ men zhǔ yào shēng chǎn bàn gōng shì shè bèi
我們主要生產辦公室設備。

🄔 Wǒ men de zhǔ yào chǎn pǐn shì lù yíng yòng pǐn
我們的主要產品是露營用品。

Nǐ men tí gōng něi xiē fú wù
你們提供哪些服務？

🄔 Wǒ men tí gōng wǎng luò fú wù
我們提供網絡服務。

🄔 Wǒ men tí gōng zū lìn fú wù
我們提供租賃服務。

37 關於經營狀況

🎧 2.37

Nǐ men de cái wù zhuàng kuàng zěn me yàng
你們的財務狀況怎麼樣？

⇨ Nǐ men cái wù fāng miàn de qíng kuàng zěn yàng
你們財務方面的情況怎樣？

🄔 Wǒ men gōng sī chǔ yú kuī sǔn zhuàng tài
我們公司處於虧損狀態。

🄔 Wǒ men gōng sī shì yíng lì de
我們公司是盈利的。

Wǒ men shì wēi lì jīng yíng
巴 我 們 是 微 利 經 營 。

Wǒ men shì chì zì jīng yíng
巴 我 們 是 赤 字 經 營 。

Yòu xiàn rù chì zì le
巴 又 陷 入 赤 字 了 。

Yòu huí dào kuī sǔn zhuàng tài le
巴 又 回 到 虧 損 狀 態 了 。

Huī fù yíng lì le
巴 恢 復 盈 利 了 。

Yòu huí dào yíng lì zhuàng tài le
巴 又 回 到 盈 利 狀 態 了 。

Zhōng yú bǎi tuō chì zì le
巴 終 於 擺 脫 赤 字 了 。

Nǐ men de shōu yì zěn me yàng
你 們 的 收 益 怎 麼 樣 ？

Shōu yì jì xù xià huá
巴 收 益 繼 續 下 滑 。

Nián shōu yì jiǎn shǎo
巴 年 收 益 減 少 。

Máo lì jiǎn shǎo
巴 毛 利 減 少 。

Chún lì jiǎn shǎo
巴 純 利 減 少 。

Zǒng shōu rù jiǎn shǎo
巴 總 收 入 減 少 。

Lì rùn chí xù zēng jiā
巴 利 潤 持 續 增 加 。

Nián shōu rù zēng jiā
巴 年 收 入 增 加 。

Máo lì zēng jiā
巴 毛 利 增 加 。

Chún lì zēng jiā
巴 純 利 增 加 。

Zǒng shōu yì zēng jiā
巴 總 收 益 增 加 。

Yīng shōu kuǎn de qíng kuàng zěn me yàng
應 收 款 的 情 況 怎 麼 樣 ？

Yīng shōu kuǎn yǒu liǎng gè yì ne
巴 應 收 款 有 兩 個 億 呢 ！

Yīng fù kuǎn de qíng kuàng zěn me yàng
應 付 款 的 情 況 怎 麼 樣 ？

Yīng fù kuǎn yǒu sān yì duō
應 付 款 有 三 億 多 。

Duì xīn chǎn pǐn de tóu zī shì duō shao
對 新 產 品 的 投 資 是 多 少 ？

Tóu zī le wǔ qiān wàn yuán
投 資 了 五 千 萬 元 。

Tóu zī le zǒng shōu rù de bǎi fēn zhī shí
投 資 了 總 收 入 的 百 分 之 十 。

Wǒ men de tóu zī lì rùn lǜ shì duō shao
我 們 的 投 資 利 潤 率 是 多 少 ？

Wǒ men de tóu zī lì rùn lǜ shì bǎi fēn zhī sān shí
我 們 的 投 資 利 潤 率 是 百 分 之 三 十 。

Wǒ men de mù biāo tóu zī lì rùn lǜ shì duō shao
我 們 的 目 標 投 資 利 潤 率 是 多 少 ？

Wǒ men de mù biāo tóu zī lì rùn lǜ shì bǎi fēn zhī sì shí
我 們 的 目 標 投 資 利 潤 率 是 百 分 之 四 十 。

Jīn nián wǒ men gōng sī de yíng lì shì duō shao
今 年 我 們 公 司 的 盈 利 是 多 少 ？

Wǒ men gōng sī yǒu yī qiān wàn yuán de yíng lì
我 們 公 司 有 一 千 萬 元 的 盈 利 。

Wǒ men gōng sī yǒu yī qiān wàn yuán de kuī sǔn
我 們 公 司 有 一 千 萬 元 的 虧 損 。

第三部分

報告會、會議、電話會議等場合使用的**商業普通話**

1 報告會

寒 暄

Gè wèi， zǎo shang hǎo
各 位 ， 早 上 好 ！

Zǎo shang hǎo
🗨 早 上 好 ！

Gè wèi， wǎn shang hǎo
各 位 ， 晚 上 好 ！

Wǎn shang hǎo
🗨 晚 上 好 ！

其 他

Dà jiā hǎo Huān yíng gè wèi chū xí běn rén de bào gào huì
大 家 好 ！ 歡 迎 各 位 出 席 本 人 的 報 告 會 。

自我介紹

Gè wèi， zǎo shang hǎo Wǒ jiào Xiè Huì Měi
各 位 ， 早 上 好 ！ 我 叫 謝 惠 美 。

Zǎo shang hǎo Wǒ jiào Lǐ Zhì Xián
🗨 早 上 好 ！ 我 叫 李 志 賢 。

其 他

Dà jiā hǎo Gè wèi kě néng duì wǒ bù tài shú xī， wǒ
大 家 好 ！ 各 位 可 能 對 我 不 太 熟 悉 ， 我

jiào Gāo Jùn Wén
叫 高 俊 文 。

Dà jiā hǎo Wǒ shì Rì Shēng Gōng Sī de Gāo Jùn Wén
大 家 好 ！ 我 是 日 昇 公 司 的 高 俊 文 。

告知所需時間

Bǎ shí jiān jiāo gěi jīn tiān zuò bào gào de Lín xiān sheng
把 時 間 交 給 今 天 做 報 告 的 林 先 生 。

Jīn tiān， wǒ huì jiù rú hé yìng yòng zī xùn kē jì zuò yī
🗨 今 天 ， 我 會 就 如 何 應 用 資 訊 科 技 做 一

gè bào gào， dà yuē xū yào sì shí wǔ fēn zhōng de shí jiān
個 報 告 ， 大 約 需 要 四 十 五 分 鐘 的 時 間 。

我的演講只需要二十五分鐘。

下午我們會利用三十分鐘，看一下有關資訊科技的資料。

闡明演講目的、主題、要點及架構

請張先生上台。

我的報告的目的是……

我的演講的目的是……

我的演講主題是關於如何運用資訊科技。

我的報告題目是如何運用資訊科技。

闡明演講要點

我想講的主要觀點是……

今天要給大家介紹的要點是……

闡明演講架構

這個講座分四個部分。首先我們看一下……接着是第二部分……第三部分是……最後是……

首先是……其次是……最後是……報告分三個部分。

首先講資訊科技的發展歷史；接下來

jiǎng yī xià xiàn zhuàng　　zuì hòu yī bù fen shì jiǎng zī xùn kē
講 一 下 現 狀 ， 最 後 一 部 分 是 講 資 訊 科

jì de fā zhǎn yù cè
技 的 發 展 預 測 。

Jiǎng zuò yóu sān gè bù fen zǔ chéng　　Dì yī bù fen shì
講 座 由 三 個 部 分 組 成 。 第 一 部 分 是 ……

Dì èr bù fen shì　　　Zuì hòu yī bù fen shì
第 二 部 分 是 …… 最 後 一 部 分 是 ……

Shǒu xiān shi　　　Dì èr shì　　　Zuì hòu shì
首 先 是 …… 第 二 是 …… 最 後 是 ……

闡明演講的預期效果

Qǐng Zhāng xiān sheng zuò zǒng jié
請 張 先 生 做 總 結 。

Wǒ xiǎng tōng guò zhè cì bào gào huì　　dà jiā kě yǐ duì zī
我 想 通 過 這 次 報 告 會 ， 大 家 可 以 對 資

xùn kē jì yǒu jìn yī bù de liǎo jiě
訊 科 技 有 進 一 步 的 了 解 。

Wǒ xiǎng tōng guò zhèi cì jiǎng zuò　　dà jiā kě yǐ xué dào hěn
我 想 通 過 這 次 講 座 ， 大 家 可 以 學 到 很

duō yǒu guān zī xùn kē jì fāng miàn de zhī shi
多 有 關 資 訊 科 技 方 面 的 知 識 。

Wǒ xiǎng gè wèi tīng le zhè cì jiǎng zuò yǐ hòu　　néng gòu jiā
我 想 各 位 聽 了 這 次 講 座 以 後 ， 能 夠 加

shēn duì zī xùn kē jì de liǎo jiě
深 對 資 訊 科 技 的 了 解 。

演講中的表述

Hòu miàn néng tīng de dào ma
後 面 能 聽 得 到 嗎 ？

Tīng bu qīng chu　　qǐng dà diǎnr shēng
聽 不 清 楚 ， 請 大 點 兒 聲 。

Zuò zài hòu miàn de néng kàn qīng chu zhèi ge ma
坐 在 後 面 的 能 看 清 楚 這 個 嗎 ？

Kàn bu qīng chu　　Huàn dēng jī de jiāo diǎn méi duì zhǔn
看 不 清 楚 。 幻 燈 機 的 焦 點 沒 對 準 。

Qǐng bǎ jiāo diǎn zài duì zhǔn yī diǎnr
請 把 焦 點 再 對 準 一 點 兒 。

Diàn yuán chā zuò zài nǎr
電 源 插 座 在 哪兒 ？

⇨ Chā zuò zài nǎr
插 座 在 哪兒 ？

回 Zài zhuō zi xià miàn
在 桌 子 下 面 。

🎨 Yǒu jiē xiàn bǎnr ma
有 接 綫 板兒 嗎 ？

Diàn yuán jiē shàng le ma
電 源 接 上 了 嗎 ？

⇨ Diàn nǎo yǒu méi yǒu tōng shàng diàn
電 腦 有 沒 有 通 上 電 ？

回 Zhè tái diàn nǎo méi jiē diàn yuán
這 台 電 腦 沒 接 電 源 。

🌀 Qǐng bǎ diàn nǎo de diàn yuán jiē shàng
請 把 電 腦 的 電 源 接 上 。

🌀 Qǐng bǎ diàn nǎo de diàn yuán guān diào
請 把 電 腦 的 電 源 關 掉 。

Diàn yuán kāi guān zài nǎr
電 源 開 關 在 哪兒 ？

回 Zài mén hòu
在 門 後 。

🎨 Diàn yuán xiàn zài nǎr
電 源 綫 在 哪兒 ？

🎨 Bù yào guān diàn yuán
不 要 關 電 源 。

Shì tíng diàn le ma
是 停 電 了 嗎 ？

回 Tíng diàn le
停 電 了 。

回 Xiàn zài tíng diàn le
現 在 停 電 了 。

Shì bǎo xiǎn sī róng le ma
是 保 險 絲 熔 了 嗎 ？

回 Bǎo xiǎn sī róng le
保 險 絲 熔 了 。

Tóu yǐng jī de dēng pào huài le
投 影 機 的 燈 泡 壞 了 。

🇨 Xū yào xīn de dēng pào
需 要 新 的 燈 泡 。

Mài kè fēng méi jiē tōng
麥 克 風 沒 接 通 。

🇨 Qǐng bǎ mài kè fēng kāi kai
請 把 麥 克 風 開 開 。

Qǐng kāi dēng
請 開 燈 。

🇨 Qǐng bǎ dēng guāng tiáo àn yī diǎnr
請 把 燈 光 調 暗 一 點兒 。

🗨 Qǐng guān dēng
請 關 燈 。

🗨 Qǐng bǎ dēng wán quán guān diào
請 把 燈 完 全 關 掉 。

其 他

Tú piàn fàng dǎo le
圖 片 放 倒 了 。

Néng bǎ píng mù zài dǎ liàng yī diǎnr ma
能 把 屏 幕 再 打 亮 一 點兒 嗎 ？

Huàn dēng piàn fàng fǎn le
幻 燈 片 放 反 了 。

Zuì hòu yī yè néng zài kàn yī biàn ma   Qǐng yí dào xià yī
最 後 一 頁 能 再 看 一 遍 嗎 ？ 請 移 到 下 一
yè
頁 。

Tú piàn fàng fǎn le
圖 片 放 反 了 。

Qǐng fàng xià yī zhāng
請 放 下 一 張 。

Wāi le   fàng zhèng diǎnr
歪 了 ， 放 正 點兒 。

Jiù bǎo chí zhèi ge zhuàng tài
就 保 持 這 個 狀 態 。

Tú biǎo kàn bu qīng chu
圖 表 看 不 清 楚 。

Huàn dēng piàn fàng dǎo le
幻 燈 片 放 倒 了 。

Huàndēng piàn kàn bu jiàn, qǐng tiáo zhěng yī xià
幻燈片看不見，請調整一下。

Qǐng dú yī xià nèi ge
請讀一下那個。

進入話題、轉入下個話題

Xiàn zài wǒ lái jiǎng dì yī diǎn
現在我來講第一點。

Wǒ xiān jiè shào dì yī diǎn
⇨ 我先介紹第一點。

Shǒu xiān wǒ jiǎng
⇨ 首先我講……

Nà me, xiàn zài wǒ jìn rù dì èr gè wèn tí
那麼，現在我進入第二個問題。

Jiē xia lai wǒ xiǎng jiǎng dì èr gè wèn tí
⇨ 接下來，我想講第二個問題。

其他

Xiàn zài jié shù dì yī bù fen
現在結束第一部分。

Gè wèi qǐng kàn yī xià zhèi zhāng tú
各位，請看一下這張圖。

Qǐng kàn yī xià zhèi zhāng tú biǎo
請看一下這張圖表。

提問、回答、確認、不便回答

Dà jiā kě yǐ suí shí tí wèn
大家可以隨時提問。

Wǒ jiǎng de shí hou gè wèi kě yǐ suí shí tí wèn tí
⇨ 我講的時候，各位可以隨時提問題。

Huān yíng tí wèn
⇨ 歡迎提問。

Nà me wǒ men xiàn zài jìn rù wèn dá bù fen
⇨ 那麼，我們現在進入問答部分。

Yǒu shén me wèn tí ma
⇨ 有甚麼問題嗎？

Dà jiā duì yú wǒ jiǎng de dì yī diǎn yǒu shén me wèn tí ma
⇨ 大家對於我講的第一點有甚麼問題嗎？

對不起，我有個問題。

回 好，請講。

回 對不起，答問會準備放在最後進行。

回 我們在演講後安排了提問時間。

各位如果有問題，我也很樂意回答。

⇨ 我很高興回答您的提問。

回 可以提個問題嗎？

回 我提個問題。

我講完以後，各位要是有問題，我們可以交流。

回 對不起，我想插句話可以嗎？

◔ 可以，請講。

我提個問題。

回 對不起，每位只提一個問題好嗎？

回 可以提個問題嗎？

回 實在抱歉，時間已經到了。我再回答最後一個問題。

Nà me xiàn zài lái kàn kan hái méi huí dá de wèn tí
那麼，現在來看看還沒回答的問題。

Hái yǒu xiāo shòu de wèn tí méi huí dá
還有銷售的問題沒回答。

Nèi ge wèn tí shāo hòu zài dá
那個問題稍後再答。

Nín de tí wèn hǎo xiàng gēn wǒ suǒ jiǎng de nèi róng méi yǒu guān
您的提問好像跟我所講的內容沒有關

lián
聯。

Yào bǎ tí wèn xiàn dìng zài zhèi cì suǒ jiǎng de nèi róng fàn wéi
要把提問限定在這次所講的內容範圍

zhī nèi ma
之內嗎？

Yào Hěn bào qiàn wǒ wú fǎ huí dá zhèi ge wèn tí
要。很抱歉，我無法回答這個問題。

Zhèi ge wèn tí wǒ zài jiǎng zuò zhī hòu gēn nín jiāo liú hǎo
這個問題，我在講座之後跟您交流好

ma
嗎？

Zhèi ge wèn tí wǒ men shāo hòu zài tán hǎo ma
⇨ 這個問題，我們稍後再談好嗎？

Wǒ shāo hòu huí dá nín de wèn tí
⇨ 我稍後回答您的問題。

Zhèi ge wèn tí róng wǒ yǐ hòu màn màn tán
⇨ 這個問題，容我以後慢慢談。

Zhèi ge wèn tí zàn qiě fàng yī xià ba
⇨ 這個問題，暫且放一下吧。

Zhèi jiàn shì wǒ huí tóu gēn nín lián xì hǎo ma
這件事，我回頭跟您聯繫好嗎？

Zhèi jiàn shì wǒ néng bu néng yǐ hòu zài gēn nín lián xì
這件事，我能不能以後再跟您聯繫？

Wǒ men lìng zhǎo dì fang gè bié jiāo liú yī xià ba
我們另找地方，個別交流一下吧。

關於這個問題，我想我已經回答了。
Guān yú zhèi gei wèn tí，wǒ xiǎng wǒ yǐ jing huí dá le

⇨ 相同的問題，我已經回答過了。
Xiāng tóng de wèn tí，wǒ yǐ jing huí dá guo le

☯ 已經定的事情就不要再重提了吧。
Yǐ jing dìng de shì qing jiù bù yào zài chóng tí le ba

我的回答能讓您滿意嗎？
Wǒ de huí dá néng ràng nín mǎn yì ma

⇨ 這樣，都清楚了吧？
Zhè yàng，dōu qīng chu le ba

我說的您清楚了嗎？
Wǒ shuō de nín qīng chu le ma

回 清楚了。
Qīng chu le

我說的您理解了嗎？
Wǒ shuō de nín lǐ jiě le ma

⇨ 您理解了嗎？
Nín lǐ jiě le ma

回 我終於理解了。
Wǒ zhōng yú lǐ jiě le

情況您明白了嗎？
Qíng kuàng nín míng bai le ma

回 明白了。
Míng bai le

回 現在，我終於明白您的觀點了。
Xiàn zài，wǒ zhōng yú míng bai nín de guān diǎn le

我講的內容您明白了嗎？
Wǒ jiǎng de nèi róng nín míng bai le ma

回 還沒完全搞清楚。
Hái méi wán quán gǎo qīng chu

☾ 還需要更詳細的說明嗎？
Hái xū yào gèng xiáng xì de shuō míng ma

回 不需要了。
Bù xū yào le

確認提問內容

Wǒ méi lǐ jiě cuò nín de tí wèn ba Qǐng bǎ nín de tí
我 沒 理 解 錯 您 的 提 問 吧 ？ 請 把 您 的 提

wèn è yào guī nà yī xià
問 扼 要 歸 納 一 下 。

Shì ma Nín shì shuō nín yǒu bù tóng yì jiàn
是 嗎 ？ 您 是 説 ， 您 有 不 同 意 見 ？

Duì bu qǐ wǒ méi míng bai nín de yì si
對 不 起 ， 我 沒 明 白 您 的 意 思 。

Ō nín shì wèn wǒ de zhēn shí xiǎng fa ma
噢 ， 您 是 問 我 的 真 實 想 法 嗎 ？

Ō nín shì yào wèn yī bān xìng de yì jiàn a
噢 ， 您 是 要 問 一 般 性 的 意 見 啊 。

表示無法回答

Duì bu qǐ nèi ge zī liào wǒ méi dài zài shǒu biānr
對 不 起 ， 那 個 資 料 我 沒 帶 在 手 邊 兒 。

Nín tí de shì gè hǎo wèn tí
您 提 的 是 個 好 問 題 。

Něi wèi zhī dào dá àn ma
哪 位 知 道 答 案 嗎 ？

Zhè shì gè hěn nán huí dá de wèn tí Rú guǒ xiáng xì shuō
這 是 個 很 難 回 答 的 問 題 。 如 果 詳 細 説

míng yào huā hěn duō shí jiān
明 ， 要 花 很 多 時 間 。

Qǐng yuán liàng zhè shì bǎo mì de bù néng huí dá
請 原 諒 ， 這 是 保 密 的 ， 不 能 回 答 。

Duì bu qǐ zhèi ge xùn xī yīn wèi shè jí jī mì bù
對 不 起 ， 這 個 訊 息 因 為 涉 及 機 密 ， 不

néng jiǎng
能 講 。

Nǐ suǒ yāo qiú tí gōng de xùn xī bǎo mì jí bié hěn gāo
你 所 要 求 提 供 的 訊 息 保 密 級 別 很 高 。

要求不要私下交談

Qǐng bù yào jiǎng huà
請 不 要 講 話 。

Qǐng bǎo chí ān jìng
⇨ 請 保 持 安 靜 。

Qǐng zhù yì tīng jiǎng
⇨ 請 注 意 聽 講 。

Qǐng dà jiā bié zài dǐ xià kāi xiǎo huì
🗨 請 大 家 別 在 底 下 開 小 會 。

對演講者提出希望

Qǐng zài jiǎng yī biàn
請 再 講 一 遍 。

Qǐng zài chóng fù yī cì
⇨ 請 再 重 複 一 次 。

Má fan nín néng zài jiǎng yī biàn ma
⇨ 麻 煩 您 ， 能 再 講 一 遍 嗎 ？

Zhēn bù hǎo yì si qǐng zài shuō yī biàn
⇨ 真 不 好 意 思 ， 請 再 説 一 遍 。

Shí zài bào qiàn nín néng yòng qiǎn yī diǎnr de huà shuō ma
實 在 抱 歉 ， 您 能 用 淺 一 點兒 的 話 説 嗎 ？

Bù tài hǎo lǐ jiě qǐng jiǎng de tōng sú yī diǎnr
⇨ 不 太 好 理 解 ， 請 講 得 通 俗 一 點兒 。

Néng bu néng huàn yī zhǒng shuō fa lái shuō míng jiǎn dān
⇨ 能 不 能 換 一 種 説 法 來 説 明 ， 簡 單

diǎnr de
點兒 的 ？

Néng bu néng jiǎng de zài màn yī diǎnr
能 不 能 講 得 再 慢 一 點兒 ？

Jiǎng màn yī diǎnr hǎo bu hǎo
⇨ 講 慢 一 點兒 ， 好 不 好 ？

Nín gāng cái shuō de shì shén me yì si
您 剛 才 説 的 是 甚 麼 意 思 ？

Qǐng bǎ nín gāng cái shuō de zài jiě shì yī xià
⇨ 請 把 您 剛 才 説 的 再 解 釋 一 下 。

表示贊同

Nín néng tóng yì ma
您 能 同 意 嗎 ？

Nín tóng yì wǒ de yì jiàn ma
⇨ 您 同 意 我 的 意 見 嗎 ？

Wǒ tóng yì
㊂ 我 同 意 。

Wǒ de yì jiàn hé nǐ yī yàng
㊂ 我 的 意 見 和 你 一 樣 。

Wǒ bǎi fēn zhī bǎi de tóng yì
我 百 分 之 百 的 同 意 。

Wǒ wán quán zàn tóng
⇨ 我 完 全 贊 同 。

Wǒ de kàn fǎ hé nǐ wán quán yī zhì
⇨ 我 的 看 法 和 你 完 全 一 致 。

Wán quán tóng yì
⇨ 完 全 同 意 。

表示不認同

Duì bu qǐ wǒ fǎn duì
對 不 起 ， 我 反 對 。

Wǒ bù néng tóng yì
⇨ 我 不 能 同 意 。

Wǒ yǒu bù tóng yì jiàn
⇨ 我 有 不 同 意 見 。

Wǒ zài shuō yī biàn wǒ bìng bù wán quán zàn tóng nín de yì
㊂ 我 再 說 一 遍 ， 我 並 不 完 全 贊 同 您 的 意
jiàn
見 。

Jù wǒ suǒ zhī shì shí bù shì zhè yàng
據 我 所 知 ， 事 實 不 是 這 樣 。

Wǒ bù rèn wéi zhè shì shì shí
⇨ 我 不 認 為 這 是 事 實 。

Wǒ duì nǐ de kàn fǎ yǒu bǎo liú
㊂ 我 對 你 的 看 法 有 保 留 。

Nǐ zhī dào nèi jiàn shì ma
你 知 道 那 件 事 嗎 ？

Wǒ bù zhī dào nèi jiàn shì
回 我 不 知 道 那 件 事 。

Wǒ rèn wéi nèi ge hé zhèi jiàn shì méi guān xi
◑ 我 認 為 那 個 和 這 件 事 沒 關 係 。

Wǒ rèn wéi zhè bù yī dìng shì gè hǎo zhǔ yi
我 認 為 這 不 一 定 是 個 好 主 意 。

Zhè bù shi shén me hǎo zhǔ yi
⇨ 這 不 是 甚 麼 好 主 意 。

Guān yú nèi jiàn shì wǒ xiǎng wǒ men yǐ jing shuō de hěn tòu
關 於 那 件 事 ， 我 想 我 們 已 經 説 得 很 透
le
了 。

Wǒ qián miàn yǐ jing shuō le wǒ bù tóng yì nín de xiǎng fa
回 我 前 面 已 經 説 了 ， 我 不 同 意 您 的 想 法 。

Nǐ hái shì zài chóng fù zì jǐ de yì jiàn ba
回 你 還 是 在 重 複 自 己 的 意 見 吧 。

結束語

Wǒ de bào gào dào zhè li jiù jié shù le
我 的 報 告 到 這 裏 就 結 束 了 。

Dào cǐ wéi zhǐ wǒ jīn tiān yào jiǎng de bù fen jiù jiǎng wán
⇨ 到 此 為 止 ， 我 今 天 要 講 的 部 分 就 講 完
le
了 。

Wǒ jīn tiān de jiǎng zuò dào cǐ wéi zhǐ
⇨ 我 今 天 的 講 座 到 此 為 止 。

Wǒ jiǎng wán zhè xiē jiàn yì jiù jié shù jīn tiān de jiǎng zuò
⇨ 我 講 完 這 些 建 議 ， 就 結 束 今 天 的 講 座 。

Zuì hòu wǒ yòng zhèi zhāng huì zǒng tú biǎo lái jié shù jīn tiān
⇨ 最 後 ， 我 用 這 張 匯 總 圖 表 來 結 束 今 天
de bào gào
的 報 告 。

Zuì hòu wǒ xiǎng yòng zhèi zhāng tú lái jié shù jīn tiān de jiǎng
⇨ 最 後 ， 我 想 用 這 張 圖 來 結 束 今 天 的 講
zuò
座 。

第三部分・報告會

⇒ Nà me jiǎng dào zhèr wǒ de bào gào dào zhèr jiù jié
那麼，講到這兒，我的報告到這兒就結

shù le
束了。

其他結束語

Dào cǐ wéi zhǐ wǒ yǐ jing jiù sān gè zhǔ yào guān diǎn jìn
到此為止，我已經就三個主要觀點進

xíng le shuō míng
行了說明。

Wǒ bǎ qián miàn suǒ jiǎng de nèi róng zuò yī xià guī nà
我把前面所講的內容做一下歸納。

Wǒ bǎ yào diǎn guī nà yī xià
我把要點歸納一下。

感謝出席

Chéng méng gè wèi guāng lín fēi cháng gǎn xiè
承蒙各位光臨，非常感謝。

⇒ Gè wèi chōu shí jiān lái zhēn shi fēi cháng gǎn xiè
各位抽時間來，真是非常感謝。

⇒ Zuì hòu zài cì duì gè wèi de guāng lín biǎo shì zhōng
最後，（再次）對各位的光臨表示衷

xīn gǎn xiè
心感謝。

⇒ Gǎn xiè nín de zhī chí
感謝您的支持。

☞ Rú guǒ nín duì wǒ de jiǎng zuò gǎn xìng qù nà me wǒ huì
如果您對我的講座感興趣，那麼我會

gǎn dào fēi cháng róng xìng
感到非常榮幸。

關於演講資料

Wǒ men gěi dà jiā zhǔn bèi le jiǎng zuò de zī liào
我們給大家準備了講座的資料。

⇒ Wǒ men kě yǐ tí gōng wǔ shí fèn Jiǎng zuò zī liào
我們可以提供五十份（講座）資料。

Wǒ men huì gěi dà jiā tí gōng yǒu guān jiǎng zuò nèi róng de lù
我 們 會 給 大 家 提 供 有 關 講 座 內 容 的 錄

xiàng dài huò zhě guāng dié
像 帶 或 者 DVD 光 碟 。

⇨ （ 大 家 ） 可 以 購 買 講 座 的 錄 像 帶 或 CD
光 碟 。

告知後續事宜

Qǐng nín bǎ wèn tí yòng diàn yóu fā gěi wǒ
請 您 把 問 題 用 電 郵 發 給 我 。

⇨ 歡 迎 大 家 用 電 郵 提 問 。

⇨ 我 會 答 覆 您 用 電 郵 發 過 來 的 問 題 。

🖐 大 家 如 果 還 有 甚 麼 問 題 ， 可 以 給 我 打
電 話 。

指摘思維混亂

Wǒ dōu tīng hú tu le
我 都 （ 聽 ） 糊 塗 了 。

⇨ 我 聽 得 非 常 糊 塗 。

⇨ 我 們 都 聽 暈 了 。

⇨ 好 像 有 點 兒 莫 名 其 妙 。

⇨ 讓 我 （ 的 思 維 ） 很 混 亂 。

Tīng le nǐ de shuō míng wǒ men fǎn ér hú tu le
聽 了 你 的 說 明 ， 我 們 反 而 糊 塗 了 。

⇨ 真 是 不 說 還 明 白 ， 越 說 我 們 越 糊 塗 了 。

⇨ 聽 了 你 的 說 明 ， 我 們 更 暈 了 。

🖐 請 你 把 （ 邏 輯 ） 混 亂 的 地 方 整 理 一 下 。

Qǐng nǐ zì jǐ xiān bǎ hùn luàn de dì fāng nòng míng bai le
請 你 自 己 先 把 混 亂 的 地 方 弄 明 白 了
zài shuō
再 說 。

2 會 議

3.02

會議開始、介紹

Hǎo xiàng dà jiā dōu dào qí le, wǒ men kāi shǐ ba
好 像 大 家 都 到 齊 了 ， 我 們 開 始 吧 。

Kāi shǐ ba
開 始 吧 。

Wǒ men kāi huì ba
我 們 開 會 吧 。

Xiàn zài kě yǐ kāi shǐ le ma
現 在 可 以 開 始 了 嗎 ？

Zhǔn bèi hǎo le ma   Kě yǐ kāi shǐ le ma
準 備 好 了 嗎 ？ 可 以 開 始 了 嗎 ？

Hái yǒu méi dào huì de ma
還 有 沒 到 會 的 嗎 ？

Xiàn zài quán bù dōu dào qí le ba
現 在 全 部 都 到 齊 了 吧 ？

Wǒ jiè shào yī xià, zhè shì Shàng Hǎi lái de Liú Míng Huà xiān
我 介 紹 一 下 ， 這 是 上 海 來 的 劉 明 華 先
sheng
生 。

Wǒ yě jiè shào yī xià, zhè shì Jiāng Sū de Lǚ xiǎo jiě
我 也 介 紹 一 下 ， 這 是 江 蘇 的 呂 小 姐 。

Nín néng zuò yī xià zì wǒ jiè shào ma
您 能 做 一 下 自 我 介 紹 嗎 ？

Qǐng nín zuò yī xià zì wǒ jiè shào
⇨ 請 您 做 一 下 自 我 介 紹 。

Wǒ men fēi cháng gāo xìng de huān yíng Hán Guó de Jīn xiān sheng
我 們 非 常 高 興 地 歡 迎 韓 國 的 金 先 生 。

Ràng wǒ men rè liè huān yíng lái zì Hán Guó de Jīn xiān sheng
⇨ 讓 我 們 熱 烈 歡 迎 來 自 韓 國 的 金 先 生 。

Wǒ men fēi cháng huān yíng Hán Guó de Jīn xiān sheng lì lín huì yì
⇨ 我 們 非 常 歡 迎 韓 國 的 金 先 生 蒞 臨 會 議 。

Hán Guó de Jīn xiān sheng yě lái le wǒ men fēi cháng gāo xìng
⇨ 韓 國 的 金 先 生 也 來 了 ， 我 們 非 常 高 興 ，

huān yíng nǐ
歡 迎 你 。

説 明 會 議 目 的

Jīn tiān wǒ men dào zhè li lai jiāng yào wéi rào shì chǎng cè
今 天 我 們 到 這 裏 來 ， 將 要 圍 繞 市 場 策
lüè wèn tí jìn xíng yán tǎo
略 問 題 進 行 研 討 。

Jīn tiān huì yì de zhǔ yào de mù dì shì tǎo lùn shì chǎng cè
⇨ 今 天 會 議 的 主 要 的 目 的 是 討 論 市 場 策
lüè wèn tí
略 問 題 。

Zhào jí zhè cì huì yì de mù dì shì wèi le tǎo lùn shì
⇨ 召 集 這 次 會 議 的 目 的 ， 是 為 了 討 論 市
chǎng cè lüè wèn tí
場 策 略 問 題 。

Wǒ xiǎng bù yòng duō shuō zhè cì huì yì de mù dì shì tǎo
⇨ 我 想 不 用 多 説 ， 這 次 會 議 的 目 的 是 討
lùn shì chǎng cè lüè wèn tí
論 市 場 策 略 問 題 。

Zhào jí zhè cì huì yì de mù dì shì wèi le tǎo lùn jīng
⇨ 召 集 這 次 會 議 的 目 的 ， 是 為 了 討 論 精
jiǎn wèn tí
簡 問 題 。

Zhè cì huì yì zhǔ yào shì wèi le qǔ dé gōng sī nèi bù de
🐟 這 次 會 議 主 要 是 為 了 取 得 公 司 內 部 的
gòng shí
共 識 。

Zhè cì huì yì de mù dì shì xié shāng hé tong tiáo jiàn
🐟 這 次 會 議 的 目 的 是 協 商 合 同 條 件 。

其他關於會議目的的話

Wǒ què rèn yī xià, dà jiā shì bu shì dōu yǐ jing liǎo jiě
我 確 認 一 下 ， 大 家 是 不 是 都 已 經 了 解

jīn tiān kāi huì de mù dì le
今 天 開 會 的 目 的 了 ？

Wǒ shuō míng yī xià jīn tiān huì yì de zhǔ yào yì tí
我 説 明 一 下 今 天 會 議 的 主 要 議 題 。

告 知 缺 席

Kě xī, Mǎ Xiǎo Chén xiān sheng méi chū xí jīn tiān de huì yì
可 惜 ， 馬 曉 晨 先 生 沒 出 席 今 天 的 會 議 。

⇨ Kě xī, Mǎ Xiǎo Chén xiān sheng mù qián zài Ōu Zhōu, bù néng
可 惜 ， 馬 曉 晨 先 生 目 前 在 歐 洲 ， 不 能

chū xí jīn tiān de huì yì
出 席 今 天 的 會 議 。

⇨ Mǎ xiān sheng tōng zhī wǒ, shuō bù néng chū xí huì yì, biǎo
馬 先 生 通 知 我 ， 説 不 能 出 席 會 議 ， 表

shì qiàn yì
示 歉 意 。

⇨ Mǎ xiān sheng gěi wǒ dǎ le ge diàn huà, shuō tā bù néng
馬 先 生 給 我 打 了 個 電 話 ， 説 他 不 能

lái le
來 了 。

其他關於缺席的話

Jīn tiān yǒu sān wèi quē xí
今 天 有 三 位 缺 席 。

Bù hǎo yì si, wǒ men lǐng dǎo jīn tiān bù néng chū xí huì
不 好 意 思 ， 我 們 領 導 今 天 不 能 出 席 會

yì
議 。

Shí zài bào qiàn, jīn tiān yǒu liǎng gè rén quē xí, yīn wèi
實 在 抱 歉 ， 今 天 有 兩 個 人 缺 席 ， 因 為

tā men zài cān jiā bié de huì yì
他 們 在 參 加 別 的 會 議 。

回顧上次會議記錄

首先，我們來看一下上次會議的記錄。
⇨ 首先，我們回顧一下上次會議的報告內容。
⇨ 這是上次的會議記錄。
⇨ 讓我們先簡單回顧一下上次會議議定的事項。

請哪位把上次會議記錄讀一下好嗎？
🗨 好，我來讀。

介紹最新情況

你能把最新情況介紹一下嗎？
🗨 好，可以。
🗨 請扼要地介紹一下上次會議後的進展情況。

報告已經寫完了嗎？
🗨 寫完了。已經給大家發電郵了。

有關提案的全套文件做好了沒有？
🗨 做好了。複印件都給了大家。
🗨 有關客戶調查的文件大家都收到了嗎？

Xīn xiàng mù de jìn zhǎn qíng kuàng zěn me yàng
新 項 目 的 進 展 情 況 怎 麼 樣 ?

Zhèi ge shì xiàng de zuì xīn qíng kuàng zěn me yàng le
⇨ 這 個 事 項 的 最 新 情 況 怎 麼 樣 了 ?

會議進行中

Dà jiā shōu dào tǎo lùn shì xiàng de fù yìn jiàn le ma
大 家 收 到 討 論 事 項 的 複 印 件 了 嗎 ?

Dōu shōu dào le
🄡 都 收 到 了 。

Jīn tiān yǒu sān xiàng tǎo lùn shì xiàng
🕓 今 天 有 三 項 討 論 事 項 。

Wǒ men àn zhào zhèi ge shùn xù tǎo lùn hǎn ma
我 們 按 照 這 個 順 序 討 論 好 嗎 ?

Rú guǒ dà jiā tóng yì wǒ jiù àn zhèi ge shùn xù jìn
⇨ 如 果 大 家 同 意 , 我 就 按 這 個 順 序 進
xíng ba
行 吧 。

Wǒ tí yì bǎ xiàng mù èr fàng zài zuì hòu tǎo lùn
🄡 我 提 議 把 項 目 二 放 在 最 後 討 論 。

Wǒ jiàn yì bǎ xiàng mù yī fàng zài zuì hòu
🄡 我 建 議 把 項 目 一 放 在 最 後 。

Shǒu xiān wǒ men lái tīng ting gè ge xiàng mù de jiǎn dān huì
首 先 , 我 們 來 聽 聽 各 個 項 目 的 簡 單 匯
bào ba
報 吧 。

Měi gè yì tí xū yào èr shí fēn zhōng de shí jiān
🄡 每 個 議 題 需 要 二 十 分 鐘 的 時 間 。

會議分工

Qǐng nǐ zuò huì yì jì lù méi wèn tí ba
請 你 做 會 議 記 錄 , 沒 問 題 吧 。

Hǎo wǒ zuò huì yì jì lù
🄡 好 , 我 做 會 議 記 錄 。

Méi wèn tí Wǒ lái zuò
🄡 沒 問 題 ! 我 來 做 。

開 完 會 ， 我 會 把 分 工 情 況 用 電 郵 通 知
大 家 。

🔁 項 目 一 張 先 生 可 以 獨 立 承 擔 吧 ？

🔁 項 目 二 由 趙 女 士 負 責 吧 。

🔁 項 目 三 由 李 先 生 負 責 。

我 來 把 今 天 會 議 的 情 況 歸 納 一 下 。

⇨ 這 次 會 議 的 總 結 由 我 來 做 。

🎨 我 負 責 向 主 管 們 報 告 這 次 會 議 的 結 果 。

開 始 首 個 議 題

現 在 我 們 就 開 始 工 作 吧 。 我 們 從 項 目
一 開 始 吧 。

⇨ 準 備 好 了 嗎 ？ 項 目 一 可 以 開 始 了 嗎 ？

⇨ 第 一 個 項 目 可 以 開 始 了 嗎 ？

⇨ 開 始 討 論 第 一 個 項 目 吧 。

⇨ 從 第 一 個 事 項 開 始 吧 。

⇨ 那 麼 ， 我 們 就 從 項 目 一 開 始 吧 。

⇨ 請 大 家 看 一 下 第 一 個 事 項 。

⇨ 那 麼 ， 討 論 事 項 的 第 一 項 是 ……

Dì yī xiàng yì tí shì shén me
第 一 項 議 題 是 甚 麼 ？

   Dì yī xiàng yì tí shì duì chéng běn de chóng xīn píng gū
   回 第 一 項 議 題 是 對 成 本 的 重 新 評 估 。

Xiǎo Chén cóng nǐ kāi shǐ jiǎng ba
小 陳 ， 從 你 開 始 講 吧 。

   Xiǎo Chén nǐ lái zuò yī gè kāi chǎng bái ba
   ⇨ 小 陳 ， 你 來 做 一 個 開 場 白 吧 。

轉入下個議題

Dì yī gè wèn tí de tǎo lùn jiù dào zhè li ba
第 一 個 問 題 的 討 論 就 到 這 裏 吧 。

   Wǒ jué de dì yī gè yì tí yǐ jing yòng lo hěn duō shí jiān
   回 我 覺 得 第 一 個 議 題 已 經 用 了 很 多 時 間
   le
   了 。

   Wǒ xiǎng dì yī gè wèn tí yǐ jing tǎo lùn de hěn chōng fèn le
   回 我 想 第 一 個 問 題 已 經 討 論 得 很 充 分 了 。

   Rú guǒ dà jiā méi yǒu yào bǔ chōng de le nà wǒ men jiù
   🗨 如 果 大 家 沒 有 要 補 充 的 了 ， 那 我 們 就
   jìn rù xià yī gè yì tí ba
   進 入 下 一 個 議 題 吧 。

Zhèi ge xiàng mù jiù dào zhèr ba
這 個 項 目 就 到 這 兒 吧 ！

   Dào cǐ wéi zhǐ dà jiā yǒu shén me jiàn yì ma
   回 到 此 為 止 ， 大 家 有 甚 麼 建 議 嗎 ？

   Guān yú zhèi ge yì tí něi wèi hái yǒu yì jiàn ma
   🗨 關 於 這 個 議 題 ， 哪 位 還 有 意 見 嗎 ？

Wǒ men zhuǎn rù dì èr ge xiàng mù zěn me yàng
我 們 轉 入 第 二 個 項 目 怎 麼 樣 ？

   Wǒ men jìn rù dì èr xiàng yì tí zěn me yàng
   ⇨ 我 們 進 入 第 二 項 議 題 怎 麼 樣 ？

   Wǒ men jìn rù dì èr xiàng yì tí ba
   ⇨ 我 們 進 入 第 二 項 議 題 吧 。

Wǒ men zhuǎn rù xià gè huà tí ba
我 們 轉 入 下 個 話 題 吧 。

Nà me wǒ men jiù jìn rù xià yī gè huà tí
⇨ 那 麼 ， 我 們 就 進 入 下 一 個 話 題 。

Wǒ men huàn gè huà tí ba
⇨ 我 們 換 個 話 題 吧 。

Dào mù qián wéi zhǐ dà jiā yǒu shén me yì jiàn ma
🗩 到 目 前 為 止 ， 大 家 有 甚 麼 意 見 嗎 ？

Xià yī gè tǎo lùn shì xiàng shì shén me
下 一 個 討 論 事 項 是 甚 麼 ？

Xià gè tǎo lùn yì tí shì guān yú jìng zhēng lì de fēn xī
🗩 下 個 討 論 議 題 是 關 於 競 爭 力 的 分 析 。

交 接

Wǒ men jìn rù zuì hòu de yì tí ba
我 們 進 入 最 後 的 議 題 吧 。

Wǒ men tǎo lùn zuì hòu yī gè yì tí ba
⇨ 我 們 討 論 最 後 一 個 議 題 吧 。

Wǒ xiǎng jiāo gěi Lín xiān sheng zhǔ chí
我 想 交 給 林 先 生 主 持 。

Wǒ xiǎng qǐng xiǎo Lín tì wǒ lái zhǔ chí
⇨ 我 想 請 小 林 替 我 來 主 持 。

Xià miàn qǐng xiǎo Lín jì xù zhǔ chí
⇨ 下 面 ， 請 小 林 繼 續 主 持 。

Xià miàn yóu xiǎo Lín lái zhǔ chí
⇨ 下 面 由 小 林 來 主 持 。

Xiǎo Lín nǐ néng bu néng jiù xià gè yì tí tán diǎnr yì
🗩 小 林 ， 你 能 不 能 就 下 個 議 題 談 點 兒 意

jiàn
見 ？

Nà me wǒ jiè shào yī xià zhǔ chí xià gè tǎo lùn shì xiàng
那 麼 ， 我 介 紹 一 下 主 持 下 個 討 論 事 項

de Hé xiǎo jiě
的 何 小 姐 。

Jiē xia lai yóu Hé xiǎo jiě zhǔ chí xià gè yì tí de tǎo
⇨ 接 下 來 ， 由 何 小 姐 主 持 下 個 議 題 的 討

lùn
論 。

表示同意

Hǎo jiù zhè yàng ba
好 ， 就 這 樣 吧 。

Tóng yì jiù zhè yàng ba
⇨ 同 意 ， 就 這 樣 吧 。

Hǎo jiù zhè me bàn
⇨ 好 。 就 這 麼 辦 。

Hǎo zhǔ yi
好 主 意 ！

Zhēn shì gè hǎo zhǔ yi
⇨ 真 是 個 好 主 意 ！

Hǎo xiǎng fa
好 想 法 ！

Zhè zhēn shì gè hǎo xiǎng fa
⇨ 這 真 是 個 好 想 法 ！

Hǎo diǎn zi
⇨ 好 點 子 ！

總結歸納

Wǒ bǎ jīn tiān tǎo lùn de nèi róng guī nà yī xià ba
我 把 今 天 討 論 的 內 容 歸 納 一 下 吧 。

Wǒ bǎ mù qián xíng chéng gòng shí de nèi róng guī nà yī xià
⇨ 我 把 目 前 形 成 共 識 的 內 容 歸 納 一 下 ，

hǎo bù hǎo
好 不 好 ？

Hǎo zhè yàng qīng chu yī diǎn
🖪 好 ， 這 樣 清 楚 一 點 。

Wǒ bǎ yǐ jing yì lùn guò de bù fen zǒng jié yī xià
我 把 已 經 議 論 過 的 部 分 總 結 一 下 。

Wǒ men tǎo lùn guò de nèi róng zǒng jié yī xià
⇨ 我 們 討 論 過 的 內 容 總 結 一 下 。

Wǒ bǎ jīn tiān tǎo lùn de nèi róng guī nà yī xià
⇨ 我 把 今 天 討 論 的 內 容 歸 納 一 下 。

Zài jīn tiān de huì yì jié shù zhī qián wǒ xiǎng bǎ zhǔ yào
在 今 天 的 會 議 結 束 之 前 ， 我 想 把 主 要

guān diǎn guī nà yī xià
觀 點 歸 納 一 下 。

Wǒ bǎ zhǔ yào guān diǎn shuō míng yī xià
⇨ 我 把 主 要 觀 點 説 明 一 下 。

Wǒ men bǎ yì tí zài zhú xiàng shěn hé yī biàn ba
🗨 我 們 把 議 題 再 逐 項 審 核 一 遍 吧 。

Wǒ men bǎ yǐ jīng míng què de shì xiàng dà zhì què rèn yī xià
🗨 我 們 把 已 經 明 確 的 事 項 大 致 確 認 一 下 。

Wǒ xiǎng bǎ jīn tiān de zhǔ yào nèi róng zài dà zhì guò yī xià
🗨 我 想 把 今 天 的 主 要 內 容 再 大 致 過 一 下 。

Lǎo Zhào nǐ néng bāng wǒ men bǎ jīn tiān tǎo lùn de zhǔ yào
老 趙 ， 你 能 幫 我 們 把 今 天 討 論 的 主 要
guān diǎn guī nà yī xià ma
觀 點 歸 納 一 下 嗎 ？

Jiǎn dān lái shuō jīn tiān jiù gè zhǒng wèn tí dá chéng le
🗨 簡 單 來 説 ， 今 天 就 各 種 問 題 達 成 了
yī zhì
一 致 。

Jié lùn jiù shì quán tǐ tóng shì duì yīng gāi zuò shén me dá
🗨 結 論 就 是 ， 全 體 同 事 對 應 該 做 甚 麼 達
chéng le gòng shí
成 了 共 識 。

Xiǎo Lín nǐ bāng wǒ bǎ jīn tiān de zhǔ yào guān diǎn guī nà
小 林 ， 你 幫 我 把 今 天 的 主 要 觀 點 歸 納
yī xià ba
一 下 吧 。

È yào dì shuō jīn tiān yǒu sān gè wèn tí méi jiě jué
🗨 扼 要 地 説 ， 今 天 有 三 個 問 題 沒 解 決 。

準 備 閉 會

Jīn tiān jiù dào zhèr ba
今 天 就 到 這 兒 吧 。

Huì yì dào cǐ jié shù ba
⇨ 會 議 到 此 結 束 吧 。

Huì kāi dào zhèr chà bù duō kě yǐ jié shù le
⇨ 會 開 到 這 兒 ， 差 不 多 可 以 結 束 了 。

Dà jiā rú guǒ tóng yì wǒ jiù jié shù zhè cì huì yì
⇨ 大 家 如 果 同 意 ， 我 就 結 束 這 次 會 議 。

Rú guǒ méi yǒu qí tā xū yào bǔ chōng de jīn tiān de huì
⇨ 如 果 沒 有 其 他 需 要 補 充 的 ， 今 天 的 會

jiù kāi dào zhèr ba
就 開 到 這兒 吧 。

Jiù dào zhèr ba
就 到 這兒 吧 。

Nà wǒ men jiù tōng guò zhè ge gōng zuò jìn dù biǎo
那 我們 就 通過 這個 工作 進度 表 。

Něi wèi néng zuò yī xià huì yì zǒng jié
哪位 能 做 一下 會議 總結 ？

Něi wèi jué de hái yǒu xū yào tǎo lùn de wèn tí
哪位 覺得 還有 需要 討論 的 問題 ？

Guān yú jīn tiān de tǎo lùn　　　　　něi wèi　　hái yǒu bù qīng
關於 今天 的 討論 ， （哪位） 還有 不清
chu de dì fang
楚 的 地方 ？

Hái yǒu shén me yào jiǎng de ma
還有 甚麼 要 講 的 嗎 ？

Hái yǒu qí tā yào shuō de shì ma
還有 其他 要 説 的 事 嗎 ？

決定下次會議日程

Wǒ men dìng yī xià xià cì huì yì de shí jiān　　hǎo ma
我們 定 一下 下次 會議 的 時間 ， 好 嗎 ？

Wǒ men xià xīng qī yī zài jiàn miàn　　zěn me yàng
我們 下 星期 一 再 見面 ， 怎麼 樣 ？

Zhèi ge　　rì zi　　zěn me yàng
這個 （日子） 怎麼 樣 ？

Cóng jīn tiān suàn qǐ　　yī gè xīng qī zhī hòu zěn me yàng
從 今天 算 起 ， 一個 星期 之後 怎麼 樣 ？

Yī gè yuè yǐ hòu zěn me yàng
一個 月 以後 怎麼 樣 ？

Xià gè lǐ bài wǔ　　něi wèi shí jiān bù fāng biàn
下個 禮拜 五 ， 哪位 時間 不 方便 ？

Xīng qī èr de xià wǔ dà jiā dōu yǒu kòng ma
星期 二 的 下午 大家 都 有 空 嗎 ？

其 他

Xià cì huì yì de rì qī shì shí liù hào xīng qī sān　　wǒ
下次 會議 的 日期 是 十六 號 星期 三 ， 我
men dào shí hou zài jiàn ba
們 到 時候 再 見 吧 。

Nà me　　xià cì huì yì dìng zài èr shí yī hào　　xīng qī
那麼 ， 下次 會議 定 在 二十一 號 、 星期

yī de xià wǔ sān diǎn kāi shǐ
一 的 下 午 三 點 開 始 。

Nà me wǒ men míng tiān tóng yī shí jiān zài zhèr kāi dì
那 麼 ， 我 們 明 天 同 一 時 間 在 這兒 開 第

èr cì huì yì
二 次 會 議 。

感謝出席

Gǎn xiè dà jiā de guāng lín
感 謝 大 家 的 光 臨 。

Xiè xie guāng lín
⇨ 謝 謝 光 臨 。

Fēi cháng gǎn xiè nín de chū xí
⇨ 非 常 感 謝 您 的 出 席 。

Xiè xie dà jiā de zhī chí
⇨ 謝 謝 大 家 的 支 持 。

Dà jiā néng zài bǎi máng zhī zhōng chū xí jīn tiān de huì yì
⇨ 大 家 能 在 百 忙 之 中 出 席 今 天 的 會 議 ，

wǒ men fēi cháng gǎn xiè
我 們 非 常 感 謝 。

Nín néng chōu kòng guò lái wǒ men fēi cháng gǎn xiè
⇨ 您 能 抽 空 過 來 ， 我 們 非 常 感 謝 。

Wǒ xiǎng duì Jiā Ná Dà lái de Bù Lǎng xiān sheng biǎo shì gǎn xiè
我 想 對 加 拿 大 來 的 布 朗 先 生 表 示 感 謝 。

Wǒ men duì qiān lǐ tiáo tiáo zhuān chéng cóng Jiā Ná Dà gǎn lái de
⇨ 我 們 對 千 里 迢 迢 專 程 從 加 拿 大 趕 來 的

Bù Lǎng xiān sheng biǎo shì zhōng xīn gǎn xiè
布 朗 先 生 表 示 衷 心 感 謝 。

Bù Lǎng xiān sheng gǎn xiè nín cóng Jiā Ná Dà zhuān chéng fēi
⇨ 布 朗 先 生 ， 感 謝 您 從 加 拿 大 專 程 飛

guo lai
過 來 。

會議結束

Huì yì jié shù
會 議 結 束 。

Jīn tiān de huì yì dào cǐ jié shù
⇨ 今 天 的 會 議 到 此 結 束 。

Wǒ xuān bù huì yì dào cǐ jié shù
⇨ 我 宣 佈 ， 會 議 到 此 結 束 。

提出建議

Yǒu shén me jiàn yì ma
有 甚 麼 建 議 嗎 ?

Yǒu shén me tí yì ma
⇨ 有 甚 麼 提 議 嗎 ?

Wǒ tí yī gè jiàn yì
🔄 我 提 一 個 建 議 。

Wǒ yǒu yī gè jiàn yì
🔄 我 有 一 個 建 議 。

Wǒ yǒu yī gè tí yì
🔄 我 有 一 個 提 議 。

Wǒ néng bu néng tí yī gè jiàn yì
🔊 我 能 不 能 提 一 個 建 議 ?

Shén me yàng de tí yì wǒ men dōu huān yíng
🔊 甚 麼 樣 的 提 議 我 們 都 歡 迎 。

Rèn hé tí yì dōu huān yíng
🔊 任 何 提 議 都 歡 迎 。

Hái yǒu shén me jiàn yì ma
🔊 還 有 甚 麼 建 議 嗎 ?

Yǒu shén me tí àn ma
有 甚 麼 提 案 嗎 ?

Wǒ yǒu yī gè tí àn
🔄 我 有 一 個 提 案 。

Wǒ tí yī gè tí àn
🔄 我 提 一 個 提 案 。

Rèn hé tí àn wǒ men dōu huān yíng
🔊 任 何 提 案 我 們 都 歡 迎 。

Yǒu shén me xiǎng fa ma
有 甚 麼 想 法 嗎 ?

Wǒ yǒu yī gè xiǎng fa
🔄 我 有 一 個 想 法 。

Wǒ yǒu qí tā de xiǎng fa
🔄 我 有 其 他 的 想 法 。

Wǒ yǒu qí tā de kàn fǎ
🔄 我 有 其 他 的 看 法 。

Yǒu shén me yì jiàn ma
有 甚 麼 意 見 嗎 ？

ㄹ 我 有 一 個 意 見 。
Wǒ yǒu yī gè yì jiàn

ㄹ 我 想 提 提 我 的 意 見 。
Wǒ xiǎng tí tí wǒ de yì jiàn

Qǐng duō duō zhǐ jiào
請 多 多 指 教 。

⇨ 有 甚 麼 指 教 嗎 ？
Yǒu shén me zhǐ jiào ma

ㄹ 我 有 不 同 意 見 。
Wǒ yǒu bù tóng yì jiàn

關於會議地點和日期

Huì yì zài nǎ li zhào kāi
會 議 在 哪 裏 召 開 ？

ㄹ 會 議 在 會 議 室 C 舉 行 。
Huì yì zài huì yì shì jǔ xíng

Huì yì shì C zài nǎr
會 議 室 C 在 哪 兒 ？

ㄹ 會 議 室 C 在 那 個 拐 角 的 地 方 。
Huì yì shì C zài nèi ge guǎi jiǎo de dì fang

ㄹ 沿 着 這 個 走 廊 往 前 走 ， 就 是 會 議 室 C 。
Yán zhe zhè ge zǒu láng wǎng qián zǒu jiù shì huì yì shì C

Huì yì shén me shí hou zhào kāi
會 議 甚 麼 時 候 召 開 ？

⇨ 那 個 會 甚 麼 時 候 開 ？
Nèi ge huì shén me shí hou kāi

ㄹ 明 天 （ 下 午 ） 兩 點 在 會 議 室 C 開 。
Míng tiān xià wǔ liǎng diǎn zài huì yì shì C kāi

Nèi ge huì shén me shí hou kāi zài nǎr kāi
那 個 會 甚 麼 時 候 開 ， 在 哪 兒 開 ？

ㄹ 明 天 上 午 十 點 在 會 議 室 B 開 。
Míng tiān shàng wǔ shí diǎn zài huì yì shì B kāi

Huì yì xū yào duō cháng shí jiān
會議需要多長時間？

Huì yì kāi yī gè xiǎo shí gòu bù gòu
回 會議開一個小時夠不夠？

Huì yì xū yào liǎng gè xiǎo shí
回 會議需要兩個小時。

Zhèi ge huì yì shén me shí hou jié shù
這個會議甚麼時候結束？

Liǎng diǎn zhōng
回 兩點鐘。

Huì yì kě yǐ àn qī jǔ xíng ma
會議可以按期舉行嗎？

Huì yì àn jì huà jǔ xíng
回 會議按計劃舉行。

Huì yì àn qī zhào kāi
回 會議按期召開。

Huì yì yán qī le
回 會議延期了。

Huì qī gǎi rì zi le
回 會期改日子了。

Jīn tiān xià wǔ de huì yì néng àn shí kāi ma
今天下午的會議能按時開嗎？

Huì yì néng àn shí kāi
回 會議能按時開。

Huì yì shén me shí hou zhào kāi bǐ jiào hǎo
會議甚麼時候召開比較好？

Míng tiān xià wǔ sān diǎn zhōng bǐ jiào hǎo
回 明天下午三點鐘比較好。

Néng bu néng bǎ huì qī biàn gēng yī xià
能不能把會期變更一下？

Yào dà jiā tóng yì cái xíng
回 要大家同意才行。

Néng bu néng qǔ xiāo zhèi cì huì yì
⑦ 能不能取消這次會議？

會議已經被取消了嗎？

回 會議被取消了。

會期已經變更了嗎？

回 沒有。

會議開始了嗎？

回 沒有。一個小時後開會。

能用電郵給我發一份詳細的會議日程嗎？

回 可以。馬上發給你。

大會主席是誰？

回 是林總經理。

都有誰出席會議？

回 我們會出席會議。

回 我們全體出席會議。

回 只讓咱們倆出席會議。

3 電話會議

確認與會者

第三部分・電話會議

Kāi shǐ wǒ diǎn yī xià míng
開 始 ， 我 點 一 下 名 。

　　　Lǐ Ǎi Líng nǚ shì dào le ma Lǐ nǚ shì
回 李 藹 玲 女 士 到 了 嗎 ？ 李 女 士 ？

　　　Lái le wǒ zài zhèr
回 來 了 ， 我 在 這兒 。

Lè Tiān gōng sī de Jīn xiān sheng
樂 天 公 司 的 金 先 生 ？

　　　Dào wǒ shì Lè Tiān de Jīn Zhōng Tài
回 到 ， 我 是 樂 天 的 金 忠 泰 。

Mǎ Tián xiān sheng zài ma
馬 田 先 生 在 嗎 ？

　　　Wǒ lái le Dà jiā zǎo
回 我 來 了 。 大 家 早 。

Hán Guó lái de yù huì zhě dōu dào qí le ma
韓 國 來 的 與 會 者 都 到 齊 了 嗎 ？

　　　Zài Wǒ men zài zhèr ne
回 在 。 我 們 在 這兒 呢 。

Xiàn zài wǒ kàn rén yīng gāi dōu dào qí le Hái yǒu méi
現 在 ， 我 看 人 應 該 都 到 齊 了 。 還 有 沒
dào de rén ma
到 的 人 嗎 ？

　　　Yǒu Zhōng Hàn Liáng xiān sheng hái méi dào
回 有 ， 鍾 漢 良 先 生 還 沒 到 。

電話會議開始

Gǎn xiè dà jiā cān jiā jīn tiān de diàn huà huì yì Wǒ xiǎng
感 謝 大 家 參 加 今 天 的 電 話 會 議 。 我 想
xiàn zài jiù kāi huì ba
現 在 就 開 會 吧 。

　　　Xiàn zài jiù kāi huì ba
⇒ 現 在 就 開 會 吧 ？

Ǹg nà wǒ xiàn zài jiù kāi shǐ ba
己 嗯 ， 那 我 現 在 就 開 始 吧 。

Nà me xiàn zài jiù kāi shǐ ba
己 那 麼 ， 現 在 就 開 始 吧 ？

Nà wǒ men kāi shǐ ba
那 我 們 開 始 吧 ？

Něi wèi xiān jiǎng
己 哪 位 先 講 ？

闡 明 議 題

Zhè cì huì yì àn jì dìng yì chéng jìn xíng Wǒ jiǎn dān de
這 次 會 議 按 既 定 議 程 進 行 。 我 簡 單 地
jiǎng yī xià yì chéng
講 一 下 議 程 。

Hǎo Wǒ jiù zhào kāi zhè cì diàn huà huì yì de lǐ yóu zuò
己 好 。 我 就 召 開 這 次 電 話 會 議 的 理 由 做
yī gè shuō míng
一 個 説 明 。

Qǐng jiǎn dān shuō míng yī xià Jīn tiān jiǎng shén me
請 簡 單 説 明 一 下 。 今 天 講 甚 麼 ？

Dà jiā kàn le yì tí jiù huì zhī dào jīn tiān wǒ men hái
己 大 家 看 了 議 題 就 會 知 道 ， 今 天 我 們 還
yāo qǐng dào jǐ wèi jiā bīn lái fā yán Qǐng gè wèi
邀 請 到 幾 位 嘉 賓 來 發 言 。 請 （ 各 位 ）
kàn yī xià dì yī gè yì tí
看 一 下 第 一 個 議 題 。

轉 入 下 個 議 題

Wǒ men jìn rù xià yī gè huà tí ba
我 們 進 入 下 一 個 話 題 吧 。

Zhuǎn rù dì èr xiàng yì chéng hǎo ma
⇨ 轉 入 第 二 項 議 程 好 嗎 ？

Kě yǐ jìn rù dì èr gè yì tí ma
⇨ 可 以 進 入 第 二 個 議 題 嗎 ？

Wǒ men jìn rù xià gè tí mù zěn me yàng
我 們 進 入 下 個 題 目 怎 麼 樣 ？

Wǒ men jìn rù xià yī gè tí mù ba
⇨ 我 們 進 入 下 一 個 題 目 吧 。

Wǒ men zài kàn yī xià qí tā méi jiě jué de wèn tí hǎo ma
🗨 我 們 再 看 一 下 其 他 沒 解 決 的 問 題 好 嗎 ？

給予提問機會

Něi wèi yǒu tí wèn
哪 位 有 提 問 ？

Yǒu rén yào tí wèn ma
⇨ 有 人 要 提 問 嗎 ？

Dào mù qián wéi zhǐ dà jiā yǒu shén me tí wèn ma
⇨ 到 目 前 為 止 ， 大 家 有 甚 麼 提 問 嗎 ？

Hái yǒu qí tā tí wèn ma
還 有 其 他 提 問 嗎 ？

Hái yǒu qí tā shén me wèn tí ma
⇨ 還 有 其 他 甚 麼 問 題 嗎 ？

Nǐ hái yǒu shén me tí wèn ma
⇨ 你 還 有 甚 麼 提 問 嗎 ？

Guān yú zhèi jiàn shì qing yǒu shén me wèn tí ma
關 於 這 件 事 情 有 甚 麼 問 題 嗎 ？

Duì zhè jiàn shì dà jiā yǒu shén me yào wèn de ma
⇨ 對 這 件 事 ， 大 家 有 甚 麼 要 問 的 嗎 ？

做會議記錄

Shéi lái zuò yī xià huì yì jì lù
誰 來 做 一 下 會 議 記 錄 ？

Něi wèi bāng wǒ zuò yī xià jì lù
⇨ 哪 位 幫 我 做 一 下 記 錄 ？

Wǒ lái zuò
🗨 我 來 做 。

Ràng xiǎo Lín zuò
🗨 讓 小 林 做 。

Wǒ xiǎng yīng gāi bǎ tōng guò de shì xiàng dǎ chéng wén jiàn
我 想 應 該 把 通 過 的 事 項 打 成 文 件 。

Xiǎo Wáng nǐ zuò yī xià ba Bǎ yǒu guān shì xiàng jì lù
回 小 王 ， 你 做 一 下 吧 。 把 有 關 事 項 記 錄

xia lai rán hòu yòng diàn yóu fā gěi quán tǐ yǔ huì zhě
下 來 ， 然 後 用 電 郵 發 給 全 體 與 會 者 。

指定第一個發言人

Hé Zhǎn Chéng xiān sheng nǐ xiān kāi shǐ hǎo ma
何 展 程 先 生 ， 你 先 開 始 好 嗎 ？

Nín néng bu néng dì yī gè fā yán Hé Zhǎn Chéng xiān sheng
⇨ 您 能 不 能 第 一 個 發 言 ， 何 展 程 先 生 ？

Zhèi cì diàn huà huì yì de kāi chǎng bái ràng Hé Zhǎn Chéng xiān sheng
⇨ 這 次 電 話 會 議 的 開 場 白 讓 何 展 程 先 生

zuò ba
做 吧 。

Shéi yuàn yì dì yī gè fā yán
誰 願 意 第 一 個 發 言 ？

Něi wèi yuàn yì zuò kāi chǎng bái
⇨ 哪 位 願 意 做 開 場 白 ？

Shéi yuàn yì wèi zhè cì diàn huà huì yì zuò kāi chǎng bái
⇨ 誰 願 意 為 這 次 電 話 會 議 做 開 場 白 ？

提問及回答

Zhè cì huì yì dà yuē xū yào duō cháng shí jiān
這 次 會 議 大 約 需 要 多 長 時 間 ？

Yī gè xiǎo shí
回 一 個 小 時 。

Bù hǎo yì si dǎ duàn yī xià xíng ma
不 好 意 思 ， 打 斷 一 下 行 嗎 ？

Bù yào jǐn Qǐng jiǎng
回 不 要 緊 。 請 講 。

Kě yǐ wèn gè wèn tí ma
可 以 問 個 問 題 嗎 ？

Wǒ yǒu ge wèn tí xiǎng wèn yī xià
⇨ 我 有 個 問 題 想 問 一 下 。

Wǒ xiǎng tí yī gè wèn tí
⇨ 我 想 提 一 個 問 題 。

Wǒ xiǎng qǐng jiào nǐ yī gè wèn tí
⇨ 我 想 請 教 你 一 個 問 題 。

Xiè xie nín de wèn tí
⮐ 謝 謝 您 的 問 題 。

Nín de wèn tí hěn hǎo
⮐ 您 的 問 題 很 好 。

Xiè xie nín de tí wèn
⮐ 謝 謝 您 的 提 問 。

Wǒ zhèng xiǎng jiǎng zhèi ge wèn tí ne
⮐ 我 正 想 講 這 個 問 題 呢 。

Zhè shì gè hěn nán de wèn tí a
⮐ 這 是 個 很 難 的 問 題 啊 。

Zhèi ge wèn tí tí de gòu diāo zuān de a
⮐ 這 個 問 題 提 得 夠 刁 鑽 的 啊 。

Zhè shì gè hěn zhòng yào de wèn tí
⮐ 這 是 個 很 重 要 的 問 題 。

請求詳細說明

Nín néng bǎ nèi jiàn shì zài xiáng xì shuō míng yī xià ma
您 能 把 那 件 事 再 詳 細 説 明 一 下 嗎 ？

Nín néng zài jù tǐ shuō míng yī xià ma
⇨ 您 能 再 具 體 説 明 一 下 嗎 ？

Nín néng bu néng bǎ yì jiàn jiǎng de gèng míng què yī diǎnr
🖐 您 能 不 能 把 意 見 講 得 更 明 確 一 點 兒 ？

Shén me yì si
甚 麼 意 思 ？

Wǒ néng bu néng wèn yī xià nà shì shén me yì si ne
⇨ 我 能 不 能 問 一 下 ， 那 是 甚 麼 意 思 呢 ？

Nín néng bu néng bǎ wèn tí shuō de zài jù tǐ yī diǎnr
🖐 您 能 不 能 把 問 題 説 得 再 具 體 一 點 兒 ？

向與會者發問

Xiàn zài jiǎng huà de shì něi wèi
現 在 講 話 的 是 哪 位 ？

Shì Chén xiǎo jiě
⮐ 是 陳 小 姐 。

Jīn xiān sheng， nǐ zài tīng ma
金 先 生 ， 你 在 聽 嗎 ？

Zài。Zhèng zài tīng
在 。 正 在 聽 。

Nǐ zài huì shang ma
你 在 會 上 嗎 ？

Nǐ hǎo xiàng méi shuō huà ma
你 好 像 沒 説 話 嘛 。

請求重複

Má fan nín， qǐng zài jiǎng yī biàn hǎo ma
麻 煩 您 ， 請 再 講 一 遍 好 嗎 ？

Kě yǐ bǎ nèi ge zài shuō yī biàn ma
⇨ 可 以 （ 把 那 個 ） 再 説 一 遍 嗎 ？

Néng bǎ gāng cái nèi ge zài shuō yī biàn ma
⇨ 能 （ 把 剛 才 那 個 ） 再 説 一 遍 嗎 ？

Zài shuō yī biàn xíng ma
⇨ 再 説 一 遍 行 嗎 ？

Duì bu qǐ， wǒ tīng bu jiàn。 Néng zài dà diǎnr shēng yīn
對 不 起 ， 我 聽 不 見 。 能 再 大 點 兒 聲 音

ma
嗎 ？

Wǒ méi tīng qīng chu Qǐng zài dà shēng diǎnr hǎo ma
⇨ 我 沒 聽 清 楚 。 請 再 大 聲 點 兒 好 嗎 ？

Kě yǐ jiǎng de zài màn yī diǎnr ma
⇨ 可 以 講 得 再 慢 一 點 兒 嗎 ？

確認答問效果

Zhè yàng dá fù kě yǐ ma
這 樣 答 覆 可 以 嗎 ？

Zhè yàng huí dá shì bu shì qīng chu le
⇨ 這 樣 （ 回 答 ） 是 不 是 清 楚 了 ？

Wǒ huí dá le nín de wèn tí le ma
⇨ 我 回 答 了 您 的 問 題 了 嗎 ？

Wǒ jiǎng de yì si nín míng bai le ma
⇨ 我 講 的 意 思 ， 您 明 白 了 嗎 ？

Hái bù qīng chu ma
還 不 清 楚 嗎 ？

> Hái yǒu shén me wèn tí ma
> ⇨ 還 有 甚 麼 問 題 嗎 ？

Wǒ yí lòu shén me méi yǒu
我 遺 漏 甚 麼 沒 有 ？

> Wǒ yǒu méi yǒu yí lòu zhòng yào de shì xiàng
> ⇨ 我 有 沒 有 遺 漏 重 要 的 事 項 ？
> Wǒ yǒu méi yǒu wàng jì huí dá de dì fang
> ⇨ 我 有 沒 有 忘 記 回 答 的 地 方 ？

Nín mǎn yì wǒ de dá fù ma
您 滿 意 我 的 答 覆 嗎 ？

> Nín duì wǒ de huí dá mǎn yì ma
> ⇨ 您 對 我 的 回 答 滿 意 嗎 ？
> Zhè yàng kě yǐ le ma
> ⇨ 這 樣 可 以 了 嗎 ？
> Zhè yàng huí dá nín mǎn yì ma
> ⇨ 這 樣 回 答 ， 您 滿 意 嗎 ？

請換一種表達方式

Nín néng yòng qiǎn yī diǎn de pǔ tōng huà shuō ma
您 能 用 淺 一 點 的 普 通 話 説 嗎 ？

> Néng bu néng shuō de jiǎn dān diǎnr
> ⇨ 能 不 能 説 得 簡 單 點 兒 ？
> Néng bu néng zài jiǎn dān shuō míng yī xià
> ⇨ 能 不 能 再 簡 單 説 明 一 下 ？

Wǒ yī xià zi hái míng bai bù guò lái   Néng bu néng bǎ zhè
我 一 下 子 還 明 白 不 過 來 。 能 不 能 把 這
yī diǎn jù tǐ shuō míng yī xià
一 點 具 體 説 明 一 下 ？

> Néng bu néng bǎ yào diǎn zài è yào dì shuō yī xià
> ⇨ 能 不 能 把 要 點 再 扼 要 地 説 一 下 。
> Néng bu néng zài xiáng xì jiè shào yī xià
> 🎨 能 不 能 再 詳 細 介 紹 一 下 ？

補充發言

Wǒ hái yǒu yī gè wèn tí yào shuō
我 還 有 一 個 問 題 要 說 。

Wǒ hái yǒu yī diǎn
⇨ 我 還 有 一 點 。

Wǒ hái yǒu yī gè wèn tí xiǎng jiǎng
⇨ 我 還 有 一 個 問 題 想 講 。

Qǐng jiǎng
回 請 講 。

Wǒ zài bǔ chōng yī diǎn
我 再 補 充 一 點 。

Wǒ duì nǐ de yì jiàn zuò yī gè bǔ chōng
⇨ 我 對 你 的 意 見 作 一 個 補 充 。

Zài bǔ chōng yī diǎn kě yǐ ma
⇨ 再 補 充 一 點 可 以 嗎 ？

Zài shuō yī jù xíng ma
⇨ 再 說 一 句 行 嗎 ？

Hái yǒu shí jiān zài bǔ chōng yī diǎnr jiàn yì ma
⇨ 還 有 時 間 再 補 充 一 點 兒 建 議 嗎 ？

Kě yǐ qǐng jiǎn dān diǎnr
回 可 以 ， 請 簡 單 點 兒 。

會間休息

Néng xiū xi shí fēn zhōng ma
能 休 息 十 分 鐘 嗎 ？

Xiū xi shí fēn zhōng hǎo bu hǎo
⇨ 休 息 十 分 鐘 好 不 好 ？

Hǎo ba xiū xi shí fēn zhōng
回 好 吧 ， 休 息 十 分 鐘 。

Wǒ men shì xiān xiū xi yī xià rán hòu zài huí lai ne
我 們 是 先 休 息 一 下 ， 然 後 再 回 來 呢 ，

hái shi jiù zhè yàng jì xù kāi huì ne
還 是 就 這 樣 繼 續 開 會 呢 ？

Xū yào duō cháng de xiū xi shí jiān
回 需 要 多 長 的 休 息 時 間 ？

Dà gài wǔ fēn zhōng
🕐 大 概 五 分 鐘 。

Hǎo wǒ men xiū xi yī xià ba
回 好 ， 我 們 休 息 一 下 吧 。

確認是否理解

Dào zhèr wéi zhǐ， yǒu shén me wèn tí ma
到 這兒 為 止 ， 有 甚 麼 問 題 嗎 ？

Hái yǒu shén me wèn tí hé méi bǎ wò de dì fang ma
⇨ 還 有 甚 麼 問 題 和 沒 把 握 的 地 方 嗎 ？

Dào cǐ wéi zhǐ， dà jiā dōu míng bai le ma
到 此 為 止 ， 大 家 都 明 白 了 嗎 ？

Dào cǐ wéi zhǐ， dà jiā duì qíng kuàng dōu liǎo jiě le ba
⇨ 到 此 為 止 ， 大 家 對 情 況 都 了 解 了 吧 ？

Dào cǐ wéi zhǐ， shéi hái yǒu bù tài lǐ jiě de shì xiàng
⇨ 到 此 為 止 ， 誰 還 有 不 太 理 解 的 事 項 ？

Wǒ men tǎo lùn dào zhèr， suǒ yǒu de yù huì zhě shì bu
⇨ 我 們 討 論 到 這兒 ， 所 有 的 與 會 者 是 不

shì dōu lǐ jiě le
是 都 理 解 了 ？

Dào mù qián wéi zhǐ， wèn tí bù dà ba
⇨ 到 目 前 為 止 ， 問 題 不 大 吧 ？

Wǒ duì nǐ de yì jiàn zuò yī gè bǔ chōng
我 對 你 的 意 見 作 一 個 補 充 。

Zhè yàng yī lái， qíng kuàng huì gèng qīng chu le
🗐 這 樣 一 來 ， 情 況 會 更 清 楚 了 。

確認發言是否完畢

Nǐ jiǎng wán le ma
你 講 完 了 嗎 ？

Yǐ jing jiǎng wán le ma
⇨ 已 經 講 完 了 嗎 ？

Jiǎng wán le。 Jiù zhèi xiē ma
🗐 講 完 了 。 就 這 些 嗎 ？

Duì， jiù zhèi xiē
🗐 對 ， 就 這 些 。

Nín quán jiǎng wán le ma
您 全 講 完 了 嗎 ？

Nà me， nín yào jiǎng de dōu jiǎng le ma
⇨ 那 麼 ， 您 要 講 的 都 講 了 嗎 ？

Quán jiǎng wán le
🗐 全 講 完 了 。

Wǒ xiǎng shuō de dōu shuō le
回 我 想 説 的 都 説 了 。

Zhè shì nǐ zhǎng wò de quán bù zī xùn ma
這 是 你 掌 握 的 全 部 資 訊 嗎 ？

Duì zhè jiù shì suǒ yǒu xùn xī
回 對 ， 這 就 是 所 有 訊 息 。

Hái yǒu qí tā bǔ chōng ma
☺ 還 有 其 他 補 充 嗎 ？

Méi yǒu le Méi yǒu yào bǔ chōng de le
回 沒 有 了 。 沒 有 要 補 充 的 了 。

Hái yǒu shén me wèn tí yào wèn ma
還 有 甚 麼 問 題 （ 要 問 ） 嗎 ？

Wǒ zhèr méi yǒu le
回 我 這 兒 沒 有 了 。

Chú cǐ yǐ wài hái yǒu yào bào gào de ma
除 此 以 外 ， 還 有 要 報 告 的 嗎 ？

Méi yǒu yào bào gào de le Xiè xie
回 沒 有 要 報 告 的 了 。 謝 謝 。

無法回答

Shí zài duì bu qǐ wǒ huí dá bù liǎo zhèi ge wèn tí
實 在 對 不 起 ， 我 回 答 不 了 這 個 問 題 。

Mù qián wǒ què shí wú fǎ dá fù zhèi ge wèn tí
⇨ 目 前 ， 我 確 實 無 法 答 覆 這 個 問 題 。

Shuō shí huà wǒ yě bù qīng chu nèi ge zī xùn shì cóng nǎr
⇨ 説 實 話 ， 我 也 不 清 楚 那 個 資 訊 是 從 哪 兒

lái de Wǒ yě xī wàng néng huí dá nǐ
回 來 的 。 我 也 希 望 能 回 答 你 。

Nǎ wèi néng huí dá zhè ge wèn tí
☺ 哪 位 能 回 答 這 個 問 題 ？

Lǐ jīng lǐ
回 李 經 理 。

Nín shuō de wèn tí jù wǒ suǒ zhī bù yī yàng
您 説 的 問 題 ， 據 我 所 知 不 一 樣 。

Wǒ zhī dào de jiù zhè xiē
回 我 知 道 的 就 這 些 。

Wǒ zhǐ néng jiǎng dào zhè xiē
回 我 只 能 講 到 這 些 。

因為我不知道怎麼回答，所以我想請李小姐就這個問題作一點兒評論。

回 據我所知，目前好像還沒有答案。

恐怕不能讓您滿意，但是我已經盡力回答了。

回 沒關係，我找別人問去。

這個先放一下。

⇨ 這個問題先過去吧。

🖉 這個問題我暫時不回答。

告知稍後回答

您的問題一會兒我再回答。

回 那個問題，稍後就回答。

回 您的提問容我稍後回答。

回 我想一會兒再回答您的問題。

回 我在下面的發言中，可以把這個問題再詳細地介紹一下。

回 我把意見先講完。然後再回答提問。

回 我稍後再講行嗎？

回 我等一會兒再回答您好嗎？

回 這個問題，我稍後再談好嗎？

Zhèi ge wèn tí shāo hòu huì shè jí
回 這 個 問 題 稍 後 會 涉 及 。

Nín de tí wèn róng hòu zài tán
回 您 的 提 問 容 後 再 談 。

Duì bu qǐ nèi ge cái liào xiàn zài bù zài wǒ shǒu biān
對 不 起 ， 那 個 材 料 現 在 不 在 我 手 邊 。

Nǐ néng fǒu zài huì hòu yòng diàn yóu fā gěi wǒ
回 你 能 否 在 會 後 用 電 郵 發 給 我 ？

Nèi jiàn shì wǒ hái méi bǎ wò děng gǎo qīng chu le zài
那 件 事 我 還 沒 把 握 ， 等 搞 清 楚 了 ， 再
gěi nín fā diàn yóu xíng ma
給 您 發 電 郵 行 嗎 ？

Hǎo xiè xie nǐ
回 好 ， 謝 謝 你 。

Qǐng nǐ què rèn zhè ge xiǎng fa zhèng què bù zhèng què
請 你 確 認 這 個 想 法 正 確 不 正 確 。

Zhèi ge jiě shì qi lai děi huā bù shǎo shí jiān
回 這 個 解 釋 起 來 得 花 不 少 時 間 。

圓滑的回答

Wǒ bù rèn wéi nà shì duì de
我 不 認 為 那 是 對 的 。

Wǒ rèn wéi bù shì nèi yàng de
⇨ 我 認 為 不 是 那 樣 的 。

Wǒ kě yǐ hěn yǒu bǎ wò de shuō bù shì nà me huí shì
⇨ 我 可 以 很 有 把 握 地 說 ， 不 是 那 麼 回 事 。

Jù wǒ suǒ zhī shì shí bù shì zhè yàng
⇨ 據 我 所 知 ， 事 實 不 是 這 樣 。

Yě xǔ nǐ shì duì de bù guò wǒ yǒu diǎnr bù tóng yì
◔ 也 許 你 是 對 的 ， 不 過 我 有 點 兒 不 同 意
jiàn
見 。

Wǒ duì nín de lǐ jiě yǒu bǎo liú
◔ 我 對 您 的 理 解 有 保 留 。

Zhì shǎo yǒu guān wǒ de bù fen bù shì shì shí
◔ 至 少 有 關 我 的 部 分 不 是 事 實 。

199

Cóng mǒu zhǒng yì yì shàng shuō　　nǐ 　de yì jiàn 　shì duì
從 某 種 意 義 上 説 ， 你 （ 的 意 見 ） 是 對

de 　　Dàn shì 　　nǐ de tí àn bìng bù néng wán quán jiě jué
的 。 但 是 ， 你 的 提 案 並 不 能 完 全 解 決

mù qián de wèn tí
目 前 的 問 題 。

其 他

Wǒ hái bù néng què dìng tóng yì bù tóng yì
我 還 不 能 確 定 同 意 不 同 意 。

Wǒ xiǎng bù huì biàn chéng nèi yàng de
我 想 不 會 變 成 那 樣 的 。

Wǒ bù xī wàng chū xiàn nèi zhǒng qíng kuàng
我 不 希 望 出 現 那 種 情 況 。

Wǒ jué de nèi yàng yě xíng
我 覺 得 那 樣 也 行 。

Wǒ yě shì dān xīn zhèi ge
我 也 是 擔 心 這 個 。

向 與 會 者 發 問

Wǒ wèn yī xià 　　Huáng Téng Dá xiān sheng lái le ma 　　Huáng Téng
我 問 一 下 ， 黃 騰 達 先 生 來 了 嗎 ？ 黃 騰

Dá Huáng xiān sheng
達 黃 先 生 ？

Huáng xiān sheng zài zhèr ne
黃 先 生 在 這 兒 呢 。

Shéi zài jiǎng huà ne
誰 在 講 話 呢 ？

Shì Lín Wěi Jié
是 林 偉 傑 。

Kě yǐ qǐng Jīn Yì Tóng xiān sheng dào huà tǒng qián bian lái ma
可 以 請 金 義 同 先 生 到 話 筒 前 邊 來 嗎 ？

Dà jiā hǎo 　　wǒ shì Jīn Yì Tóng
大 家 好 ， 我 是 金 義 同 。

Xiāng Gǎng de Lǐ Huì Xián xiǎo jiě zài ma
香 港 的 李 慧 嫻 小 姐 在 嗎 ？

Zài
在 。

Wǒ zài zhèr tīng ne
巴 我 在 這兒 聽 呢 。

Piáo nǚ shì nǐ hǎo xiàng méi fā yán
朴 女 士 你 好 像 沒 發 言 ?

Xiè xie nín de tí xǐng
巴 謝 謝 您 的 提 醒 。

Xiàn zài shéi cān jiā jìn lai le
現 在 誰 參 加 進 來 了 ?

Xiàn zài jiā rù jìn lai de shì shéi
⇨ 現 在 加 入 進 來 的 是 誰 ?

Shì xī běi dì qū de jīng lǐ
巴 是 西 北 地 區 的 經 理 。

Shì huá dōng qū de dài biǎo
巴 是 華 東 區 的 代 表 。

附 和

Wǒ rèn wéi shì zhèi yàng
我 認 為 是 這 樣 。

Wǒ yě shì zhè yàng rèn wéi de
⇨ 我 也 是 這 樣 認 為 的 。

Wǒ bù zhè yàng rèn wéi   Wǒ kěn dìng shì nà me huí shì
⇦ 我 不 這 樣 認 為 。 我 肯 定 是 那 麼 回 事 。

Wǒ kěn dìng bù shì nà me huí shì   Wǒ tuī cè shì zhèi yàng
⇦ 我 肯 定 不 是 那 麼 回 事 。 我 推 測 是 這 樣
de
的 。

Wǒ gū jì shì zhèi yàng de
⇨ 我 估 計 是 這 樣 的 。

Wǒ tīng shuō shì zhè me huí shì
我 聽 說 是 這 麼 回 事 。

Wǒ méi tīng dào nèi yàng de qíng kuàng
巴 我 沒 聽 到 那 樣 的 情 況 。

Wǒ xī wàng bù shì zhèi yàng de
巴 我 希 望 不 是 這 樣 的 。

Bù huì yǒu nèi zhǒng shì
不 會 有 那 種 事 。

Wǒ shì zhè me tīng de
巴 我 是 這 麼 聽 的 。

Wǒ shì zhè yàng lǐ jiě de
我 是 這 樣 理 解 的 。

Zhè hé wǒ de lǐ jiě bù yī yàng
🖼 這 和 我 的 理 解 不 一 樣 。

Wǒ de lǐ jiě gēn nǐ bù yī yàng
🖼 我 的 理 解 跟 你 不 一 樣 。

Zhè cái shì zhēn zhèng de wèn tí
🕐 這 才 是 真 正 的 問 題 。

反　駁

Něi wèi shuō yào zhè yàng chǔ lǐ　　nà nín jiù děi xiān bǎ wǒ
哪 位 説 要 這 樣 處 理 ， 那 您 就 得 先 把 我
shuō fú le
説 服 了 。

Wǒ yào shuō de bù shì nèi yì si
🖼 我 要 説 的 不 是 那 意 思 。

Wǒ bù rèn wéi zhè yàng jiù kě yǐ jiě jué wèn tí
我 不 認 為 這 樣 就 可 以 解 決 問 題 。

Wǒ yě shì zhè yàng xiǎng
🖼 我 也 是 這 樣 想 。

Wǒ de yì jiàn zhèng xiāng fǎn
🖼 我 的 意 見 正 相 反 。

Wǒ bù rèn wéi zhè néng qǐ shén me zuò yòng
🐍 我 不 認 為 這 能 起 甚 麼 作 用 。

Yào shi nèi yàng dāng rán hǎo le　　Kě wǒ bù zhī dào zěn
要 是 那 樣 當 然 好 了 。 可 我 不 知 道 怎
me zuò
麼 做 。

Bǎ shí jì qíng kuàng bào gào shàng jí
🖼 把 實 際 情 況 報 告 上 級 。

Wǒ rèn wéi shí jì qíng kuàng bù shì nèi yàng de
我 認 為 實 際 情 況 不 是 那 樣 的 。

Shí jì qíng kuàng shì zěn me yàng
🖼 實 際 情 況 是 怎 麼 樣 ？

Wǒ yǒu bù tóng yì jiàn
我 有 不 同 意 見 。

Nǐ shì tí chū fǎn duì yì jiàn ma
🖼 你 是 提 出 反 對 意 見 嗎 ？

第三部分・電話會議

叮　問

沒 錯兒 吧 ？
Méi　cuòr　ba

⇨ 那 個 確 實 沒 錯 誤 嗎 ？
Nèi　ge　què　shí　méi　cuò　wù　ma

回 已 經 覆 查 兩 次 了 。
Yǐ　jing　fù　chá　liǎng　cì　le

你 能 保 證 嗎 ？
Nǐ　néng　bǎo　zhèng　ma

回 那 個 能 保 證 嗎 ？
Nèi　ge　néng　bǎo　zhèng　ma

你 對 這 事 有 足 夠 的 自 信 嗎 ？
Nǐ　duì　zhèi　shì　yǒu　zú　gòu　de　zì　xìn　ma

回 還 是 再 仔 細 研 究 一 下 好 。
Hái　shi　zài　zǐ　xì　yán　jiū　yī　xià　hǎo

請 核 實 一 下 那 個 消 息 是 不 是 最 新 的 。
Qǐng　hé　shí　yī　xià　nèi　ge　xiāo　xi　shì　bu　shì　zuì　xīn　de

回 好 的 。
Hǎo　de

回 我 再 確 認 一 下 。
Wǒ　zài　què　rèn　yī　xià

道　歉

實 在 很 抱 歉 。
Shí　zài　hěn　bào　qiàn

⇨ 非 常 抱 歉 。
Fēi　cháng　bào　qiàn

⇨ 請 您 接 受 我 的 道 歉 。
Qǐng　nín　jiē　shòu　wǒ　de　dào　qiàn

⇨ 我 必 須 向 您 道 歉 。
Wǒ　bì　xū　xiàng　nín　dào　qiàn

⇨ 實 在 對 不 起 。 請 您 原 諒 。
Shí　zài　duì　bu　qǐ　　Qǐng　nín　yuán　liàng

回 我 接 受 你 道 歉 。
Wǒ　jiē　shòu　nǐ　dào　qiàn

🗩 我 對 我 講 過 的 話 表 示 歉 意 。
Wǒ　duì　wǒ　jiǎng　guo　de　huà　biǎo　shì　qiàn　yì

向中途參加開會者通報會議情況

Wǒ lái jiǎn dān de jiè shào yī xià xiàn zài de huì yì qíng kuàng
我 來 簡 單 地 介 紹 一 下 現 在 的 會 議 情 況。

Wǒ xiǎng bǎ mù qián kāi huì de qíng kuàng tōng bào yī xià
⇨ 我 想 把 目 前 開 會 的 情 況 通 報 一 下。

Wǒ xiǎng shuō míng yī xià dào mù qián wéi zhǐ tǎo lùn guo de
☯ 我 想 説 明 一 下 到 目 前 為 止 討 論 過 的

yào diǎn
要 點。

Wǒ bǎ yǐ qián tǎo lùn de nèi róng gēn nǐ jiǎng yī xià
☯ 我 把 以 前 討 論 的 內 容 跟 你 講 一 下。

Wǒ gěi nǐ shuō míng yī xià zhèi yàng nǐ jiù néng gēn shàng dà
☯ 我 給 你 説 明 一 下，這 樣 你 就 能 跟 上 大

jiā de sī lù le
家 的 思 路 了。

Wǒ zhuā jǐn shí jiān bǎ qián yī duàn kāi huì de qíng kuàng gào
☯ 我 抓 緊 時 間，把 前 一 段 開 會 的 情 況 告

su nǐ
訴 你。

請求中途退出

Wǒ hěn kě néng kāi dào yī bànr jiù děi tí qián zǒu
我 很 可 能 開 到 一 半 兒 就 得 提 前 走。

Shí zài bào qiàn wǒ bì xū tí qián zǒu
⇨ 實 在 抱 歉，我 必 須 提 前 走。

Shí zài bù hǎo yì si wǒ zhǐ néng cān jiā dào wǎnshang bā
☯ 實 在 不 好 意 思，我 只 能 參 加 到 晚 上 八

diǎn
點。

Duì bu qǐ wǒ shí wǔ fēn zhōng hòu bì xū děi zǒu
☯ 對 不 起，我 十 五 分 鐘 後 必 須 得 走。

Duì bu qǐ wǒ děi lí kāi bàn gè zhōng tóu
☯ 對 不 起，我 得 離 開 半 個 鐘 頭。

Duì bu qǐ wǒ tuì xí xíng ma
☯ 對 不 起，我 退 席 行 嗎？

Yīn wèi yào gǎn fēi jī wǒ bì xū xiān tuì xí le
☯ 因 為 要 趕 飛 機，我 必 須 先 退 席 了，

bào qiàn
抱 歉。

有電波雜音及通話效果差

Diàn huà duàn le
電 話 斷 了 。

　　　　Diàn huà gāng cái duàn le
➡ 電 話 剛 才 斷 了 。

Lián xiàn qíng kuàng zěn me yàng
連 綫 情 況 怎 麼 樣 ?

　　Lián xiàn xiào guǒ hěn chà
🔁 連 綫 效 果 很 差 。

　　Lián xiàn xiào guǒ hěn hǎo
🔁 連 綫 效 果 很 好 。

Jiē tīng xiào guǒ zěn me yàng
接 聽 效 果 怎 麼 樣 ?

　　Jiē tīng xiào guǒ hěn chà
🔁 接 聽 效 果 很 差 。

　　Jiē tīng xiào guǒ hěn hǎo
🔁 接 聽 效 果 很 好 。

　　Jiē tīng xiào guǒ bù tài hǎo
🔁 接 聽 效 果 不 太 好 。

　　Jiē tīng xiào guǒ hǎo yī diǎnr le　　Wǒ xiān guà duàn diàn huà
🔁 接 聽 效 果 好 一 點 兒 了 。 我 先 掛 斷 電 話 ，

　　zài mǎ shàng dǎ guo qu
再 馬 上 打 過 去 。

　　Xiàn zài jiē tīng qíng kuàng hǎo duō le
🔁 現 在 接 聽 情 況 好 多 了 。

Diàn huà li zá yīn tài dà 　　　jī hū tīng bù qīng
電 話 裏 雜 音 太 大 ， 幾 乎 聽 不 清 。

　　Nǐ xiān guà duàn 　 rán hòu chóng xīn zài dǎ kě néng huì hǎo yī
🔁 你 先 掛 斷 ， 然 後 重 新 再 打 可 能 會 好 一

　　diǎnr
點 兒 。

Nǐ xiān guà duàn 　 rán hòu zài chóng xīn dǎ zěn me yàng
你 先 掛 斷 ， 然 後 再 重 新 打 怎 麼 樣 ?

　　Wǒ mǎ shàng jiù shì shi
🔁 我 馬 上 就 試 試 。

Fā shēng shén me shì le
發 生 甚 麼 事 了 ？

Duì bu qǐ， diàn huà duàn le
對 不 起 ， 電 話 斷 了 。

結束前歸納要點

Zài jīn tiān de huì yì jié shù zhī qián， wǒ xiǎng qǐng xiǎo Lín
在 今 天 的 會 議 結 束 之 前 ， 我 想 請 小 林
bǎ yào diǎn guī nà yī xià
把 要 點 歸 納 一 下 。

Wǒ bǎ jīn tiān yì dìng de shì xiàng zài guī nà yī xià ba
我 把 今 天 議 定 的 事 項 再 歸 納 一 下 吧 。

Xiàn zài wǒ bǎ jīn tiān tǎo lùn de nèi róng guī nà yī xià
現 在 我 把 今 天 討 論 的 內 容 歸 納 一 下 。

Wǒ jiǎng wán zhè jǐ diǎn yì jiàn， wǒ men jiù sàn huì
我 講 完 這 幾 點 意 見 ， 我 們 就 散 會 。

Zài huì yì jié shù zhī qián， wǒ bǎ jīn tiān tǎo lùn guo de
在 會 議 結 束 之 前 ， 我 把 今 天 討 論 過 的
zhòng yào shì xiàng zài qiáng diào yī xià
重 要 事 項 再 強 調 一 下 。

通知下次電話會議時間

Wǒ xiǎng zài xià xīng qī de jīn tiān tóng yī shí jiān zài kāi yī
我 想 在 下 星 期 的 今 天 同 一 時 間 再 開 一
cì diàn huà huì yì
次 電 話 會 議 。

Dà jiā zài shí jiān shang yǒu méi yǒu bù fāng biàn de
大 家 在 時 間 上 有 沒 有 不 方 便 的 ？

Hòu tiān shàng wǔ bā diǎn dào jiǔ diǎn wǒ men zài kāi yī cì diàn
後 天 上 午 八 點 到 九 點 我 們 再 開 一 次 電
huà huì yì zěn me yàng
話 會 議 怎 麼 樣 ？

Wǒ jì huà zài sì yuè èr shí wǔ hào， xīng qī wǔ， Běi
我 計 劃 在 四 月 二 十 五 號 ， 星 期 五 ， 北
Jīng shí jiān shang wǔ jiǔ diǎn zhào kāi yī gè duǎn de diàn huà
京 時 間 上 午 九 點 召 開 一 個 短 的 電 話
huì yì
會 議 。

Wǒ xiǎng bǎ xià cì diàn huà huì yì de shí jiān ān pái zài shí
🗨 我 想 把 下 次 電 話 會 議 的 時 間 安 排 在 十

èr yuè shí hào wǎn shang
二 月 十 號 晚 上 。

Qǐng bǎ xià xīng qī hé shì de rì qī yòng diàn yóu tōng zhī wǒ
請 把 下 星 期 合 適 的 日 期 用 電 郵 通 知 我 。

Hǎo de
🗨 好 的 。

Guān yú xià cì diàn huà huì yì de rì chéng， wǒ míng tiān yòng
🗨 關 於 下 次 電 話 會 議 的 日 程 ， 我 明 天 用

diàn yóu tōng zhī nǐ men
電 郵 通 知 你 們 。

了解能否出席

Tián xiān sheng de shí jiān zěn me yàng
田 先 生 的 時 間 怎 麼 樣 ？

Wǒ méi wèn tí
🗨 我 沒 問 題 。

Wǒ hǎo xiàng cān jiā bù liǎo
🗨 我 好 像 參 加 不 了 。

Nèi tiān nín zài ma
那 天 您 在 嗎 ？

Nèi tiān wǒ quán tiān dōu yào wài chū
🗨 那 天 我 全 天 都 要 外 出 。

Wǒ gū jì nèi tiān chū xí bù liǎo
🗨 我 估 計 那 天 出 席 不 了 。

Néng bu néng huàn yī gè shí jiān
能 不 能 換 一 個 時 間 ？

Xíng， kě yǐ gǎi yī xià
🗨 行 ， 可 以 改 一 下 。

Néng gěi wǒ jǐ gè hòu xuǎn rì qī ma
能 給 我 幾 個 候 選 日 期 嗎 ？

Kě yǐ， wǒ yòng diàn yóu bǎ hòu xuǎn rì qī gěi nǐ fā
🗨 可 以 ， 我 用 電 郵 把 候 選 日 期 給 你 發

guo qu
過 去 。

宣佈會議結束

Zhèi cì de diàn huà huì yì dào cǐ jié shù
這 次 的 電 話 會 議 到 此 結 束 。

⇨ Zhèi cì de diàn huà huì yì jiù dào zhèr ba
⇨ 這 次 的 電 話 會 議 就 到 這 兒 吧 。

⇨ Jīn tiān de huì jiù kāi dào zhèr ba
⇨ 今 天 的 會 就 開 到 這 兒 吧 。

⇨ Jīn tiān jiù dào zhèr ba
⇨ 今 天 就 到 這 兒 吧 。

4 例 會

3.04

Yǒu dìng xia lai de huì yì rì chéng biǎo ma
有 定 下 來 的 會 議 日 程 表 嗎 ？

Méi yǒu Yǒu lín shí de huì yì rì chéng biǎo
回 沒 有 。 有 臨 時 的 會 議 日 程 表 。

Méi yǒu Zhǐ yǒu zàn dìng de huì yì rì chéng biǎo
回 沒 有 。 只 有 暫 定 的 會 議 日 程 表 。

Néng gěi wǒ yī zhāng huì yì rì chéng biǎo ma
能 給 我 一 張 會 議 日 程 表 嗎 ？

⇨ Wǒ xiǎng yào yī gè huì yì rì chéng biǎo
⇨ 我 想 要 一 個 會 議 日 程 表 。

Gěi nín huì yì rì chéng biǎo
回 給 您 會 議 日 程 表 。

Huì yì de zhǔ yào yì tí shì shén me
會 議 的 主 要 議 題 是 甚 麼 ？

Huì yì de zhǔ yào yì tí dōu yìn zài zhèi zhāng zhǐ shang le
回 會 議 的 主 要 議 題 都 印 在 這 張 紙 上 了 。

Yù yuē dēng jì yào jiāo duō shao dìng jīn
預 約 登 記 要 交 多 少 訂 金 ？

Yù yuē dēng jì yào xiān jiāo wǔ bǎi měi yuán de dìng jīn
回 預 約 登 記 要 先 交 五 百 美 元 的 訂 金 。

Yù yuē dēng jì xiān děi gěi yī qiān kuài qián de dìng jīn
回 預 約 登 記 先 得 給 一 千 塊 錢 的 訂 金 。

Zài nǎr dēng jì hǎo ne
在 哪兒 登 記 好 呢 ？

  Nín kě yǐ zài zhèr dēng jì
巴 您 可 以 在 這兒 登 記 。

Dēng jì chuāng kǒu zài nǎr
登 記 窗 口 在 哪兒 ？

  Zài nèi biān
巴 在 那 邊 。

Yī tiān de huì yì fèi shì duō shao
一 天 的 會 議 費 是 多 少 ？

  Yī tiān de huì yì fèi shì liù bǎi rén mín bì
巴 一 天 的 會 議 費 是 六 百 人 民 幣 。

Sān tiān de huì yì fèi shì duō shao
三 天 的 會 議 費 是 多 少 ？

  Sān tiān de huì yì fèi shì yī qiān wǔ bǎi rén mín bì
巴 三 天 的 會 議 費 是 一 千 五 百 人 民 幣 ，
  shěng yī bǎi kuài
省 一 百 塊 。

Quán bù wǔ tiān de huì yì fèi shì duō shao
全 部 五 天 的 會 議 費 是 多 少 ？

  Quán bù wǔ tiān de huì yì fèi shì liǎng qiān rén mín bì
巴 全 部 五 天 的 會 議 費 是 兩 千 人 民 幣 。

Néng yòng xìn yòng kǎ ma
能 用 信 用 卡 嗎 ？

  Yòng xìn yòng kǎ xíng ma
⇨ 用 信 用 卡 行 嗎 ？
  Kě yǐ dàn bì xū shì zhǔ yào fā kǎ gōng sī fā de
巴 可 以 ， 但 必 須 是 主 要 發 卡 公 司 發 的
  xìn yòng kǎ
信 用 卡 。
  Kě yǐ shǐ yòng zhǔ yào fā kǎ gōng sī de xìn yòng kǎ
巴 可 以 使 用 主 要 發 卡 公 司 的 信 用 卡 。
  Wǒ men kě yǐ jiē shòu zhǔ yào fā kǎ gōng sī de xìn yòng kǎ
巴 我 們 可 以 接 受 主 要 發 卡 公 司 的 信 用 卡 。

Kě yǐ yòng lǚ xíng zhī piào ma
可 以 用 旅 行 支 票 嗎 ？

    Kě yǐ yòng lǚ xíng zhī piào
    回 可 以 用 旅 行 支 票 。

Xiǎo zǔ tǎo lùn de fā yán rén shì shéi
小 組 討 論 的 發 言 人 是 誰 ？

    Suǒ yǒu xiǎo zǔ tǎo lùn de fā yán rén dōu shì hěn yǒu míng de
    回 所 有 小 組 討 論 的 發 言 人 都 是 很 有 名 的 。

    Rì chéng biǎo shàng yǒu quán bù xiǎo zǔ tǎo lùn fā yán rén de míng
    回 日 程 表 上 有 全 部 小 組 討 論 發 言 人 的 名
    dān
    單 。

Yǎn jiǎng de shì něi wèi
演 講 的 是 哪 位 ？

    Jiǎng zhě shì něi jǐ wèi
    ⇨ 講 者 是 哪 幾 位 ？

    Dōu yǒu shéi yǎn jiǎng a
    ⇨ 都 有 誰 演 講 啊 ？

    Yǒu sān wèi jiǎng zhě   Tā men de jiǎn jiè yǐ jing yìn zài lǐ
    回 有 三 位 講 者 。 他 們 的 簡 介 已 經 印 在 裏
    tou le
    頭 了 。

    Zhè běn shǒu cè li yǒu jiǎng zhě de gè rén jiǎn jiè
    回 這 本 手 冊 裏 有 講 者 的 個 人 簡 介 。

Shéi yǎn jiǎng a
誰 演 講 啊 ？

    Shì Hú Fèng Yí bó shì
    回 是 胡 鳳 儀 博 士 。

    Kǒng Fāng Xióng bó shì yǎn jiǎng
    回 孔 方 雄 博 士 演 講 。

Shéi lái zuò huì yì bào gào
誰 來 做 會 議 報 告 ？

    Zhāng Guó Huá jiào shòu zuò huì yì bào gào
    回 張 國 華 教 授 做 會 議 報 告 。

Shéi zuò dà huì de zhǔ tí yǎn jiǎng
誰 做 大 會 的 主 題 演 講 ？

gōng sī de zǒng cái Qián Qīng Píng xiān sheng yǎn jiǎng
🗨 ABC 公 司 的 總 裁 錢 清 平 先 生 演 講 。

Yǎn jiǎng de tí mù shì shén me
演 講 的 題 目 是 甚 麼 ？

Yǎn jiǎng de tí mù dēng zài zhèi fèn xīn wén gǎo shàng le
🗨 演 講 的 題 目 登 在 這 份 新 聞 稿 上 了 。

Yǎn jiǎng shén me shí hou kāi shǐ
演 講 甚 麼 時 候 開 始 ？

Yǎn jiǎng wǔ fēn zhōng hòu kāi shǐ
🗨 演 講 五 分 鐘 後 開 始 。

Yǒu tóng shí jǔ bàn de huì yì ma
有 同 時 舉 辦 的 會 議 嗎 ？

Suǒ yǒu huì yì dōu shì tóng shí jìn xíng de
🗨 所 有 會 議 都 是 同 時 進 行 的 。

Huì yì dōu shì tóng shí jìn xíng de
🗨 會 議 都 是 同 時 進 行 的 。

Yǒu méi yǒu xiǎo zǔ tǎo lùn
有 沒 有 小 組 討 論 ？

Yǒu liǎng gè xiǎo zǔ tǎo lùn
🗨 有 兩 個 小 組 討 論 。

Yǎn shì de tí mù shì shén me
演 示 的 題 目 是 甚 麼 ？

Yǎn shì de tí mù shì diàn zǐ shāng mào
🗨 演 示 的 題 目 是 電 子 商 貿 。

Bào gào de tí mù shì shén me
報 告 的 題 目 是 甚 麼 ？

Bào gào de zhǔ tí shì shén me
⇨ 報 告 的 主 題 是 甚 麼 ？

Zhǔ tí dōu shì gēn zī xùn kē jì yǒu guān de
🗨 主 題 都 是 跟 資 訊 科 技 有 關 的 。

Shàng wǔ　　xià wǔ de huì yì shì shén me nèi róng
上 午 ／ 下 午 的 會 議 是 甚 麼 內 容 ？

Nǐ kàn yī xià bù gào lán jiù qīng chu le
㠯 你 看 一 下 佈 告 欄 就 清 楚 了 。

Yǐ jing xiě zài bù gào lán shàng le
㠯 已 經 寫 在 佈 告 欄 上 了 。

Zhèi ge huì zài nǎr kāi
這 個 會 在 哪 兒 開 ？

Zhè ge huì zài huì yì shì F kāi
㠯 這 個 會 在 會 議 室 F 開 。

Zhèi ge huì yì de fáng jiān hào shì duō shao
這 個 會 議 的 房 間 號 是 多 少 ？

Zhè ge huì yì de fáng jiān hào shì
㠯 這 個 會 議 的 房 間 號 是 329 。

Huì yì shì B zài nǎr a
會 議 室 B 在 哪 兒 啊 ？

Huì yì shì　　zài páng biān nèi ge lóu li
㠯 會 議 室 B 在 旁 邊 那 個 樓 裏 。

Má fan nín gào su wǒ　　qù huì yì shì　zěn me zǒu
麻 煩 您 告 訴 我 ， 去 會 議 室 A 怎 麼 走 。

Hǎo
㠯 好 。

Qǐng nín gào su wǒ　　qù xún wèn chù nàr zěn me zǒu
請 您 告 訴 我 ， 去 詢 問 處 那 兒 怎 麼 走 。

Kě yǐ
㠯 可 以 。

Néng gěi wǒ yī fèn zī liào ma
能 給 我 一 份 資 料 嗎 ？

Hǎo　　gěi nín
㠯 好 ， 給 您 。

Huì kāi de zěn me yàng
會 開 得 怎 麼 樣 ？

Kāi de fēi cháng hǎo
民 開 得 非 常 好 。

Hái suàn kě yǐ ba
民 還 算 可 以 吧 。

Yǒu méi yǒu shén me kě tuī jiàn de
有 沒 有 甚 麼 可 推 薦 的 ？

Wǒ xiàng nǐ dà lì tuī jiàn　　Nǐ yī dìng yào chū xí
民 我 向 你 大 力 推 薦 。 你 一 定 要 出 席 。

Nán xǐ shǒu jiān zài nǎ li
男 洗 手 間 在 哪 裏 ？

Nán xǐ shǒu jiān zài nèi biānr
民 男 洗 手 間 在 那 邊 兒 。

Nǚ xǐ shǒu jiān zài nǎ li
女 洗 手 間 在 哪 裏 ？

Nǚ xǐ shǒu jiān zài lóu xià
民 女 洗 手 間 在 樓 下 。

Shén me shí hou kě yǐ yòng chá diǎn
甚 麼 時 候 可 以 用 茶 點 ？

Shén me shí hou dōu kě yǐ
民 甚 麼 時 候 都 可 以 。

Yī huìr yǒu chá diǎn zhāo dài
民 一 會 兒 有 茶 點 招 待 。

Hěn bào qiàn　　huì yì méi yǒu zhǔn bèi chá diǎn
民 很 抱 歉 ， 會 議 沒 有 準 備 茶 點 。

Nǎr yǒu mài chī de ya
哪 兒 有 賣 吃 的 呀 ？

Nèi biānr yǒu xiǎo mài bù　　shí pǐn yǐn liào dōu yǒu
民 那 邊 兒 有 小 賣 部 ， 食 品 飲 料 都 有 。

fáng yǒu chá diǎn
民 F 房 有 茶 點 。

Qǐng gěi wǒ yī bēi kā fēi
請 給 我 一 杯 咖 啡 。

Hǎo　　Méi wèn tí
民 好 。 沒 問 題 。

Qǐng gěi wǒ yī bēi kā fēi bù dài kā fēi yīn de
請 給 我 一 杯 咖 啡 ， 不 帶 咖 啡 因 的 。

Duì bu qǐ wǒ men méi zhǔn bèi bù hán kā fēi yīn de
🗨 對 不 起 ， 我 們 沒 準 備 不 含 咖 啡 因 的

kā fēi
咖 啡 。

Nín shì yào pǔ tōng kā fēi Hái shì yào bù hán kā fēi
您 是 要 普 通 咖 啡 ？ 還 是 要 不 含 咖 啡

yīn de
因 的 ？

Pǔ tōng kā fēi jiù xíng le
🗨 普 通 咖 啡 就 行 了 。

Wǒ xiǎng yào diǎnr qū qí bǐng
我 想 要 點 兒 曲 奇 餅 。

Hǎo
🗨 好 。

Néng zài yào diǎnr sān míng zhì ma
能 再 要 點 兒 三 明 治 嗎 ？

Kě yǐ Nín zì jǐ ná ba
🗨 可 以 。 您 自 己 拿 吧 。

Něi wèi zhì bì mù cí
哪 位 致 閉 幕 辭 ？

Něi wèi zhì dà huì de bì mù cí
⇨ 哪 位 致 大 會 的 閉 幕 辭 ？

Gāo xiān sheng zhì bì mù cí
🗨 高 先 生 致 閉 幕 辭 。

Lín xiān sheng zhì dà huì bì mù cí
🗨 林 先 生 致 大 會 閉 幕 辭 。

Shéi zuò dà huì zǒng jié
誰 做 大 會 總 結 ？

Tián xiān sheng zuò dà huì zǒng jié
🗨 田 先 生 做 大 會 總 結 。

Néng mǎi dào yǎn jiǎng de guāng dié ma
能 買 到 演 講 的 光 碟 嗎 ？

Guāng dié zài mén kǒu mài
🗨 光 碟 在 門 口 賣 。

Yǎn jiǎng nèi róng yǒu méi yǒu zuò chéng guāng dié
演 講 內 容 有 沒 有 做 成 光 碟 ？

Yǒu　　　Wǒ men tí gōng yǎn jiǎng de guāng dié
🗨 有 。 我 們 提 供 演 講 的 光 碟 。

Yǎn jiǎng de guāng dié yǒu mài de ma
演 講 的 光 碟 有 賣 的 嗎 ？

Yǎn jiǎng de guāng dié bù mài
🗨 演 講 的 光 碟 不 賣 。

Néng gēn nín yào yī fèn yǎn jiǎng gài yào ma
能 跟 您 要 一 份 演 講 概 要 嗎 ？

Néng gěi wǒ yī fèn huì yì gài yào ma
⇨ 能 給 我 一 份 會 議 概 要 嗎 ？

Yǎn jiǎng gài yào shì miǎn fèi fā de
🗨 演 講 概 要 是 免 費 發 的 。

Yǎn jiǎng gài yào dēng zài zhèi fèn huì bào shang
🗨 演 講 概 要 登 在 這 份 會 報 上 。

Yǒu guān huì yì de bào dào zài nǎ li zhǎo de dào
有 關 會 議 的 報 道 在 哪 裏 找 得 到 ？

Yǒu guān huì yì de bào dào dōu xiě zài zhèi zhāng zhǐ shang le
🗨 有 關 會 議 的 報 道 都 寫 在 這 張 紙 上 了 。

Yǒu guān huì yì de bào dào　　　dà jiā shāo hòu kě yǐ zài diàn
🗨 有 關 會 議 的 報 道 ， 大 家 稍 後 可 以 在 電

yóu shàng shōu dào
郵 上 收 到 。

Yǒu dá wèn huì ma
有 答 問 會 嗎 ？

Yǒu　　yī huìr jiù yǒu dá wèn huì　　Yù dìng dá wèn shí
🗨 有 ， 一 會 兒 就 有 答 問 會 。 預 定 答 問 時

jiān shì shí wǔ fēn zhōng
間 是 十 五 分 鐘 。

5 展覽會

3.05

Zhè me rè nao shì gàn má ne
這 麼 熱 鬧 是 幹 嗎 呢 ？

　Zhèng zài zhǎn shì xīn chǎn pǐn ne
　正 在 展 示 新 產 品 呢 。

Xià cì yǎn shì shén me shí hou kāi shǐ
下 次 演 示 甚 麼 時 候 開 始 ？

　Xià cì yǎn shì shí wǔ fēn zhōng yǐ hòu kāi shǐ
　下 次 演 示 十 五 分 鐘 以 後 開 始 。

Néng gěi wǒ yī běn xiǎo cè zi ma
能 給 我 一 本 小 冊 子 嗎 ？

　Hǎo gěi nín
　好 ， 給 您 。

Yǒu méi yǒu xiáng xì de shuō míng zī liào
有 沒 有 詳 細 的 說 明 資 料 ？

　Shí zài bào qiàn yǐ jing fā wán le
　實 在 抱 歉 ， 已 經 發 完 了 。

　Duì bu qǐ yǐ jing méi yǒu le
　對 不 起 ， 已 經 沒 有 了 。

　Huí tóu gěi nín sòng qu Yǒu méi yǒu shè jì tú
　回 頭 給 您 送 去 。 有 沒 有 設 計 圖 ？

　Yǒu
　有 。

　Yǒu mú jù shì zhì pǐn ma
　有 模 具 （ 試 製 品 ） 嗎 ？

Néng gěi wǒ yī zhāng jià mù biǎo ma
能 給 我 一 張 價 目 表 嗎 ？

　Dāng rán kě yǐ
　當 然 可 以 。

216

_{Néng zài tán tan ma}
能 再 談 談 嗎 ？

🗨 _{Zhèi jiàn shì kě yǐ zài huì yì shì tán　Qí tā de chǎng dì}
這 件 事 可 以 在 會 議 室 談 。 其 他 的 場 地

_{zhèng zài zhǎn shì mú jù ne}
正 在 展 示 模 具 呢 。

🗨 _{Guān yú zhèi fāng miàn de wèn tí　qǐng nín dào lìng yī gè fáng}
關 於 這 方 面 的 問 題 ， 請 您 到 另 一 個 房

_{jiān qù tán　Yǒu huì yì shì ma}
間 去 談 。 有 會 議 室 嗎 ？

🗨 _{Wǒ men zhǔn bèi huì yì shì le　Néng tán yī xià wǒ men de}
我 們 準 備 會 議 室 了 。 能 談 一 下 我 們 的

_{xū qiú ma}
需 求 嗎 ？

🗨 _{Qǐng dào huì yì shì tán nǐ men de xū qiú}
請 到 會 議 室 談 你 們 的 需 求 。

🗨 _{Hǎo　Wǒ xiān liǎo jiě yī xià nǐ men de xū qiú}
好 。 我 先 了 解 一 下 你 們 的 需 求 。

_{Nǐ men néng àn zhào wǒ men de shè jì zhì zuò yàng pǐn ma}
你 們 能 按 照 我 們 的 設 計 製 作 樣 品 嗎 ？

🗨 _{Wǒ men kě yǐ gēn jù kè hù de shè jì yào qiú shēng chǎn yàng}
我 們 可 以 根 據 客 戶 的 設 計 要 求 生 產 樣

_{pǐn}
品 。

_{Nǐ men de chǎn pǐn shì gēn jù　　shēng chǎn de ma}
你 們 的 產 品 是 根 據 OEM*生 產 的 嗎 ？

🗨 _{Wǒ men gōng sī de chǎn pǐn shì gēn jù　　shēng chǎn de}
我 們 公 司 的 產 品 是 根 據 OEM 生 產 的 。

🗨 _{Zhēn bào qiàn　Wǒ men de chǎn pǐn bù shi gēn jù　　shēng}
真 抱 歉 。 我 們 的 產 品 不 是 根 據 OEM 生

_{chǎn de}
產 的 。

★　OEM=原始設備生產商

_{Yán zhì zhōu qī　　dìng huò zhì jiāo huò de shí jiān　xū yào}
研 製 週 期 （ 訂 貨 至 交 貨 的 時 間 ） 需 要
_{duō jiǔ}
多 久 ？

🗨 _{Nà yào gēn jù shù liàng dìng}
那 要 根 據 數 量 定 。

🗨 _{Biāo zhǔn de yán zhì zhōu qī shì liǎng gè yuè}
標 準 的 研 製 週 期 是 兩 個 月 。

Nǐ men de yuè chǎn néng lì shì duō shao
你們的月產能力是多少？

Nǐ men yī gè yuè shēng chǎn duō shao jiàn
⇨ 你們一個月生產多少件？

Wǒ men de yuè chǎn néng lì shì wǔ wàn jiàn
回 我們的月產能力是五萬件。

Yī gè yuè kě yǐ shēng chǎn yī wàn jiàn
回 一個月可以生產一萬件。

6 研討會

3.06

面向公司外部

Huì yì fèi lǐ bāo kuò zhù sù fèi ma
會議費裏包括住宿費嗎？

Zhù sù fèi bāo kuò zài huì yì fèi lǐ ma
⇨ 住宿費包括在會議費裏嗎？

Zhù sù ān pái qǐng zì xíng bàn lǐ
回 住宿安排請自行辦理。

Zhù sù fèi bù bāo kuò zài huì yì fèi lǐ
回 住宿費不包括在會議費裏。

Zǎo cān shì shén me xíng shì de
早餐是甚麼形式的？

Zǎo cān shì zhōng shì de
回 早餐是中式的。

Zǎo cān shì zì zhù shì de
回 早餐是自助式的。

Yǒu guān yán tǎo kè chéng de jiè shào shén me shí hou kāi shǐ
有關研討課程的介紹甚麼時候開始？

Yī huìr jiù kāi shǐ jiè shào
回 一會兒就開始介紹。

Yǒu tóng shí jǔ xíng de huì yì ma
有同時舉行的會議嗎？

Huì yì dōu shì tóng shí jìn xíng de
回 會議都是同時進行的。

營業預算

Yíng yè yù suàn shì duō shao
營業預算是多少？

⇨ Yíng yè yù suàn zǒng é shì duō shao
營業預算總額是多少？

Yíng yè yù suàn zǒng é shì yī yì wǔ qiān wàn yuán
營業預算總額是一億五千萬元。

Yíng yè yù suàn shì wǔ shí wàn yuán
營業預算是五十萬元。

Nián yíng yè yù suàn shì duō shao
年營業預算是多少？

Nián yíng yè yù suàn shì sān yì yuán
年營業預算是三億元。

Yíng yè yù suàn gòu yòng ma
營業預算夠用嗎？

Yíng yè yù suàn gòu yòng le
營業預算夠用了。

Yíng yè yù suàn bù tài gòu
營業預算不太夠。

Yíng yè yù suàn xū yào zēng jiā ma
營業預算需要增加嗎？

Yíng yè yù suàn xū yào zēng jiā
營業預算需要增加。

Yíng yè zhī chū de yù cè shì duō shao
營業支出的預測是多少？

Yíng yè zhī chū de yù cè hái bù qīng chu
營業支出的預測還不清楚。

Yíng yè yù suàn shì zěn me fēn pèi de
營業預算是怎麼分配的？

Xiān yán jiū suǒ yǒu de yù suàn shēn qǐng   zài jìn xíng yíng yè
先研究所有的預算申請，再進行營業
yù suàn fēn pèi
預算分配。

Yǒu yíng yè yù suàn de fēn pèi jì huà ma
有 營 業 預 算 的 分 配 計 劃 嗎 ？

Yuè dǐ zhī qián jiù kě yǐ wán chéng yíng yè yù suàn de fēn pèi
回 月 底 之 前 就 可 以 完 成 營 業 預 算 的 分 配

jì huà
計 劃 。

銷售目標的完成情況

Xiāo shòu mù biāo wán chéng le ma
銷 售 目 標 完 成 了 嗎 ？

Xiāo shòu mù biāo hái yǒu bǎi fēn zhī wǔ méi yǒu wán chéng
回 銷 售 目 標 還 有 百 分 之 五 沒 有 完 成 。

Hǎo bù róng yì cái wán chéng xiāo shòu mù biāo
回 好 不 容 易 才 完 成 銷 售 目 標 。

Qù nián wán chéng xiāo shòu mù biāo le ma
去 年 完 成 銷 售 目 標 了 嗎 ？

Qù nián hái bù cuò wán chéng le xiāo shòu mù biāo
回 去 年 還 不 錯 ， 完 成 了 銷 售 目 標 。

Wèi shén me méi yǒu shí xiàn xiāo shòu mù biāo ne
為 甚 麼 沒 有 實 現 銷 售 目 標 呢 ？

Yù jì de dìng dān méi yǒu ná dào
回 預 計 的 訂 單 沒 有 拿 到 。

Zhèng zài chá zhǎo yuán yīn
回 正 在 查 找 原 因 。

Xiāo shòu xià jiàng de yuán yīn shì shén me
銷 售 下 降 的 原 因 是 甚 麼 ？

Zhǔ yào shì yīn wèi zuì jìn jīng jì bù jǐng qì
回 主 要 是 因 為 最 近 經 濟 不 景 氣 。

Xiāo shòu zēng jiā de yuán yīn shì shén me
銷 售 增 加 的 原 因 是 甚 麼 ？

Ruǎn jiàn chàng xiāo
回 軟 件 暢 銷 。

Jiē dào liǎng zōng dà pī dìng dān
回 接 到 兩 宗 大 批 訂 單 。

銷售情況怎麼樣？

⇨ 銷售額完成得怎麼樣？

↩ 銷售額在增加。

↩ 銷售業績超過目標。

↩ 銷售業績超過目標百分之十。

↩ 銷售額比去年增加了百分之十。

↩ 銷售額比去年同期增加了百分之二十。

↩ 銷售額在下降。

↩ 銷售業績沒有達到目標。

↩ 銷售業績離目標還差百分之十。

↩ 銷售額比上個季度下降了百分之十。

↩ 銷售額和去年同季度相比下降了百分之二十。

經營團隊的實力

經營團隊的整體實力能達到甚麼程度？

↩ 有關經營團隊整體實力的資訊是保密的。

營業團隊有多大規模？

↩ 營業團隊由三十五個推銷員組成。

Wǒ men yǒu duō shao gè tuī xiāo yuán
我們有多少個推銷員？

> Yǒu liǎng bǎi gè tuī xiāo yuán
> 🈁 有兩百個推銷員。

Tuī xiāo yuán de shù liàng gòu bù gòu
推銷員的數量夠不夠？

> Yòng bù yòng zài duō qǐng diǎnr tuī xiāo yuán
> ⇨ 用不用再多請點兒推銷員？

> Xū yào zài zēng jiā liǎng bǎi gè tuī xiāo yuán
> 🈁 需要再增加兩百個推銷員。

> Zhì shǎo yīng gāi zài qǐng wǔ shí gè tuī xiāo yuán
> 🈁 至少應該再請五十個推銷員。

> Zài duō zhāo diǎnr tuī xiāo yuán zěn me yàng
> 🈁 再多招點兒推銷員怎麼樣？

Tè yuē jīng xiāo shāng yǒu duō shao jiā
特約經銷商有多少家？

> Tè yuē jīng xiāo shāng zài quán guó yǒu liǎng bǎi jiā
> 🈁 特約經銷商在全國有兩百家。

> Tè yuē jīng xiāo shāng yǒu yī bǎi jiā
> 🈁 特約經銷商有一百家。

Xiāo shòu dài lǐ diàn yǒu duō shao jiā
銷售代理店有多少家？

> Xiāo shòu dài lǐ diàn zài Zhōng Guó yǒu sān bǎi jiā
> 🈁 銷售代理店在中國有三百家。

Pī fā gōng sī yǒu duō shao jiā
批發公司有多少家？

> Pī fā gōng sī zài Yà Zhōu yǒu sān shí jiā
> 🈁 批發公司在亞洲有三十家。

> Pī fā gōng sī yǒu shí jiā
> 🈁 批發公司有十家。

Líng shòu diàn yǒu jǐ jiā
零售店有幾家？

> Líng shòu diàn yǒu liǎng qiān jiā
> 🈁 零售店有兩千家。

Pī fā shāng yǒu jǐ jiā
批 發 商 有 幾 家 ？

Pī fā shāng yǒu jiǔ jiā
巳 批 發 商 有 九 家 。

佣　金

Yòng jīn néng ná dào duō shao
佣 金 能 拿 到 多 少 ？

Yòng jīn shì bǎi fēn zhī shí
巳 佣 金 是 百 分 之 十 。

Mù qián de yòng jīn shì duō shao
目 前 的 佣 金 是 多 少 ？

Mù qián de yòng jīn shì bǎi fēn zhī bā
巳 目 前 的 佣 金 是 百 分 之 八 。

Měi gè xiāo shòu yuán néng ná duō shao yòng jīn
每 個 銷 售 員 能 拿 多 少 佣 金 ？

Měi gè xiāo shòu yuán néng ná dào bǎi fēn zhī shí wǔ de yòng jīn
巳 每 個 銷 售 員 能 拿 到 百 分 之 十 五 的 佣 金 。

Bǎi fēn zhī shí de yòng jīn gòu ma
百 分 之 十 的 佣 金 夠 嗎 ？

Wǒ rèn wéi bù gòu
巳 我 認 為 不 夠 。

Wǒ jué de kě yǐ le
巳 我 覺 得 可 以 了 。

Nǐ men de yòng jīn yǒu xiàn é ma
你 們 的 佣 金 有 限 額 嗎 ？

Yòng jīn méi yǒu xiàn é
巳 佣 金 沒 有 限 額 。

Yòng jīn yǒu xiàn é
巳 佣 金 有 限 額 。

Gěi nǐ men fā jiǎng jīn ma
給 你 們 發 獎 金 嗎 ？

Zuì jìn yào fā jiǎng jīn
巳 最 近 要 發 獎 金 。

Tè bié jīn tiē shì fā xiàn jīn ma
特別津貼是發現金嗎？

㑇 特別津貼不發現金。
Tè bié jīn tiē bù fā xiàn jīn

Nǐ xī wàng ná duō shao yòng jīn
你希望拿多少佣金？

㑇 希望拿百分之十五的佣金。
Xī wàng ná bǎi fēn zhī shí wǔ de yòng jīn

㑇 如果可能，希望拿百分之二十的佣金。
Rú guǒ kě néng xī wàng ná bǎi fēn zhī èr shí de yòng jīn

㑇 百分之十五的佣金我認為比較合適。
Bǎi fēn zhī shí wǔ de yòng jīn wǒ rèn wéi bǐ jiào hé shì

推 銷

Yù dìng shéi fù zé tuī xiāo
預定誰負責推銷？

㑇 預定由鄭先生負責推銷。
Yù dìng yóu Zhèng xiān sheng fù zé tuī xiāo

Yù dìng shéi fù zé zuò chǎn pǐn tuī guǎng de yǎn shì
預定誰負責做產品推廣的演示？

㑇 預定由張先生負責做產品推廣的演示。
Yù dìng yóu Zhāng xiān sheng fù zé zuò chǎn pǐn tuī guǎng de yǎn shì

Yíng yè xiǎo zǔ de chéng yuán shì něi jǐ wèi
營業小組的成員是哪幾位？

㑇 營業小組的成員是林先生、王先生、
Yíng yè xiǎo zǔ de chéng yuán shì Lín xiān sheng Wáng xiān sheng

趙小姐和曾小姐。
Zhào xiǎo jiě hé Zēng xiǎo jiě

Shéi fù zé shàng mén tuī xiāo gōng zuò
誰負責上門推銷工作？

㑇 高先生負責上門推銷工作。
Gāo xiān sheng fù zé shàng mén tuī xiāo gōng zuò

Yīng gāi yóu shéi qù zuò shàng mén tuī xiāo
應該由誰去做上門推銷？

㑇 應該由你我去做。
Yīng gāi yóu nǐ wǒ qù zuò

Qián zài kè hù shì něi jiā gōng sī
潛 在 客 戶 是 哪 家 公 司 ？

Zhǔ yào de qián zài kè hù shì něi jiā gōng sī
⇨ 主 要 的 潛 在 客 戶 是 哪 家 公 司 ？

Qián zài kè hù liè zài zhèi zhāng biǎo shàng le
⮌ 潛 在 客 戶 列 在 這 張 表 上 了 。

Zhǔ yào de qián zài kè hù hái méi xuǎn chu lai
⮌ 主 要 的 潛 在 客 戶 還 沒 選 出 來 。

Shàng mén tuī xiāo de jié guǒ zěn me yàng
上 門 推 銷 的 結 果 怎 麼 樣 ？

Shàng mén tuī xiāo de jiè shào xiào guǒ zěn me yàng
⇨ 上 門 推 銷 的 介 紹 效 果 怎 麼 樣 ？

Shàng mén tuī xiāo de yǎn shì xiào guǒ zěn me yàng
⇨ 上 門 推 銷 的 演 示 效 果 怎 麼 樣 ？

Shàng mén tuī xiāo jìn xíng de fēi cháng shùn lì
⮌ 上 門 推 銷 進 行 得 非 常 順 利 。

Shàng mén tuī xiāo de jiè shào xiào guǒ hěn hǎo
⮌ 上 門 推 銷 的 介 紹 效 果 很 好 。

Shàng mén tuī xiāo de yǎn shì xiào guǒ hěn hǎo
⮌ 上 門 推 銷 的 演 示 效 果 很 好 。

Qián zài kè hù duì shàng mén tuī xiāo de fǎn yìng zěn me yàng
潛 在 客 戶 對 上 門 推 銷 的 反 應 怎 麼 樣 ？

Qián zài kè hù de fǎn yìng fēi cháng kěn dìng
⮌ 潛 在 客 戶 的 反 應 非 常 肯 定 。

Bó dé le tā men de hǎo píng
⮌ 博 得 了 他 們 的 好 評 。

Tā men kàn de hěn yǒu xìng qù
⮌ 他 們 看 得 很 有 興 趣 。

Qián zài kè hù de fǎn yìng yī bān
⮌ 潛 在 客 戶 的 反 應 一 般 。

Qián zài kè hù de fǎn yìng bù tài hǎo
⮌ 潛 在 客 戶 的 反 應 不 太 好 。

人員的錄用

去年錄用了多少名新員工？
Qù nián lù yòng le duō shao míng xīn yuán gōng

回 去年錄用了一百名新員工。
Qù nián lù yòng le yī bǎi míng xīn yuán gōng

今年準備招聘多少人？
Jīn nián zhǔn bèi zhāo pìn duō shao rén

回 今年準備招聘兩百名新員工。
Jīn nián zhǔn bèi zhāo pìn liǎng bǎi míng xīn yuán gōng

今年有招聘計劃嗎？
Jīn nián yǒu zhāo pìn jì huà ma

回 今年沒有招聘計劃。
Jīn nián méi yǒu zhāo pìn jì huà

回 沒有。不過，明年大概計劃招聘五
Méi yǒu　　Bù guò　　míng nián dà gài jì huà zhāo pìn wǔ

　十人。
shí rén

實習工資是多少？
Shí xí gōng zī shì duō shao

回 實習工資是一個月兩千元。
Shí xí gōng zī shì yī gè yuè liǎng qiān yuán

起薪點工資是多少？
Qǐ xīn diǎn gōng zī shì duō shao

回 起薪點工資是一個月兩千元。
Qǐ xīn diǎn gōng zī shì yī gè yuè liǎng qiān yuán

有獎金嗎？
Yǒu jiǎng jīn ma

回 有。發相當於三個月工資的獎金。
Yǒu　　Fā xiāng dāng yú sān gè yuè gōng zī de jiǎng jīn

回 有。一年發一次獎金。
Yǒu　　Yī nián fā yī cì jiǎng jīn

Nèi ge zhí wèi de jìng zhēng hěn jī liè ba
那 個 職 位 的 競 爭 很 激 烈 吧 ？

Yìng pìn de rén hěn duō
應 聘 的 人 很 多 。

Hěn nán bèi lù yòng ba
很 難 被 錄 用 吧 ？

Měi yī bǎi gè qiú zhí zhě zhōng zhǐ lù yòng yī gè
每 一 百 個 求 職 者 中 只 錄 用 一 個 。

Nǐ qù yìng pìn le ma
你 去 應 聘 了 嗎 ？

Zuó tiān qù yìng pìn le
昨 天 去 應 聘 了 。

Shì bu shì děi zēng jiā gōng rén
是 不 是 得 增 加 工 人 ？

Bì xū gù yòng gèng duō de lín shí gōng rén
必 須 僱 用 更 多 的 臨 時 工 人 。

Nián zhōng yě bì xū gù yòng gèng duō gōng rén
年 中 也 必 須 僱 用 更 多 工 人 。

Shì bu shì děi zhāo pìn gèng duō yuán gōng
是 不 是 得 招 聘 更 多 員 工 ？

Bì xū zhāo pìn gèng duō de lín shí gōng
必 須 招 聘 更 多 的 臨 時 工 。

Yīng gāi zhāo pìn gèng duō de zhèng shì yuán gōng
應 該 招 聘 更 多 的 正 式 員 工 。

Yīng gāi duō zhāo pìn yī xiē gù dìng yuán gōng ba
應 該 多 招 聘 一 些 固 定 員 工 吧 。

Yīng gāi duō zhāo pìn yī xiē zhuān zhí rén yuán ba
應 該 多 招 聘 一 些 專 職 人 員 吧 。

Yīng gāi zhāo pìn yī xiē zhuān jiā xíng rén cái
應 該 招 聘 一 些 專 家 型 人 才 。

Nǐ men gōng sī yuán gōng de nán nǚ bǐ lì zěn me yàng
你 們 公 司 員 工 的 男 女 比 例 怎 麼 樣 ？

Sān fēn zhī yī shì nǚ de
三 分 之 一 是 女 的 。

Sān fēn zhī èr shì nán de
三 分 之 二 是 男 的 。

Nǐ men gōng sī yuán gōng de xué lì zěn me yàng
你們公司員工的學歷怎麼樣？

Sì fēn zhī sān shì dà xué bì yè shēng
四分之三是大學畢業生。

Wǔ fēn zhī sì zhì shǎo yǒu xué shì xué wèi
五分之四至少有學士學位。

Wǔ fēn zhī yī de yuán gōng yǒu shuò shì xué wèi
五分之一的員工有碩士學位。

Shí fēn zhī yī de yuán gōng yǒu bó shì xué wèi
十分之一的員工有博士學位。

Bái bān hé yè bān de bǐ lì zěn me yàng
白班和夜班的比例怎麼樣？

Yī bàn zhí gōng shàng bái bān
一半職工上白班。

Yī bàn zhí gōng shàng yè bān
一半職工上夜班。

Suǒ yǒu yuán gōng de gōng zuò dōu shì bā xiǎo shí lún huàn zhì
所有員工的工作都是八小時輪換制。

Yī zhōu de gōng zuò shí jiān shì duō shao xiǎo shí
一週的工作時間是多少小時？

Yī zhōu de gōng zuò shí jiān shì sì shí xiǎo shí
一週的工作時間是四十小時。

Yī tiān de gōng zuò shí jiān shì jǐ gè xiǎo shí
一天的工作時間是幾個小時？

Yī tiān de gōng zuò shí jiān shì bā gè xiǎo shí
一天的工作時間是八個小時。

附加福利

Gōng sī kě yǐ gěi wǒ zhī fù duō shao yī liáo bǎo xiǎn fèi
公司可以給我支付多少醫療保險費？

Gōng sī kě yǐ gěi nǐ zhī fù yī bàn de yī liáo bǎo xiǎn fèi
公司可以給你支付一半的醫療保險費。

Gōng sī kě yǐ gěi nǐ zhī fù sān fēn zhī yī de yī liáo bǎo
公司可以給你支付三分之一的醫療保

xiǎn fèi
險費。

Gōng sī kě yǐ gěi nǐ zhī fù quán é de yī liáo bǎo xiǎn fèi
公司可以給你支付全額的醫療保險費。

Gōng sī tí gōng gōng yù ma
公司 提供 公寓 嗎 ？

Wǒ men kě yǐ tí gōng gōng sī de gōng yù
卪 我們 可以 提供 公司 的 公寓 。

Xīn zhí gōng kě yǐ rù zhù gōng sī de gōng yù
卪 新職工 可以 入住 公司 的 公寓 。

Néng gěi wǒ zhī fù jiāo tōng fèi ma
能 給 我 支付 交通 費 嗎 ？

Wǒ men zhī fù quán é de jiāo tōng fèi
卪 我們 支付 全 額 的 交通 費 。

Yǒu jiā bān fèi ma
有 加班 費 嗎 ？

Yǒu jiā bān fèi
卪 有 加班 費 。

Yǒu bù chāo guò sì shí gè xiǎo shí de jiā bān fèi
卪 有 不 超 過 四 十 個 小 時 的 加 班 費 。

Kě yǐ xiǎng shòu yōu xiān gǔ quán ma
可 以 享 受 優 先 股 權 嗎 ？

Kě yǐ xiǎng shòu yōu xiān gǔ quán
卪 可以 享 受 優 先 股 權 。

Yǒu tuì xiū jīn ma
有 退 休 金 嗎 ？

Yǒu tuì xiū jīn
卪 有 退 休 金 。

Shén me rén kě yǐ yòng gōng sī de qì chē
甚 麼 人 可 以 用 公 司 的 汽 車 ？

Gōng sī gěi zǒng jīng lǐ pèi bèi qì chē
卪 公司 給 總 經 理 配 備 汽 車 。

Nǐ men yǒu jǐ gè liáo yǎng suǒ
你 們 有 幾 個 療 養 所 ？

Wǒ men yǒu liǎng gè liáo yǎng suǒ
卪 我 們 有 兩 個 療 養 所 。

Yǒu yú lè yòng chǎng dì ma
有 娛 樂 用 場 地 嗎 ？

　　Wǒ men yǒu yú lè chǎng dì
　　我 們 有 娛 樂 場 地 。

Nǐ men gěi yuán gōng fā xiàn jīn jiǎng ma
你 們 給 員 工 發 現 金 獎 嗎 ？

　　Gěi yōu xiù de yuán gōng bān fā xiàn jīn jiǎng lì
　　給 優 秀 的 員 工 頒 發 現 金 獎 勵 。

晉升、降級

Gōng xǐ shēng zhí
恭 喜 升 職 。

　　Gōng hè róng shēng
⇨ 恭 賀 榮 升 。

Nǐ men tí le duō shao rén jìn guǎn lǐ céng
你 們 提 了 多 少 人 進 管 理 層 ？

　　Shēng le èr shí gè guǎn lǐ rén yuán
　　升 了 二 十 個 管 理 人 員 。

Tā jìn shēng le ma
她 晉 升 了 嗎 ？

　　Tā shēng le
　　她 升 了 。

Tā jìn shēng le ma
他 晉 升 了 嗎 ？

　　Tā cóng fù jīng lǐ jìn shēng le jīng lǐ
　　他 從 副 經 理 晉 升 了 經 理 。

Yīng gāi gěi tā shén me dài yù
應 該 給 他 甚 麼 待 遇 ？

　　Yīng gāi tí bá tā
　　應 該 提 拔 他 。

Shì bu shì yīng gāi duō shè zhì yī xiē nǚ xìng guǎn lǐ zhí wèi
是 不 是 應 該 多 設 置 一 些 女 性 管 理 職 位 ？

　　Bì xū shè zhì gèng duō de nǚ xìng guǎn lǐ zhě de zhí wèi
　　必 須 設 置 更 多 的 女 性 管 理 者 的 職 位 。

Tā bèi jiàng jí le ma
他 被 降 級 了 嗎 ？

> Tā bèi jiàng wéi yī bān gōng zuò rén yuán le
> 他 被 降 為 一 般 工 作 人 員 了 。

> Tā cóng zǒng jīng lǐ jiàng wéi fù zǒng jīng lǐ le
> 他 從 總 經 理 降 為 副 總 經 理 了 。

> Tā yīn wèi méi yǒu wán chéng xiāo shòu mù biāo   bèi jiàng jí le
> 她 因 為 沒 有 完 成 銷 售 目 標 ， 被 降 級 了 。

Yīng gāi zěn yàng chǔ fèn tā
應 該 怎 樣 處 分 他 ？

> Bì xū ràng tā jiàng jí
> 必 須 讓 他 降 級 。

> Bì xū jiě gù tā
> 必 須 解 僱 他 。

精　簡

Yuán gōng yīng gāi zěn me bàn
員 工 應 該 怎 麼 辦 ？

> Bì xū ràng sān fēn zhī yī de rén xià gǎng
> 必 須 讓 三 分 之 一 的 人 下 崗 。

> Yuán gōng rén shù bì xū jīng jiǎn yī bàn
> 員 工 人 數 必 須 精 簡 一 半 。

Wèi le shí shī tí qián tuì xiū jì huà   yīng gāi cǎi qǔ něi
為 了 實 施 提 前 退 休 計 劃 ， 應 該 採 取 哪
xiē cuò shī
些 措 施 ？

> Yīng gāi gěi tí qián tuì xiū de yuán gōng fā xiàn jīn jiǎng lì
> 應 該 給 提 前 退 休 的 員 工 發 現 金 獎 勵 。

Wèi le bì miǎn pò chǎn   yīng gāi cǎi qǔ shén me cuò shī
為 了 避 免 破 產 ， 應 該 採 取 甚 麼 措 施 ？

> Bì xū guān bì sān gè gōng chǎng
> 必 須 關 閉 三 個 工 廠 。

> Bì xū bǎ èr fēn zhī yī de gù dìng gōng huàn chéng lín shí gōng
> 必 須 把 二 分 之 一 的 固 定 工 換 成 臨 時 工 。

> Bì xū dà fú dù xuē jiǎn yuán gōng de gōng zī
> 必 須 大 幅 度 削 減 員 工 的 工 資 。

> Bì xū bǎ gōng chǎng zhuǎn yí dào hǎi wài
> 必 須 把 工 廠 轉 移 到 海 外 。

必須實施大規模的精簡。

提前退休計劃還需要進一步落實。

目前的退休年齡必須提前。

關於性騷擾

我們有必要制訂一個防範性騷擾的指引。

我贊成。有既定的關於性騷擾的定義嗎？

應該沒有。

關於應如何處理性騷擾問題，我們是不是應該接受外部的諮詢？

這是個很好的想法。

為了防止出現同樣的問題，你覺得應該採取甚麼措施？

我提不出別的辦法。

員工中有沒有關於性騷擾的訴訟案件？

有啊，現在有兩宗案件正打着官司呢。

士　氣

Wǒ men gōng sī zuì xū yào de shì shén me
我 們 公 司 最 需 要 的 是 甚 麼 ？

　　Bì xū tí gāo shì qì
　🡄 必 須 提 高 士 氣 。

Něi ge bù mén shì qì yǒu wèn tí
哪 個 部 門 士 氣 有 問 題 ？

　　Kuài jì bù shì qì cún zài wèn tí
　🡄 會 計 部 士 氣 存 在 問 題 。

Yuán gōng shì qì zěn me yàng
員 工 士 氣 怎 麼 樣 ？

　　Zuì jìn yuán gōng shì qì yǒu shén me dòng xiàng
　⇨ 最 近 員 工 士 氣 有 甚 麼 動 向 ？
　　Yuán gōng shì qì hěn gāo zhǎng
　🡄 員 工 士 氣 很 高 漲 。
　　Shì qì zài tí shēng
　🡄 士 氣 在 提 升 。
　　Yuán gōng shì qì bǐ jiào dī luò
　🡄 員 工 士 氣 比 較 低 落 。

Bì xū tí gāo yuán gōng shì qì
必 須 提 高 員 工 士 氣 。

　　Shì qì zài xià jiàng
　🡄 士 氣 在 下 降 。

Shì qì xià jiàng de yuán yīn shì shén me
士 氣 下 降 的 原 因 是 甚 麼 ？

　　Jiàng jí duō jiù huì dǎ jī shì qì ba
　🡄 降 級 多 就 會 打 擊 士 氣 吧 。

Yǒu zhèn fèn shì qì de hǎo bàn fǎ ma
有 振 奮 士 氣 的 好 辦 法 嗎 ？

　　Nǐ yǒu zhèn fèn shì qì de jiàn yì ma
　⇨ 你 有 振 奮 士 氣 的 建 議 嗎 ？
　　Fā fàng jiǎng jīn yīng gāi kě yǐ tí shēng shì qì
　🡄 發 放 獎 金 應 該 可 以 提 升 士 氣 。
　　Yīng gāi gǎi shàn zhí chǎng huán jìng
　🡄 應 該 改 善 職 場 環 境 。

研修培訓

Xīn yuán gōng yào péi xùn duō cháng shí jiān
新員工要培訓多長時間？

Xīn yuán gōng bì xū jiē shòu liù gè yuè de yán xiū péi xùn
己 新員工必須接受六個月的研修培訓。

Gōng sī néng zhī fù duō shao jiào yù fèi
公司能支付多少教育費？

Wǒ men gōng sī bǔ zhù yī bàn de jiào yù fèi yòng
己 我們公司補助一半的教育費用。

Wǒ men fù dān quán é de pǔ tōng huà xué xí fèi yòng
己 我們負擔全額的普通話學習費用。

Yuán gōng kě yǐ shēn qǐng jìn xiū ma
員工可以申請進修嗎？

Yuán gōng kě yǐ shēn qǐng bù tóng de kè chéng
己 員工可以申請不同的課程。

Gǔ lì yuán gōng cān jiā wài miàn de péi xùn ma
鼓勵員工參加外面的培訓嗎？

gǔ lì yuán gōng cān jiā wài miàn de péi xùn kè chéng
己 鼓勵員工參加外面的培訓課程。

Quán tǐ guǎn lǐ rén yuán dōu cān jiā miàn xiàng guǎn lǐ céng de yán
全體管理人員都參加面向管理層的研
xiū kè chéng ma
修課程嗎？

Quán tǐ guǎn lǐ rén yuán dōu bì xū wán chéng miàn xiàng guǎn lǐ rén
己 全體管理人員都必須完成面向管理人
yuán de yán xiū kè chéng
員的研修課程。

Suǒ yǒu de gōng chéng jì shù rén yuán dōu yào cān jiā zī gé rèn
所有的工程技術人員都要參加資格認
zhèng kǎo shì ma
證考試嗎？

Suǒ yǒu de gōng chéng jì shù rén yuán dōu bì xū tōng guò ruò gān
己 所有的工程技術人員都必須通過若干
yǔ zhuān yè xiāng guān de rèn zhèng zī gé kǎo shì
與專業相關的認證資格考試。

其 他

Yuán gōng de zì rán liú shī lù yǒu duō shao
員 工 的 自 然 流 失 率 有 多 少 ？

> Yuán gōng de zì rán liú shī lù shì bǎi fēn zhī wǔ
> 回 員 工 的 自 然 流 失 率 是 百 分 之 五 。

Nǐ men yǒu zhí wù shuō míng shū ma
你 們 有 職 務 説 明 書 嗎 ？

> Suǒ yǒu de gōng zuò gǎng wèi   wǒ men dōu yǒu zhí wù shuō míng
> 回 所 有 的 工 作 崗 位 ， 我 們 都 有 職 務 説 明
> shū
> 書 。

Shéi fù zé zhì dìng zhí wù shuō míng shū
誰 負 責 制 訂 職 務 説 明 書 ？

> Wǒ men yǒu zhì dìng zhí wù shuō míng shū de zhuān jiā
> 回 我 們 有 制 訂 職 務 説 明 書 的 專 家 。

Nǐ men yǒu gōng zuò zhǐ dǎo shǒu cè ma
你 們 有 工 作 指 導 手 冊 嗎 ？

> Wǒ men yǒu gōng zuò cāo zuò shǒu zé   Ér qiě suǒ yǒu yuán gōng
> 回 我 們 有 工 作 操 作 守 則 。 而 且 所 有 員 工
> dōu bì xū zài shǒu zé shàng qiān zì
> 都 必 須 在 守 則 上 簽 字 。
> ---
> Nǐ men yǒu guǎn lǐ rén yuán shǒu cè ma
> 🕮 你 們 有 管 理 人 員 手 冊 嗎 ？

Nǐ men yǒu lù yòng ren yuán de chéng xù ma
你 們 有 錄 用 人 員 的 程 序 嗎 ？

> Wǒ men yǒu yuán gōng de lù yòng chéng xù   Bù guò shì bǎo mì
> 回 我 們 有 員 工 的 錄 用 程 序 。 不 過 是 保 密
> de
> 的 。

Yǒu guān yú jiě gù de chéng xù ma
有 關 於 解 僱 的 程 序 嗎 ？

> Yǒu jiě gù de chéng xù
> 回 有 解 僱 的 程 序 。

工　資

Wǒ de gōng zī hěn dī　　Nín néng gěi wǒ jiā xīn ma
我 的 工 資 很 低 。 您 能 給 我 加 薪 嗎 ?

Néng bu néng gěi wǒ jiā diǎnr gōng zī
⇨ 能 不 能 給 我 加 點兒 工 資 ?

Hěn nán
㈆ 很 難 。

Wǒ xī wàng zēng jiā gōng zī
我 希 望 增 加 工 資 。

Nǐ xī wàng jiā duō shao ne
㈆ 你 希 望 加 多 少 呢 ?

Wǒ xī wàng zēng jiā bǎi fēn zhī shí
㋐ 我 希 望 增 加 百 分 之 十 。

Wǒ yīng gāi zěn yàng zuò　　cái néng zài zēng jiā gōng zī ne
我 應 該 怎 樣 做 , 才 能 再 增 加 工 資 呢 ?

Nǐ bì xū gèng jiā qín fèn de gōng zuò
㈆ 你 必 須 更 加 勤 奮 地 工 作 。

Bì xū mài chū gèng duō de huò
㈆ 必 須 賣 出 更 多 的 貨 。

Rú guǒ bù gǎn jǐn gěi wǒ jiā xīn　　wǒ jiù děi cí diào zhèi
如 果 不 趕 緊 給 我 加 薪 , 我 就 得 辭 掉 這
fèn gōng zuò le
份 工 作 了 。

Jiā xīn méi kě néng　　Nǐ yào cí zhí jiù cí zhí ba
㈆ 加 薪 沒 可 能 。 你 要 辭 職 就 辭 職 吧 。

Wǒ cí zhí le
我 辭 職 了 。

Shì shén me yuán yīn
㈆ 是 甚 麼 原 因 ?

Qí tā gōng sī tí chū yào fù gěi wǒ bǐ xiàn zài duō de gōng
㋐ 其 他 公 司 提 出 要 付 給 我 比 現 在 多 的 工
zī　　suǒ yǐ wǒ xiǎng dào nà lǐ qù
資 , 所 以 我 想 到 那 裏 去 。

面　試

請問，你們有空缺的職位嗎？
Qǐng wèn， nǐ men yǒu kòng quē de zhí wèi ma

⮰ 有幾個職位有空缺。
Yǒu jǐ gè zhí wèi yǒu kòng quē。

⮰ 實在抱歉，我們公司今年沒有招聘的打算。
Shí zài bào qiàn， wǒ men gōng sī jīn nián méi yǒu zhāo pìn de dǎ suan

⮰ 對不起，空缺的崗位已經招滿了。下次有空缺時，我們再跟您聯繫。
Duì bu qǐ， kòng quē de gǎng wèi yǐ jing zhāo mǎn le。 Xià cì yǒu kòng quē shí， wǒ men zài gēn nín lián xì

我在報紙上看到了你們的（招聘）廣告。
Wǒ zài bào zhǐ shang kàn dào le nǐ men de zhāo pìn guǎng gào

⮰ 請你把簡歷用電郵傳過來。
Qǐng nǐ bǎ jiǎn lì yòng diàn yóu chuán guo lai

⮰ 請你把簡歷寄過來。
Qǐng nǐ bǎ jiǎn lì jì guo lai

你甚麼時候可以來面試？
Nǐ shén me shí hou kě yǐ lái miàn shì

⇨ 下星期的哪一天，你可以來面試？
Xià xīng qī de něi yī tiān， nǐ kě yǐ lái miàn shì

⮰ 我星期四和星期五有時間。
Wǒ xīng qī sì hé xīng qī wǔ yǒu shí jiān

☾ 來的時候請你帶上英文的簡歷。
Lái de shí hou qǐng nǐ dài shàng yīng wén de jiǎn lì

關於面試的問題，我們會聯繫你的。
Guān yú miàn shì de wèn tí， wǒ men huì lián xì nǐ de

⇨ 我們如果有興趣的話，會主動跟您聯繫的。
Wǒ men rú guǒ yǒu xìng qù de huà， huì zhǔ dòng gēn nín lián xì de

⇨ 需要的時候，我們會跟您聯繫。
Xū yào de shí hou， wǒ men huì gēn nín lián xì

Zhèi fèn gōng zuò xū yào jù bèi shén me zī gé
這份工作需要具備甚麼資格？

Zhèi zhāng zhǐ shang yǒu gè zhǒng zī gé yāo qiú
㢠 這張紙上有各種資格要求。

Nín yǒu nǎ xiē zī gé
您有哪些資格？

Wǒ shì Hā Fó Dà Xué bì yè de qǔ dé le gōng shāng guǎn
㢠 我是哈佛大學畢業的，取得了工商管
lǐ shuò shì xué wèi
理碩士學位。

Wǒ zài Yē Lǔ Dà Xué qǔ dé le gōng shāng guǎn lǐ shuò shì xué
㢠 我在耶魯大學取得了工商管理碩士學
wèi
位。

Nín yǒu nǎi xiē gōng zuò jīng yàn
您有哪些工作經驗？

Qǐng nín jiè shào yī xià gōng zuò jīng yàn
⇨ 請您介紹一下工作經驗。

Hǎo de Wǒ dào mù qián wéi zhǐ cóng shì guò liǎng fèn gōng zuò
㢠 好的。我到目前為止從事過兩份工作。

Wǒ xiān hòu zài liǎng jiā gōng sī gōng zuò guò
㢠 我先後在兩家公司工作過。

Nín zài zhèi ge lǐng yù yǒu shén me gōng zuò jīng yàn ma
您在這個領域有甚麼工作經驗嗎？

Wǒ zài zhèi ge lǐng yù yǒu wǔ nián de gōng zuò jīng yàn
㢠 我在這個領域有五年的工作經驗。

Nín wèi shén me xuǎn zé wǒ men gōng sī
您為甚麼選擇我們公司？

Shì péng you xiàng wǒ tuī jiàn nǐ men de
㢠 是朋友向我推薦你們的。

Nín duì lái wǒ gōng sī gōng zuò zuì gǎn xìng qù de shì něi
您對來我公司工作，最感興趣的是哪
fāng miàn
方面？

Wǒ duì nǐ men tí gōng jiào gāo de rù zhí yuè xīn zuì gǎn xìng
㢠 我對你們提供較高的入職月薪最感興
qù
趣。

Nǐ men de gōng zuò shí jiān shì zěn me dìng de
你 們 的 工 作 時 間 是 怎 麼 定 的 ？

    Wǒ men gōng sī de gōng zuò shí jiān shì xīng qī yī dào xīng qī
    ㇆ 我 們 公 司 的 工 作 時 間 是 星 期 一 到 星 期

    wǔ de shàng wǔ jiǔ diǎn dào xià wǔ wǔ diǎn
    五 的 上 午 九 點 到 下 午 五 點 。

Néng cǎi qǔ tán xìng gōng zuò fāng shì ma
能 採 取 彈 性 工 作 方 式 嗎 ？

    Kě yǐ cǎi qǔ tán xìng gōng zuò fāng shì Tán xìng gōng zuò zhì
    ㇆ 可 以 採 取 彈 性 工 作 方 式 。 彈 性 工 作 制

    shì shàng wǔ shí diǎn dào xià wǔ sān diǎn
    是 上 午 十 點 到 下 午 三 點 。

    Mù qián hái bù xíng Bù guò wǒ men yù dìng jìn qī huì yǐn
    ㇆ 目 前 還 不 行 。 不 過 我 們 預 定 近 期 會 引

    jìn tán xìng gōng zuò zhì
    進 彈 性 工 作 制 。

Yī xīng qī de gōng zuò shí jiān shì duō shao gè xiǎo shí
一 星 期 的 工 作 時 間 是 多 少 個 小 時 ？

    Shì sì shí gè xiǎo shí
    ㇆ 是 四 十 個 小 時 。

Yī xīng qī gōng zuò duō shao gè xiǎo shí
一 星 期 工 作 多 少 個 小 時 ？

    Yī xīng qī gōng zuò sān shí bā gè xiǎo shí
    ㇆ 一 星 期 工 作 三 十 八 個 小 時 。

Mù qián de yuè xīn shì duō shao
目 前 的 月 薪 是 多 少 ？

    Yī gè yuè de shōu rù shì duō shao
    ⇨ 一 個 月 的 收 入 是 多 少 ？

    Yī gè yuè dà gài kě yǐ zhēng qī qiān yuán
    ㇆ 一 個 月 大 概 可 以 掙 七 千 元 。

    Yī gè yuè kě yǐ ná dào wǔ qiān yuán
    ㇆ 一 個 月 可 以 拿 到 五 千 元 。

Nián xīn shì duō shao
年 薪 是 多 少 ？

    Yī nián néng shōu rù duō shao
    ⇨ 一 年 能 收 入 多 少 ？

    Nián xīn dà yuē shì bā wàn yuán
    ㇆ 年 薪 大 約 是 八 萬 元 。

答 Yī nián kě yǐ shōu rù shí wǔ wàn yuán
一年可以收入十五萬元。

Nǐ xī wàng de gōng zī shì duō shao
你希望的工資是多少？

答 Wǒ xī wàng yī gè yuè néng zhēng qī qiān yuán zuǒ yòu
我希望一個月能掙七千元左右。

Nǐ xī wàng de nián xīn shì duō shao
你希望的年薪是多少？

答 Rú guǒ kě néng de huà wǒ xī wàng yī nián néng yǒu qī wàn
如果可能的話，我希望一年能有七萬
yuán zuǒ yòu
元左右。

Nǐ de mù biāo nián xīn shì duō shao
你的目標年薪是多少？

答 Wǒ de mù biāo nián xīn shì shí wàn yuán
我的目標年薪是十萬元。

Rù zhí gōng zī shì duō shao
入職工資是多少？

答 Rù zhí gōng zī shì bā wàn yuán
入職工資是八萬元。

Rú guǒ rù zhí gōng zī yī gè yuè gěi nǐ bā wàn yuán
如果入職工資，一個月給你八萬元，
nǐ shì fǒu yǒu xìng qù
你是否有興趣？

答 Zhēn de Nà dāng rán fēi cháng yǒu xìng qù
真的？那當然非常有興趣。

Jiǎ rú yuè xīn shì shí èr wàn yuán nín yǐ wéi zěn me yàng
假如月薪是十二萬元，您以為怎麼樣？

答 Nà tài bàng le
那太棒了！

您 的 業 務 專 長 是 甚 麼 ？
Nín de yè wù zhuān cháng shì shén me

我 的 業 務 專 長 是 電 子 商 務 。
Wǒ de yè wù zhuān cháng shì diàn zǐ shāng wù

我 的 業 務 專 長 是 財 會 工 作 。
Wǒ de yè wù zhuān cháng shì cái kuài gōng zuò

你 將 來 的 工 作 目 標 是 甚 麼 ？
Nǐ jiāng lái de gōng zuò mù biāo shì shén me

我 想 成 為 持 牌 會 計 師 。
Wǒ xiǎng chéng wéi chí pái kuài jì shī

你 工 作 的 （ 最 終 ） 目 標 是 甚 麼 ？
Nǐ gōng zuò de zuì zhōng mù biāo shì shén me

自 己 成 立 公 司 。
Zì jǐ chéng lì gōng sī

我 想 去 海 外 工 作 。
Wǒ xiǎng qù hǎi wài gōng zuò

您 能 提 供 帶 傢 具 的 公 寓 嗎 ？
Nín néng tí gōng dài jiā jù de gōng yù ma

我 們 只 給 單 身 職 工 提 供 帶 傢 具 的 公 寓 。
Wǒ men zhǐ gěi dān shēn zhí gōng tí gōng dài jiā jù de gōng yù

附 加 福 利 還 有 哪 些 ？
Fù jiā fú lì hái yǒu něi xiē

附 加 福 利 還 包 括 支 付 醫 療 保 險 、 享 受
Fù jiā fú lì hái bāo kuò zhī fù yī liáo bǎo xiǎn xiǎng shòu

優 先 股 權 和 使 用 公 司 的 汽 車 。
yōu xiān gǔ quán hé shǐ yòng gōng sī de qì chē

第四部分‧人事方面

249

在出差地、赴任地所使用的商業普通話

I. 在機場、出入境處和飛機上

1 在航空公司櫃枱辦理登機手續

5.1.01

Shén me shí hou kě yǐ bàn lǐ dēng jī shǒu xù
甚 麼 時 候 可 以 辦 理 登 機 手 續 ？

Wǒ zuò de nèi bān fēi jī shén me shí hou bàn dēng jī shǒu xù
⇨ 我 坐 的 那 班 飛 機 甚 麼 時 候 辦 登 機 手 續 ？

Qǐ fēi qián liǎng gè xiǎo shí bàn lǐ dēng jī shǒu xù
己 起 飛 前 兩 個 小 時 辦 理 登 機 手 續 。

Nín yào kào zǒu láng de zuò wèi hái shi kào chuāng hu de zuò
您 要 靠 走 廊 的 座 位 ， 還 是 靠 窗 戶 的 座
wèi
位 ？

Kào zǒu láng de ba
己 靠 走 廊 的 吧 。

Wǒ kào chuāng hu zuò
己 我 靠 窗 戶 坐 。

Shí zài duì bu qǐ kào chuāng hu de zuò wèi yǐ jing méi
ᒎ 實 在 對 不 起 ， 靠 窗 戶 的 座 位 已 經 沒
yǒu le
有 了 。

Dēng jī shí jiān shì shén me shí hou
登 機 時 間 是 甚 麼 時 候 ？

Dēng jī shí jiān shì liǎng diǎn shí wǔ fēn
己 登 機 時 間 是 兩 點 十 五 分 。

Mǎ shàng jiù yào guǎng bō dēng jī shí jiān le
己 馬 上 就 要 廣 播 登 機 時 間 了 。

Dēng jī shí jiān hái méi dìng ne
己 登 機 時 間 還 沒 定 呢 。

Cóng něi ge zhá kǒu dēng jī yā
從 哪 個 閘 口 登 機 呀 ？

Shí bā hào zhá kǒu
己 十 八 號 閘 口 。

Má fan nín gào su wǒ zěn me qù
ᒎ 麻 煩 您 告 訴 我 怎 麼 去 。

Zhèi bān fēi jī de dēng jī zhá kǒu shì jǐ hào
這 班 飛 機 的 登 機 閘 口 是 幾 號 ？

Sān shí èr hào zhá kǒu zài nǎr a
三 十 二 號 閘 口 在 哪兒 啊 ？

Wǒ zuò zhèi bān fēi jī xíng ma
我 坐 這 班 飛 機 行 嗎 ？

Shí zài duì bu qǐ zhèi bān fēi jī yǐ jing mǎn é le
實 在 對 不 起 ， 這 班 飛 機 已 經 滿 額 了 。

Yī gè xiǎo shí hòu hái yǒu qí tā háng bān
一 個 小 時 後 還 有 其 他 航 班 。

Wǒ děng hòu bǔ yù yuē xíng bu xíng Nín xiān gěi wǒ dēng shàng
我 等 候 補 預 約 行 不 行 ？ 您 先 給 我 登 上

jì ba
記 吧 。

Zhēn bào qiàn hòu bǔ yù yuē yǐ jing chāo é le
真 抱 歉 ， 候 補 預 約 已 經 超 額 了 。

Nín yǒu jǐ gè tí bāo
您 有 幾 個 提 包 ？

Yǒu liǎng gè
有 兩 個 。

Nín yǒu jǐ jiàn xíng li
您 有 幾 件 行 李 ？

Yǒu sān jiàn xíng li
有 三 件 行 李 。

Bù néng dài liǎng jiàn shǒu tí xíng lǐ shàng fēi jī
不 能 帶 兩 件 手 提 行 李 上 飛 機 。

Měi jiàn xíng li bì xū jì shàng míng páir
每 件 行 李 必 須 繫 上 銘 牌兒 。

Nín yào dài nèi ge bāo shàng fēi jī ma
您 要 帶 那 個 包 上 飛 機 嗎 ？

Nèi ge tài dà le děi tuō yùn
那 個 太 大 了 ， 得 托 運 。

Qǐng nín bǎ nèi ge tí bāo jì shàng míng páir
請 您 把 那 個 提 包 繫 上 銘 牌兒 。

Xíng li tuō yùn kǎ zài nǎr
行 李 托 運 卡 在 哪兒 ？

Wǒ yòng dīng shū jī dìng zài nǐ de dēng jī kǎ shàng le
我 用 釘 書 機 釘 在 你 的 登 機 卡 上 了 。

2 出現座位重號

5.1.02

Zuò wèi chóng hào le　　Nǐ men zhǔn bèi zěn me chǔ lǐ zhèi
座 位 重 號 了 。 你 們 準 備 怎 麼 處 理 這
jiàn shì
件 事 ？

Gěi nǐ tóng yī bān fēi jī de qí tā zuò wèi
給 你 同 一 班 飛 機 的 其 他 座 位 。

Qǐng zài jī piào shàng bèi shū　　kě qǔ dé dā chéng qí tā háng
請 在 機 票 上 背 書 ， 可 取 得 搭 乘 其 他 航
kōng gōng sī bān jī de rèn kě
空 公 司 班 機 的 認 可 。

Nǐ men dǎ suan zěn me bǔ cháng a
你 們 打 算 怎 麼 補 償 啊 ？

Gěi nǐ yī gè jī piào yōu huì
給 你 一 個 機 票 優 惠 。

Yào shi zuò wǎn yī bān de fēi jī yǒu yōu huì ma
要 是 坐 晚 一 班 的 飛 機 有 優 惠 嗎 ？

Yě yǒu
也 有 。

3 在飛機上

5.1.03

Qǐng zài gěi wǒ yī tiáo máo tǎn hǎo ma
請 再 給 我 一 條 毛 毯 好 嗎 ？

Gěi nǐ
給 你 。

Néng zài gěi wǒ yī gè kào zhěn ma
能 再 給 我 一 個 靠 枕 嗎 ？

Kě yǐ huàn yī xià zuò wèi ma
可 以 換 一 下 座 位 嗎 ？

Shén me shí hou dào wa
甚 麼 時 候 到 哇 ？
  Liǎng gè xiǎo shí yǐ hòu dào
  回 兩 個 小 時 以 後 到 。

Fēi jī néng àn shí dào ma
飛 機 能 按 時 到 嗎 ？
  Néng àn shí dào
  回 能 按 時 到 。
  Bǐ yù dìng shí jiān wǎn yī gè xiǎo shí dào
  回 比 預 定 時 間 晚 一 個 小 時 到 。
  Bǐ yù dìng shí jiān tí qián sān shí fēn zhōng dào
  回 比 預 定 時 間 提 前 三 十 分 鐘 到 。

Néng gěi wǒ yī diǎnr shuǐ ma
能 給 我 一 點 兒 水 嗎 ？
  Méi yǒu shuǐ Yào diǎnr jú zi zhīr xíng ma
  回 沒 有 水 。 要 點 兒 橘 子 汁 兒 行 嗎 ？

Zhèng cān yǒu shén me
正 餐 有 甚 麼 ？
  Yǒu niú ròu hé yú
  回 有 牛 肉 和 魚 。

Nín zhèng cān yào niú ròu hái shì yào yú
您 正 餐 要 牛 肉 ， 還 是 要 魚 ？
  Wǒ yào niú ròu
  回 我 要 牛 肉 。
  Wǒ chī yú
  回 我 吃 魚 。

Nín shì yào hóng chá hái shì yào kā fēi
您 是 要 紅 茶 ， 還 是 要 咖 啡 ？
  Wǒ yào kā fēi
  回 我 要 咖 啡 。
  Nín yǒu lǜ chá ma
  回 您 有 綠 茶 嗎 ？

Shì nín àn de líng ma
是 您 按 的 鈴 嗎 ？
  Duì Yǒu ěr jī ma
  回 對 。 有 耳 機 嗎 ？

Fēi jī shang gōng yìng wǔ cān ma
飛 機 上 供 應 午 餐 嗎 ？

Duì bu qǐ　　fēi jī shang zhǐ gōng yìng yǐn liào hé xiǎo chī
回 對 不 起 ， 飛 機 上 只 供 應 飲 料 和 小 吃 。

Yǒu sān míng zhì hé tāng
回 有 三 明 治 和 湯 。

Qǐng wèn　　Shàng Hǎi hé Niǔ Yuē de shí chā shì duō shao
請 問 ， 上 海 和 紐 約 的 時 差 是 多 少 ？

Duì bu qǐ　　bù tài qīng chu
回 對 不 起 ， 不 太 清 楚 。

Xiàn zài shì dāng dì shí jiān de jǐ diǎn zhōng
現 在 是 當 地 時 間 的 幾 點 鐘 ？

Wǎn shang shí yī diǎn
回 晚 上 十 一 點 。

4 飛機未將隨身行李送達

🔊 5.1.04

Xíng li diū le 。 Wǒ gāi zěn me bàn
行 李 丟 了 。 我 該 怎 麼 辦 ？

Qǐng xiān tián yī xià zhèi ge biǎo gé 。 Zhǎo dào de huà ， kě
回 請 先 填 一 下 這 個 表 格 。 找 到 的 話 ， 可

yǐ miǎn fèi bāng nǐ bǎ suí shēn xíng li sòng dào jiǔ diàn
以 免 費 幫 你 把 隨 身 行 李 送 到 酒 店 。

Xíng li diū le péi duō shao qián
行 李 丟 了 賠 多 少 錢 ？

Zhǎo lǚ yóu bǎo xiǎn de gōng sī wèn yī xià
回 找 旅 遊 保 險 的 公 司 問 一 下 。

Wǒ mǎi de shì nèi yī hé huà zhuāng pǐn ， néng péi ma
🗣 我 買 的 是 內 衣 和 化 妝 品 ， 能 賠 嗎 ？

Wǒ lái huí jī chǎng de qián néng gěi bào xiāo ma
🗣 我 來 回 機 場 的 錢 能 給 報 銷 嗎 ？

5　在海關

Nǐ yǒu xū yào shēn bào de dōng xi ma
你 有 需 要 申 報 的 東 西 嗎 ？

Wǒ méi yǒu xū yào shēn bào de
己 我 沒 有 需 要 申 報 的 。

Zhè shì sòng rén de hái shì zì jǐ yòng de
這 是 送 人 的 還 是 自 己 用 的 ？

Shì zì jǐ yòng de
己 是 自 己 用 的 。

Shì lǐ pǐn sòng rén de
己 是 禮 品 ， 送 人 的 。

Néng bǎ zhèi ge tí bāo dǎ kāi yī xià ma
能 把 這 個 提 包 打 開 一 下 嗎 ？

Zhèi ge tí bāo li fàng de shì shén me
⇨ 這 個 提 包 裏 放 的 是 甚 麼 ？

Dōu shì xī zhuāng
☾ 都 是 西 裝 。

Zhèi ge shì bu shì bì xū jiāo jìn kǒu guān shuì
這 個 是 不 是 必 須 交 進 口 關 稅 ？

Duì děi jiāo guān shuì
己 對 ， 得 交 關 稅 。

Nǐ yǒu hǎi guān shēn bào dān ma
☾ 你 有 海 關 申 報 單 嗎 ？

Jìn kǒu shuì shì duō shao
進 口 稅 是 多 少 ？

Bā shí yuán
己 八 十 元 。

Néng dài jǐ píng jiǔ
能 帶 幾 瓶 酒 ？

Zhǐ néng dài yī píng
己 只 能 帶 一 瓶 。

Zhèi ge xū yào shēn bào ma
這 個 需 要 申 報 嗎 ？

㠯 Bì xū shēn bào
必 須 申 報 。

Zhè shì shén me
這 是 甚 麼 ？

㠯 Shì jiàn shēn qiú
是 健 身 球 。

㠯 Zhè shì shǒu biǎo
這 是 手 錶 。

6　入境檢查

5.1.06

Qǐng nín bǎ hù zhào hé rù jìng dēng jì kǎ ná chu lai　　Nǐ
請 您 把 護 照 和 入 境 登 記 卡 拿 出 來 。 你
lái fǎng de mù dì shì shén me
來 訪 的 目 的 是 甚 麼 ？

㠯 Wǒ shì lái cān jiā huì yì de
我 是 來 參 加 會 議 的 。

Nǐ shì lái gōng zuò de　　hái shi lái lǚ yóu de
你 是 來 工 作 的 ， 還 是 來 旅 遊 的 ？

㠯 Shì lái gōng zuò de
是 來 工 作 的 。

㠯 Shì lái lǚ yóu de
是 來 旅 遊 的 。

Nǐ yào dāi duō cháng shí jiān
你 要 呆 多 長 時 間 ？

㠯 Yī gè yuè
一 個 月 。

Nǐ dǎ suan zhù něi jiā jiǔ diàn
你 打 算 住 哪 家 酒 店 ？

㠯 Wǒ zhù de shì Jūn Yuè Jiǔ Diàn
我 住 的 是 君 悦 酒 店 。

Jiǔ diàn de míng chēng shì shén me
酒店 的 名 稱 是 甚 麼 ？

Fù Háo Jiǔ Diàn
回 富 豪 酒 店 。

Yǒu dāng dì de lián xì diàn huà ma
有 當 地 的 聯 繫 電 話 嗎 ？

Zhè jiù shì dāng dì de lián xì diàn huà
回 這 就 是 當 地 的 聯 繫 電 話 。

Nǐ shì dì yī cì lái ma
你 是 第 一 次 來 嗎 ？

Bù shì dì sān cì le
回 不 ， 是 第 三 次 了 。

海關人員會問的問題

Nǐ yǒu huí chéng jī piào ma
你 有 回 程 機 票 嗎 ？

Nǐ yǒu qiān zhèng ma
你 有 簽 證 嗎 ？

Nǐ yǒu rù jìng qiān zhèng ma
你 有 入 境 簽 證 嗎 ？

Nǐ yǒu gōng zuò qiān zhèng ma
你 有 工 作 簽 證 嗎 ？

Nǐ yǒu xué sheng qiān zhèng ma
你 有 學 生 簽 證 嗎 ？

II. 在出差地或赴任地

1 在酒店

房間預訂及查詢

Wǒ yào yù dìng fáng jiān
我 要 預 訂 房 間 。

Kě yǐ yù dìng fáng jiān ma
⇨ 可 以 預 訂 房 間 嗎 ？

Yǒu kòng fáng ma
⇨ 有 空 房 嗎 ？

Yào dān rén jiān huò shuāng rén jiān
回 要 單 人 間 或 雙 人 間 ？

Dān rén jiān
回 單 人 間 。

Zhù yī wǎn duō shao qián
住 一 晚 多 少 錢 ？

Yī qiān wǔ bǎi yuán
回 一 千 五 百 元 。

Hái yǒu gèng pián yi de fáng jiān ma
回 還 有 更 便 宜 的 房 間 嗎 ？

Méi yǒu   Zhè shì zuì pián yi de le
回 沒 有 。 這 是 最 便 宜 的 了 。

Yào shi dìng yī gè lǐ bài yǒu méi yǒu zhé kòu
要 是 訂 一 個 禮 拜 有 沒 有 折 扣 ？

Dìng yī gè yuè cái yǒu zhé kòu
回 訂 一 個 月 才 有 折 扣 。

Yǒu gōng sī zhé kòu ma
回 有 公 司 折 扣 嗎 ？

Duì bu qǐ   Méi yǒu
回 對 不 起 。 沒 有 。

Wǒ néng xiān kàn kan fáng jiān ma
我 能 先 看 看 房 間 嗎 ？

Kě yǐ
回 可 以 。

Hái yǒu méi yǒu jǐng zhì gèng hǎo de fáng jiān
🎧 還 有 沒 有 景 致 更 好 的 房 間 ?

Yǒu miǎn fèi de qì chē jiē sòng fú wù ma
🎧 有 免 費 的 汽 車 接 送 服 務 嗎 ?

辦理入住手續

Nín yù yuē le ma
您 預 約 了 嗎 ?

Méi yǒu
🎧 沒 有 。

Yǒu kòng fáng ma　Nín de yù yuē hào mǎ shì duō shao
有 空 房 嗎 ? 您 的 預 約 號 碼 是 多 少 ?

Yù yuē hào mǎ shì sān èr sān
🎧 預 約 號 碼 是 三 二 三 。

Nín zěn me gěi qián
您 怎 麼 給 錢 ?

Yòng xìn yòng kǎ
🎧 用 信 用 卡 。

Nín yào zhù jǐ tiān
您 要 住 幾 天 ?

Zhù sān tiān　Nín yǒu zhèr de lián xì diàn huà ma
🎧 住 三 天 。 您 有 這 兒 的 聯 繫 電 話 嗎 ?

Yǒu　Wǒ yǒu gōng sī de diàn huà hào mǎ
🎧 有 。 我 有 公 司 的 電 話 號 碼 。

請服務台協助

Sòng cān fú wù yīng gāi àn jǐ hào jiàn
送 餐 服 務 應 該 按 幾 號 鍵 ?

Sì hào jiàn
🎧 四 號 鍵 。

Qǐng gěi wǒ ān pái zǎo shang qī diǎn de jiào xǐng fú wù
請 給 我 安 排 早 上 七 點 的 叫 醒 服 務 。

Kě yǐ
🎧 可 以 。

^{Yǒu} （ ^{gěi} ^{wǒ} ^{de} ） ^{liú} ^{yán} ^{ma}
有 （ 給 我 的 ） 留 言 嗎 ？

^{Méi} ^{yǒu} ^{Dàn} ^{yǒu} ^{yī} ^{fēng} ^{gěi} ^{nǐ} ^{de} ^{xìn}
回 沒 有 。 但 有 一 封 給 你 的 信 。

^{Zhè} ^{shì} ^{èr} ^{líng} ^{liù} ^{fáng} ^{jiān} ^{de} ^{yào} ^{shi}
這 是 二 零 六 房 間 的 鑰 匙 。

^{Qǐng} ^{bāng} ^{wǒ} ^{bǎ} ^{xíng} ^{li} ^{sòng} ^{dào} ^{dà} ^{tīng} ^{qù}
回 請 幫 我 把 行 李 送 到 大 廳 去 。

^{Néng} ^{bāng} ^{wǒ} ^{bǎ} ^{xíng} ^{li} ^{sòng} ^{dào} ^{fáng} ^{jiān} ^{li} ^{qù} ^{ma}
回 能 幫 我 把 行 李 送 到 房 間 裏 去 嗎 ？

^{Wǒ} ^{bǎ} ^{yào} ^{shi} ^{suǒ} ^{zài} ^{wū} ^{li} ^{le} ^{nǐ} ^{men} ^{néng} ^{bāng} ^{wǒ} ^{kāi}
我 把 鑰 匙 鎖 在 屋 裏 了 ， 你 們 能 幫 我 開

^{yī} ^{xià} ^{mén} ^{ma}
一 下 門 嗎 ？

^{Nǐ} ^{shì} ^{jǐ} ^{hào} ^{fáng} ^{jiān}
回 你 是 幾 號 房 間 ？

^{Xǐ} ^{shǒu} ^{jiān} ^{de} ^{shè} ^{bèi} ^{huài} ^{le} ^{qǐng} ^{nǐ} ^{men} ^{gǎn} ^{kuài} ^{guò} ^{lai}
洗 手 間 的 設 備 壞 了 ， 請 你 們 趕 快 過 來

^{kàn} ^{kan}
看 看 。

^{Mǎ} ^{shàng} ^{guò} ^{lai}
回 馬 上 過 來 。

往酒店打電話

^{Wǒ} ^{kě} ^{yǐ} ^{liú} ^{yán} ^{ma}
我 可 以 留 言 嗎 ？

^{Nín} ^{kě} ^{yǐ} ^{zài} ^{fú} ^{wù} ^{tái} ^{liú} ^{yán}
回 您 可 以 在 服 務 台 留 言 。

^{Nín} ^{bāng} ^{wǒ} ^{gào} ^{su} ^{tā} ^{yī} ^{shēng} ^{míng} ^{tiān} ^{de} ^{huì} ^{yì} ^{gǎi} ^{zài}
您 幫 我 告 訴 他 一 聲 ， 明 天 的 會 議 改 在

^{liǎng} ^{diǎn} ^{kāi}
兩 點 開 。

^{Qǐng} ^{sān} ^{líng} ^{èr} ^{fáng} ^{jiān} ^{de} ^{Zhuāng} ^{xiān} ^{sheng} ^{tīng} ^{diàn} ^{huà}
請 三 零 二 房 間 的 莊 先 生 聽 電 話 。

^{Qǐng} ^{jiē} ^{yī} ^{xià} ^{sān} ^{líng} ^{èr} ^{fáng} ^{jiān}
⇨ 請 接 一 下 三 零 二 房 間 。

Hǎo xiàng hái méi dào
🇪 好 像 還 沒 到 。

Jǐ diǎn zhù jìn lái de
幾 點 住 進 來 的 ？
Yǐ jīng tuì fáng le
🇪 已 經 退 房 了 。

Tuì fáng shí jiān shì jǐ diǎn
退 房 時 間 是 幾 點 ？
Shí èr diǎn zhī qián
🇪 十 二 點 之 前 。

Wǒ yào xǐ de yī fu shén me shí hou néng sòng lai
我 要 洗 的 衣 服 甚 麼 時 候 能 送 來 ？
Nín shén me shí hou yào
🇪 您 甚 麼 時 候 要 ？
Míng tiān shàng wǔ ba
🇪 明 天 上 午 吧 。

辦理退房手續

Wǒ yào tuì fáng
我 要 退 房 。
Nín de fáng jiān hào shì duō shao
🇪 您 的 房 間 號 是 多 少 ？
Sān líng sān
🇨 三 零 三 。
Nín zěn me gěi qián
🇪 您 怎 麼 給 錢 ？
Shuā kǎ
🇪 刷 卡 。

Nín jīn tiān zǎo shang dǎ guo cháng tú diàn huà ma
您 今 天 早 上 打 過 長 途 電 話 嗎 ？
Yǒu   Dǎ guo yī gè dào Měi Guó qù
🇪 有 。 打 過 一 個 到 美 國 去 。

Nín jīn tiān zǎo shang yòng guo bīng xiāng li de dōng xi ma
您 今 天 早 上 用 過 冰 箱 裏 的 東 西 嗎 ？
Méi yǒu
🇪 沒 有 。

Zhè shì nín de zhàng dān
這 是 您 的 賬 單 。

Wǒ zuó tiān wǎn shang méi kàn shōu fèi diàn shì ， zhàng dān děi gǎi
回 我 昨 天 晚 上 沒 看 收 費 電 視 ， 賬 單 得 改

guò lai
過 來 。

向接待員詢問

Yǒu zhí dé tuī jiàn de fàn guǎnr ma
有 值 得 推 薦 的 飯 館 兒 嗎 ？

Nín xǐ huan chī shén me
回 您 喜 歡 吃 甚 麼 ？

Wǒ xǐ huan chī miàn shí
回 我 喜 歡 吃 麵 食 。

Dōng Zhèng Lù yǒu yī jiā hěn yǒu míng de miàn diàn ， nǐ kě yǐ
回 東 正 路 有 一 家 很 有 名 的 麵 店 ， 你 可 以

shì yī xià
試 一 下 。

Yǒu shén me shòu huān yíng de lǚ yóu jǐng diǎn ma
有 甚 麼 受 歡 迎 的 旅 遊 景 點 嗎 ？

Zhè li yǒu yī gè shì qū dì tú ， shàng miàn yìn le lǚ yóu
回 這 裏 有 一 個 市 區 地 圖 ， 上 面 印 了 旅 遊

jǐng diǎn
景 點 。

Yǒu gòu wù yòng de dì tú ma
回 有 購 物 用 的 地 圖 嗎 ？

Yǒu fàn guǎnr de dì tú ma
回 有 飯 館 兒 的 地 圖 嗎 ？

Chī de fāng miàn ， nín yǒu méi yǒu shén me tè bié de yāo qiú
吃 的 方 面 ， 您 有 沒 有 甚 麼 特 別 的 要 求 ？

Bù là jiù kě yǐ
回 不 辣 就 可 以 。

Wǒ xiǎng dìng yī gè shuāng rén wèi
我 想 訂 一 個 雙 人 位 。

Gěi wǒ liú gè zuòr ， jīn tiān wǎn shang de
⇨ 給 我 留 個 座 兒 ， 今 天 晚 上 的 。

Duì bu qǐ Dìng mǎn le
回 對 不 起 。 訂 滿 了 。

Wǒ dìng le yī gè shuāng rén wèi wǎn shang qī diǎn de
我 訂 了 一 個 雙 人 位 ， 晚 上 七 點 的 。

Shì Chén xiān sheng ba
回 是 陳 先 生 吧 。

Dìng liǎng zhāng lóu xià qián pái de piào
訂 兩 張 樓 下 前 排 的 票 。

Yǒu lóu xià qián pái de zuòr ma Wǒ dìng liǎng zhāng
⇨ 有 樓 下 前 排 的 座兒 嗎 ？ 我 訂 兩 張 。

Duì bu qǐ Dìng mǎn le
回 對 不 起 。 訂 滿 了 。

2 購 物

Nín xū yào shén me
您 需 要 甚 麼 ？

Nín yǒu shén me xū yào ma
⇨ 您 有 甚 麼 需 要 嗎 ？

Ō wǒ suí biàn kàn kan
回 噢 ， 我 隨 便 看 看 。

Nín mǎi diǎnr shén me
您 買 點兒 甚 麼 ？

Nǎr mài xī zhuāng a
回 哪兒 賣 西 裝 啊 ？

Yǒu shén me tè bié yào mǎi de dōng xi ma
有 甚 麼 特 別 要 買 的 東 西 嗎 ？

Wǒ xiǎng zhǎo nǚ shì nèi yī zhuān guì
回 我 想 找 女 士 內 衣 專 櫃 。

Shōu yín chù zài nǎr
收 銀 處 在 哪兒 ？

Fù kuǎn tái zài nǎr
⇨ 付 款 枱 在 哪兒 ？

Qǐng dào zhè bian lái
回 請 到 這 邊 來 。

Zài nàr ne
回 在 那兒 呢 ！

Zhè ge kě yǐ shì chuān ma
這 個 可 以 試 穿 嗎 ？

Kě yǐ Shì yī jiān zài qián miàn
回 可 以 。 試 衣 間 在 前 面 。

Néng bāng wǒ tiāo yī tiáo nán kù ma
能 幫 我 挑 一 條 男 褲 嗎 ？

Zhèi tiáo zěn me yàng
回 這 條 怎 麼 樣 ？

Yǒu pián yi diǎnr de ma
有 便 宜 點兒 的 嗎 ？

Yǒu guì diǎnr de ma
有 貴 點兒 的 嗎 ？

Yǒu chǐ cùn shāo wēi xiǎo yī diǎnr de ma
有 尺 寸 稍 微 小 一 點兒 的 嗎 ？

Yǒu xiǎo yī diǎnr de ma
有 小 一 點兒 的 嗎 ？

Yǒu bǐ zhèi jiàn dà yī diǎnr de ma
有 比 這 件 大 一 點兒 的 嗎 ？

Yǒu shāo wēi dà yī diǎnr de ma
有 稍 微 大 一 點兒 的 嗎 ？

Zhèi zhǒng kuǎn shì hái yǒu qí tā yán sè ma
這 種 款 式 還 有 其 他 顏 色 嗎 ？

Yǒu hóng hēi hé huī sān zhǒng yán sè
回 有 紅 、 黑 和 灰 三 種 顏 色 。

Zhè zhǒng kuǎn shì yǒu hóng sè de ma
這 種 款 式 有 紅 色 的 嗎 ？

Kě yǐ gěi wǒ kàn yī xià hóng sè de ma
回 可 以 給 我 看 一 下 紅 色 的 嗎 ？

Zhè shì duō dà hào de
這 是 多 大 號 的 ？

Nà shì hào de
回 那 是 S 號 的 。

Shì shi zhèi jiàn jiù zhī dào nín chuān duō dà hào de le
回 試 試 這 件 就 知 道 您 穿 多 大 號 的 了 。

Nǐ de chèn shān shì duō dà hào de
你 的 襯 衫 是 多 大 號 的 ？

　　　　Chèn shān shì hào de
　　Ⓑ 襯 衫 是 S 號 的 。

Chǐ cùn kě yǐ gǎi ma
尺 寸 可 以 改 嗎 ？

　　　　Chǐ mǎ yǒu hé sān zhǒng
　　Ⓑ 尺 碼 有 S 、 M 和 L 三 種 。

Zhè shì shén me zhì dì de
這 是 甚 麼 質 地 的 ？

　　　　Mián zhì
　　Ⓑ 棉 質 。

Nín gǎn jué zěn me yàng
您 感 覺 怎 麼 樣 ？

　　　　Zhèi xiē xié dōu shì yī gè hào tài xiǎo le
　　Ⓑ 這 些 鞋 都 是 一 個 號 ， 太 小 了 。

Nín chuān duō dà hào de xié
您 穿 多 大 號 的 鞋 ？

　　　　Wǒ chuān sì shí èr hào bàn de
　　Ⓑ 我 穿 四 十 二 號 半 的 。

Zhèi ge duō shǎo qián
這 個 多 少 錢 ？

　　　　Sān bǎi kuài
　　Ⓑ 三 百 塊 。

Zhèi ge shì bu shì zhèng dǎ zhé
這 個 是 不 是 正 打 折 ？

　　　　Zhèi ge jiàng jià le ma
　　⇨ 這 個 降 價 了 嗎 ？

　　　　Jiàng jià bǎi fēn zhī sān shí
　　⇨ 降 價 百 分 之 三 十 。

Nín hái xū yào diǎnr shén me
您 還 需 要 點 兒 甚 麼 ？

　　　　Nín hái yǒu qí tā xū yào ma
　　⇨ 您 還 有 其 他 需 要 嗎 ？

Nín shì gěi xiàn jīn, hái shì shuā kǎ
您 是 給 現 金 , 還 是 刷 卡 ?

　　Wǒ shuā kǎ
回 我 刷 卡 。

　　Xiàn jīn
回 現 金 。

Zhè xiē yī gòng shì duō shao qián
這 些 一 共 是 多 少 錢 ?

　　Zǒng gòng duō shao qián
⇨ 總 共 多 少 錢 ?

　　Kāi zhāng fā piào
🖊 開 張 發 票 。

　　Wǒ yào yī zhāng shōu jù
🖊 我 要 一 張 收 據 。

3 付 款

🎧 5.2.03

Nín zěn me gěi qián
您 怎 麼 給 錢 ?

　　Nín shì yòng ……
⇨ 您 是 用 ……

　　Ō, wǒ yòng lǚ xíng zhī piào
回 噢 , 我 用 旅 行 支 票 。

　　Gěi xiàn jīn xíng ma
回 給 現 金 行 嗎 ?

　　Wǒ yòng xìn yòng kǎ
回 我 用 信 用 卡 。

Kě yǐ fēn qī fù kuǎn ma
可 以 分 期 付 款 嗎 ?

　　Duì bù qǐ, bù néng fēn qī fù kuǎn。 Yào yī cì quán gěi
回 對 不 起 , 不 能 分 期 付 款 。 要 一 次 全 給 。

Néng bu néng yòng měi yuán
能 不 能 用 美 元 ?

　　Nín yòng de shì yī bǎi měi yuán, děi kàn shēn fèn zhèng
回 您 用 的 是 一 百 美 元 , 得 看 身 份 證 。

Gè rén zhī piào xíng ma
個 人 支 票 行 嗎 ？

㕙 Shí zài bào qiàn　 Wǒ men bù shōu gè rén zhī piào
實 在 抱 歉 。 我 們 不 收 個 人 支 票 。

Kě yǐ shuā kǎ ma
可 以 刷 卡 嗎 ？

㕙 Rú guǒ shì wàn shì dá kǎ 　 jiù kě yǐ
如 果 是 萬 士 達 卡 ， 就 可 以 。

㕙 Zhēn duì bu qǐ　 Wǒ men bù jiē shòu xìn yòng kǎ
真 對 不 起 。 我 們 不 接 受 信 用 卡 。

4　兌　換

🔊 5.2.04

Nǎr néng pò kāi yī bǎi měi yuán na
哪 兒 能 破 開 一 百 美 元 哪 ？

㕙 Zài duì huàn chù
在 兌 換 處 。

Néng bāng wǒ bǎ zhè zhāng èr shí měi yuán de piào zi pò kāi ma
能 幫 我 把 這 張 二 十 美 元 的 票 子 破 開 嗎 ？

⇨ Huàn èr shí měi yuán de líng qián
換 二 十 美 元 的 零 錢 。

⇨ Néng bāng wǒ bǎ zhè èr shí de huàn chéng sì zhāng wǔ kuài de ma
能 幫 我 把 這 二 十 的 換 成 四 張 五 塊 的 嗎 ？

㕙 Duì bu qǐ　 líng qián yòng wán le
對 不 起 ， 零 錢 用 完 了 。

㕙 Duì bu qǐ　 wǔ kuài de yǐ jing méi yǒu le
對 不 起 ， 五 塊 的 已 經 沒 有 了 。

㕙 Shí zài bào qiàn　 wǒ men zhèr bù huàn qián
實 在 抱 歉 ， 我 們 這 兒 不 換 錢 。

Bǎ zhè zhāng shí kuài de piào zi huàn chéng gāng bèngr
把 這 張 十 塊 的 票 子 換 成 鋼 鏰 兒 。

⇨ Néng bǎ shí měi yuán de piào zi huàn chéng liǎng zhāng wǔ měi yuán
能 把 十 美 元 的 票 子 換 成 兩 張 五 美 元

de ma
的 嗎 ？

Èr shí de tài dà le　　　yǒu méi yǒu gèng xiǎo de piào zi
二 十 的 太 大 了 ， 有 沒 有 更 小 的 票 子 ？

Duì bu qǐ　　　wǒ men zuì xiǎo de piào zi jiù shì èr shí de
回 對 不 起 ， 我 們 最 小 的 票 子 就 是 二 十 的 。

Nín zhǎo wǒ wǔ shí kuài de piào zi ba
您 找 我 五 十 塊 的 票 子 吧 。

Bāng wǒ pò pò zhè zhāng wǔ shí de
⇨ 幫 我 破 破 這 張 五 十 的 。

Zhǎo nín diǎnr piào zi　　　zài dā liǎ gāng bèngr xíng ma
回 找 您 點 兒 票 子 ， 再 搭 倆 鋼 鏰 兒 行 嗎 ？

Méi nà me duō líng qián　　　nín yòng èr shí kuài qián de piào zi
回 沒 那 麼 多 零 錢 ， 您 用 二 十 塊 錢 的 票 子

zhǎo qián ba
找 錢 吧 。

5　購買文具

 5.2.05

Nín yào mǎi diǎnr shén me
您 要 買 點 兒 甚 麼 ？

Wǒ xiǎng mǎi dīng shū jī
回 我 想 買 釘 書 機 。

Wǒ xiǎng mǎi dīng shū jī de dīngr
回 我 想 買 釘 書 機 的 釘 兒 。

Wǒ xiǎng mǎi yuán zhū bǐ xīnr
回 我 想 買 圓 珠 筆 芯 兒 。

Wǒ xiǎng mǎi zì dòng qiān bǐ de qiān xīnr
回 我 想 買 自 動 鉛 筆 的 鉛 芯 兒 。

Wǒ xiǎng mǎi yī píng hēi mò shuǐr
回 我 想 買 一 瓶 黑 墨 水 兒 。

Wǒ xiǎng mǎi yuán zhū bǐ
回 我 想 買 圓 珠 筆 。

Yǒu mò shuǐr náng ma
回 有 墨 水 兒 囊 嗎 ？

Yǒu zì dòng qiān bǐ ma
回 有 自 動 鉛 筆 嗎 ？

Yǒu xìn fēng mài ma
回 有 信 封 賣 嗎 ？

Wǒ xiǎng mǎi diǎnr gǎo zhǐ
回 我 想 買 點 兒 稿 紙 。

Wǒ xiǎng mǎi xìn zhǐ
回 我 想 買 信 紙 。

Nín mǎi jǐ zhī qiān zì bǐ
您 買 幾 支 簽 字 筆 ？

Wǒ yào mǎi sān zhī qiān zì bǐ
我 要 買 三 支 簽 字 筆 。

Wǒ zhǎo yíng guāng bǐ ne
我 找 熒 光 筆 呢 。

Yǒu Yǒu sān zhǒng yán sè
有 。 有 三 種 顏 色 。

Nǐ zhǔn bèi huā duō shao qián
你 準 備 花 多 少 錢 ？

Wǒ dǎ suan huā wǔ shí kuài
我 打 算 花 五 十 塊 。

Nǐ men zhèr xiū gāng bǐ ma
你 們 這 兒 修 鋼 筆 嗎 ？

Wǒ men kě yǐ bāng nín sòng dào chǎng jiā qù xiū lǐ
我 們 可 以 幫 您 送 到 廠 家 去 修 理 。

Yǒu xiàng pí mài ma
有 橡 皮 賣 嗎 ？

Wǒ men zhèr mài jǐ zhǒng pái zi de
我 們 這 兒 賣 幾 種 牌 子 的 。

Mài biàn jiān zhǐ ma
賣 便 箋 紙 嗎 ？

Yào duō dà de
要 多 大 的 ？

Yào xìn zhǐ nà me dà de
要 信 紙 那 麼 大 的 。

Yǒu xiǎo de jì shì běn ma
有 小 的 記 事 本 嗎 ？

Zhèi zhǒng zěn me yàng
這 種 怎 麼 樣 ？

Jiù yào zhèi ge ba Hái yǒu bǐ zhèi ge gèng xiǎo de ma
就 要 這 個 吧 。 還 有 比 這 個 更 小 的 嗎 ？

Zhèi jiù shì zuì xiǎo de
這 就 是 最 小 的 。

Wǒ xiǎng mǎi yī gè zhǐ hé zi
我 想 買 一 個 紙 盒 子 。

Hǎo　　　Yǒu liǎng zhǒng guī gé de
回 好 。 有 兩 種 規 格 的 。

Kě yǐ ràng wǒ kàn yī xià ma
回 可 以 讓 我 看 一 下 嗎 ?

Nǐ men yǒu Wàn Bǎo Lóng de chǎn pǐn ma
你 們 有 萬 寶 龍 的 產 品 嗎 ?

Duì bu qǐ　　　Wǒ men zhǐ mài Pài Kè hé Xuě Fú Lóng de
回 對 不 起 。 我 們 只 賣 派 克 和 雪 弗 龍 的 。

6　在餐館

🔊 5.2.06

Qǐng gěi wǒ men yī gè shuāng rén wèi
請 給 我 們 一 個 雙 人 位 。

Shí zài bào qiàn　　 xiàn zài yǐ jing mǎn zuò le
回 實 在 抱 歉 , 現 在 已 經 滿 座 了 。

Nà xiān bāng wǒ men pái shàng duì ba
回 那 先 幫 我 們 排 上 隊 吧 。

Néng bu néng ān pái wǒ men zuò zài kào chuāng de zuò wèi
能 不 能 安 排 我 們 坐 在 靠 窗 的 座 位 ?

Qǐng zài jiǔ bā děng huìr kě yǐ ma
回 請 在 酒 吧 等 會 兒 可 以 嗎 ?

Hǎo　　 Méi guān xi
回 好 。 沒 關 係 。

Yào děng duō jiǔ
要 等 多 久 ?

Dà gài sān shí dào sì shí wǔ fēn zhōng
回 大 概 三 十 到 四 十 五 分 鐘 。

Yǒu cài dān ma
有 菜 單 嗎 ?

Kě yǐ kàn yī xià cài dān ma
⇨ 可 以 看 一 下 菜 單 嗎 ?

Gěi gè cài dānr kàn kan
⇨ 給 個 菜 單 兒 看 看 。

Jīn tiān de tè sè cài shì shén me
今 天 的 特 色 菜 是 甚 麼 ？

Nín xiàn zài diǎn cài hái shi zài děng yī xià
您 現 在 點 菜 還 是 再 等 一 下 ？

⇨ Nín kě yǐ diǎn cài le ma
您 可 以 點 菜 了 嗎 ？

Xiàn zài kě yǐ diǎn cài
現 在 可 以 點 菜 。

Qǐng zài děng yī xià
請 再 等 一 下 。

Nín hē shén me chá
您 喝 甚 麼 茶 ？

Lóng jǐng xíng ma
龍 井 行 嗎 ？

Lóng jǐng jiù lóng jǐng wú suǒ wèi
龍 井 就 龍 井 ， 無 所 謂 。

Lù chá bǐ jiào jiàn kāng Jiā mò lì huā le ma
綠 茶 比 較 健 康 。 加 茉 莉 花 了 嗎 ？

Nà wǒ hái shì gěi nín mò lì huā chá ba
那 我 還 是 給 您 茉 莉 花 茶 吧 。

Qī chá de shuǐ rè zhe diǎnr a
沏 茶 的 水 熱 着 點 兒 啊 。

Nín chī hǎo le ma
您 吃 好 了 嗎 ？

Bù cuò bù cuò wǒ men chī de tǐng gāo xìng
不 錯 不 錯 ， 我 們 吃 得 挺 高 興 。

Nín hái yǒu qí tā xū yào ma
您 還 有 其 他 需 要 嗎 ？

Méi yǒu le
沒 有 了 。

Wǒ xiǎng zài yào yī píng hóng jiǔ
我 想 再 要 一 瓶 紅 酒 。

⇨ Lái yī píng hóng pú táo jiǔ
來 一 瓶 紅 葡 萄 酒 。

Nǐ yǒu shén me tuī jiàn de ma
你 有 甚 麼 推 薦 的 嗎 ？

Wǒ xiàng nín tuī jiàn zhèi zhǒng pú táo jiǔ
🗨 我 向 您 推 薦 這 種 葡 萄 酒 。

Zài lái yī píng pú táo jiǔ
🗨 再 來 一 瓶 葡 萄 酒 。

Hóng jiǔ dào jìn bō lí píng li ba
紅 酒 倒 進 玻 璃 瓶 裏 吧 。

Yòng jiǔ bēi zhuāng hóng jiǔ
⇨ 用 酒 杯 裝 紅 酒 。

Nín yào zài jiā yī píng pí jiǔ ma
您 要 再 加 一 瓶 啤 酒 嗎 ？

Dōu yǒu shén me pái zi de
⇨ 都 有 甚 麼 牌 子 的 ？

Hái hē gāng cái nèi ge pái zi de
🗨 還 喝 剛 才 那 個 牌 子 的 。

Huàn ge pái zi
🗨 換 個 牌 子 。

Bù yòng le　　Kě yǐ le
🗨 不 用 了 。 可 以 了 。

Nǐ men yǒu něi jǐ zhǒng pí jiǔ
你 們 有 哪 幾 種 啤 酒 ？

Yǒu Qīng Dǎo　　Wǔ Xīng　　yě yǒu jìn kǒu de pí jiǔ
🗨 有 青 島 、 五 星 ， 也 有 進 口 的 啤 酒 。

Yǒu hēi pí jiǔ ma
有 黑 啤 酒 嗎 ？

Yǒu liǎng zhǒng hēi pí jiǔ
🗨 有 兩 種 黑 啤 酒 。

Yǒu shēng pí jiǔ ma
有 生 啤 酒 嗎 ？

Yǒu běn dì de shēng pí jiǔ
🗨 有 本 地 的 生 啤 酒 。

Yǒu píng zhuāng pí jiǔ ma
有 瓶 裝 啤 酒 嗎 ？

Yǒu dà píng hé xiǎo píng
🗨 有 大 瓶 和 小 瓶 。

Shàng dà píng de
🗨 上 大 瓶 的 。

Nín yào jié zhàng ma
您 要 結 賬 嗎 ？

> Jié zhàng Kě yǐ fēn kāi jié zhàng ma
> 回 結 賬 。 可 以 分 開 結 賬 嗎 ？

Nín zěn me jié zhàng shì xiàn jīn hái shi xìn yòng kǎ
您 怎 麼 結 賬 ， 是 現 金 ， 還 是 信 用 卡 ？

> Wǒ yòng xiàn jīn
> 回 我 用 現 金 。

> Zhè shì zhǎo nín de líng qián
> ☺ 這 是 找 您 的 零 錢 。

> Bāng wǒ bǎ zhèi zhāng wǔ shí de piào zi huàn chéng sì shí kuài líng
> ☺ 幫 我 把 這 張 五 十 的 票 子 換 成 四 十 塊 零
>
> qián shèng xia de shí kuài gěi nǐ dāng xiǎo fèi
> 錢 ， 剩 下 的 十 塊 給 你 當 小 費 。

> Zhè shì xiǎo fèi
> ☺ 這 是 小 費 。

Yīng gāi gěi duō shao xiǎo fèi
應 該 給 多 少 小 費 ？

> Bǎi fēn zhī shí wǔ jiù kě yǐ le
> 回 百 分 之 十 五 就 可 以 了 。

Gěi xiǎo fèi le ma
給 小 費 了 嗎 ？

> Gěi le shí kuài qián
> 回 給 了 十 塊 錢 。

7 在速食店

5.2.07

Wǒ yào liǎng gè hàn bǎo bāo
我 要 兩 個 漢 堡 包 。

> Yào fān qié jiàng hé jiè mò ma
> 回 要 番 茄 醬 和 芥 末 嗎 ？

> Yào fān qié jiàng
> ☺ 要 番 茄 醬 。

Nín shì zài zhèr chī，hái shi dài zǒu
您 是 在 這兒 吃 ， 還 是 帶 走 ？

Qǐng gěi wǒ dǎ bāo
凹 請 給 我 打 包 。

Wǒ zài zhèr chī
凹 我 在 這兒 吃 。

Jiù yào zhè xiē ma　　Hái yào bié de ma
就 要 這 些 嗎 ？ 還 要 別 的 嗎 ？

Hái yào yī bēi kě lè
凹 還 要 一 杯 可 樂 。

Jiù zhèi xiē kě yǐ le
凹 就 這 些 可 以 了 。

8 在郵局

Zuì jìn de yóu jú zài nǎr
最 近 的 郵 局 在 哪兒 ？

Zài qián mian xiàng yòu guǎi
凹 在 前 面 向 右 拐 。

Yóu tǒng zài nǎr
郵 筒 在 哪兒 ？

Zài qián mian de dà xíng bǎi huò gōng sī páng biān
凹 在 前 面 的 大 型 百 貨 公 司 旁 邊 。

Yóu piào zài něi ge chuāng kǒu mài
郵 票 在 哪 個 窗 口 賣 ？

Zài chuāng kǒu　　mǎi
凹 在 窗 口 Ａ 買 。

Zhèi fēng xìn de yóu fèi shì duō shao
這 封 信 的 郵 費 是 多 少 ？

Sān kuài
凹 三 塊 。

Zhèi fēng xìn shén me shí hou kě yǐ jì dào
這 封 信 甚 麼 時 候 可 以 寄 到 ？

Yī bān xū yào yī gè xīng qī
凹 一 般 需 要 一 個 星 期 。

這個包裹可以上保險嗎？

回 可以。請填一下這張包裹單。

給這個包裹上一千元的保險，需要多少錢？

⇨ 我想給這個包裹上一千元的保險。

要多少錢？

回 五十塊。

這封信您想怎麼寄？

回 寄快遞。

回 寄掛號信。

回 我想寄航空信。

回 我想寄平郵。

裏面裝的是甚麼？

回 是瓷器品。

請稱一下它的重量。

☺ 好的。郵費得再加十塊。

您要收據嗎？

回 不用了。

Qǐng gěi wǒ yī zhāng guó jì yóu jì huì kuǎn dān
請 給 我 一 張 國 際 郵 寄 匯 款 單 。

Gěi nǐ
🗨 給 你 。

9 在銀行

Wǒ xiǎng cóng chǔ xù zhàng hù li zhuǎn sān shí wàn zuò dìng qī
我 想 從 儲 蓄 賬 戶 裏 轉 三 十 萬 做 定 期
cún kuǎn
存 款 。

Kě yǐ Qǐng zài zhè li qiān míng
🗨 可 以 。 請 在 這 裏 簽 名 。

Wǒ de huó qī cún kuǎn hái shèng duō shao qián
我 的 活 期 存 款 還 剩 多 少 錢 ?

Tì nǐ chá yī xià Hái shèng liǎng wàn yuán
🗨 替 你 查 一 下 。 還 剩 兩 萬 元 。

Wǒ de chǔ xù zhàng hù li yǒu duō shao qián
👋 我 的 儲 蓄 賬 戶 裏 有 多 少 錢 ?

Wǒ xiǎng kāi gè huó qī zhàng hù
我 想 開 個 活 期 賬 戶 。

Qǐng gěi wǒ kàn yī xià nǐ de shēn fèn zhèng
🗨 請 給 我 看 一 下 你 的 身 份 證 。

Wǒ xiǎng kāi yī gè chǔ xù zhàng hù
👋 我 想 開 一 個 儲 蓄 賬 戶 。

Zhèi ge kě yǐ cún jìn chǔ xù zhàng hù ma
這 個 可 以 存 進 儲 蓄 賬 戶 嗎 ?

Kě yǐ
🗨 可 以 。

Wǒ xiǎng cún wǔ wàn huó qī de
👋 我 想 存 五 萬 活 期 的 。

Qǐng zài zhàng hù li cún sān wàn yuán
👋 請 在 賬 戶 裏 存 三 萬 元 。

其他要求別人服務的話

Wǒ xiǎng cóng chǔ xù zhàng hù li qǔ sān qiān kuài qián
我 想 從 儲 蓄 賬 戶 裏 取 三 千 塊 錢 。

Gè rén zhī piào kě yǐ huàn chéng xiàn jīn ma
個 人 支 票 可 以 換 成 現 金 嗎 ?

Wǒ méi shōu dào yī bǐ wǔ wàn yuán de huì kuǎn qǐng bāng wǒ
我 沒 收 到 一 筆 五 萬 元 的 匯 款 , 請 幫 我

chá yī xià
查 一 下 。

10 在火車站

5.2.10

Qǐng gěi wǒ yī zhāng qù Háng Zhōu de ruǎn wò chē piào
請 給 我 一 張 去 杭 州 的 軟 臥 車 票 。

Shí èr diǎn zhī qián kāi de huǒ chē dou mǎn le Xià wǔ liǎng
十 二 點 之 前 開 的 火 車 都 滿 了 。 下 午 兩

diǎn de chē piào nǐ yào bu yào
點 的 車 票 你 要 不 要 ?

Zài nǎr mǎi huǒ chē piào
在 哪 兒 買 火 車 票 ?

Qián mian shòu piào chù
前 面 售 票 處 。

Wǒ xià chē de chē zhàn jiào shén me zhàn míng
我 下 車 的 車 站 叫 甚 麼 站 名 ?

Dōng Chéng Zhàn
東 城 站 。

Wǒ zài něi ge zhàn xià chē hǎo ne
我 在 哪 個 站 下 車 好 呢 ?

Zǒng zhàn
總 站 。

Zhèi tàng chē wèi shén me bù àn shí fā chē
這 趟 車 為 甚 麼 不 按 時 發 車 ?

Kě néng shì jī qì gù zhàng
可 能 是 機 器 故 障 。

Xià yī tàng chē néng zhǔn shí fā chē ma
下 一 趟 車 能 準 時 發 車 嗎 ？

Shéi yě bù zhī dào
誰 也 不 知 道 。

Shàng Hǎi lái de huǒ chē jǐ diǎn dào
上 海 來 的 火 車 幾 點 到 ？

Xià wǔ sì diǎn dào
下 午 四 點 到 。

Jìn dì jǐ yuè tái
進 第 幾 月 台 ？

Zài sān hào yuè tái
在 三 號 月 台 。

Qù Fú Jiàn de huǒ chē jǐ diǎn kāi　　Zài jǐ hào yuè tái
去 福 建 的 火 車 幾 點 開 ？ 在 幾 號 月 台 ？

Huǒ chē cóng Jǐ hào yuè tái fā chē
火 車 從 幾 號 月 台 發 車 ？

Zhèi tàng chē cóng jǐ hào yuè tái kāi chū
這 趟 車 從 幾 號 月 台 開 出 ？

Jìn zhàn de yuè tái zài nǎr
進 站 的 月 台 在 哪 兒 ？

Shàng xíng xiàn de yuè tái zài nǎr　　Xià yī tàng shén me shí
上 行 綫 的 月 台 在 哪 兒 ？ 下 一 趟 甚 麼 時

hou fā chē
候 發 車 ？

Shàng wǔ shí diǎn
上 午 十 點 。

Fā chē yuè tái zài nǎr
發 車 月 台 在 哪 兒 ？

Zài duì miàn
在 對 面 。

Wǔ hào xiàn de yuè tái zài nǎ li
五 號 綫 的 月 台 在 哪 裏 ？

Wǒ yīng gāi zài zhèi zhàn xià chē ma
我 應 該 在 這 站 下 車 嗎 ？

Nǐ yào qù de dì fang zài xià yī zhàn
你 要 去 的 地 方 在 下 一 站 。

Wǒ zài něi zhàn xià chē hǎo ne
我 在 哪 站 下 車 好 呢 ？

Wǒ zài nǎr huàn diàn chē hǎo ne
我 在 哪兒 換 電 車 好 呢 ？

其他詢問火車服務的話

Zhè shì kuài chē ma
這 是 快 車 嗎 ？

Zhè shì tè kuài ma
這 是 特 快 嗎 ？

Zhè shì màn chē ma
這 是 慢 車 嗎 ？

11 乘公交車

5.2.11

Qù shì qū yīng gāi zuò duō shao lù qì chē
去 市 區 應 該 坐 多 少 路 汽 車 ？

Zuò shí yī lù chē
坐 十 一 路 車 。

Shàng Ào Yùn Cūn zuò jǐ lù chē hǎo ne
上 奧 運 村 坐 幾 路 車 好 呢 ？

Qù zhèi ge dì fang zuò zhèi liàng chē duì ma
去 這 個 地 方 ， 坐 這 輛 車 對 嗎 ？

Yǒu yuè piào mài ma
有 月 票 賣 嗎 ？

Xiàn zài méi rén mǎi yuè piào le
現 在 沒 人 買 月 票 了 。

Diàn zǐ piào wǔ shí kuài yī zhāng
電 子 票 五 十 塊 一 張 。

Shén me shì diàn zǐ piào
甚 麼 是 電 子 票 ？

Diàn zǐ chē piào gēn Xiāng Gǎng de bā dá tōng yī yàng
電 子 車 票 跟 香 港 的 八 達 通 一 樣 。

Shí yī lù duō cháng shí jiān fā yī bān chē
十 一 路 多 長 時 間 發 一 班 車 ？

Èr shí fēn zhōng yī bān
二 十 分 鐘 一 班 。

Dào Wáng Fǔ Jǐng shì duō shao qián
到 王 府 井 是 多 少 錢 ？

Sān kuài
🗨 三 塊 。

其他詢問的話

Zuò zhèi lù chē zài nǎr mǎi piào
坐 這 路 車 在 哪兒 買 票 ？

Xià yī liàng kōng tiáo chē shén me shí hou dào
下 一 輛 空 調 車 甚 麼 時 候 到 ？

Xià yī liàng wú guǐ diàn chē shén me shí hou kāi
下 一 輛 無 軌 電 車 甚 麼 時 候 開 ？

Bā shì zǒng zhàn zài nǎr
巴 士 總 站 在 哪兒 ？

---

12 乘出租車

叫出租車

Chū zū chē chē zhàn zài nǎr
出 租 車 車 站 在 哪兒 ？

Zài nǎr néng dǎ dī
⇨ 在 哪兒 能 打 的 ？

Zài bā shì zhàn qián mian
🗨 在 巴 士 站 前 面 。

Jiào yī liàng chū zū chē zuì kuài xū yào duō cháng shí jiān
叫 一 輛 出 租 車 最 快 需 要 多 長 時 間 ？

Dà gài shí fēn zhōng ba
🗨 大 概 十 分 鐘 吧 。

Jiào liàng chū zū chē ràng tā shí fēn zhōng hòu dào
🗨 叫 輛 出 租 車 ， 讓 他 十 分 鐘 後 到 。

Jiào liǎng liàng qù jī chǎng de chū zū chē
🗨 叫 兩 輛 去 機 場 的 出 租 車 。

Mǎ shàng bāng wǒ jiào yī liàng chū zū chē
🗨 馬 上 幫 我 叫 一 輛 出 租 車 。

283

向出租車司機詢問及回答詢問

Nín qù nǎr
您 去 哪兒 ？

　　Sòng wǒ qù zhèi ge dì zhǐ
　　🗣 送 我 去 這 個 地 址 。

Kě yǐ zǒu gāo sù lù ma
可 以 走 高 速 路 嗎 ？

　　Gāo sù lù dǔ chē
　　🗣 高 速 路 堵 車 。

Cóng zhèr dào Jūn Yuè Jiǔ Diàn xū yào duō cháng shí jiān
從 這兒 到 君 悅 酒 店 需 要 多 長 時 間 ？

　　Dà gài shí wǔ fēn zhōng
　　🗣 大 概 十 五 分 鐘 。

Nín shì bu shì mí lù le
您 是 不 是 迷 路 了 ？

　　Méi yǒu
　　🗣 沒 有 。

　　Zhè tiáo lù duì ma
　　🗣 這 條 路 對 嗎 ？

Chē fèi shì duō shao qián
車 費 是 多 少 錢 ？

　　Èr shí kuài
　　🗣 二 十 塊 。

　　Bù dǎ biǎo kě yǐ pián yi diǎnr　　dàn méi fā piào
　　🗣 不 打 錶 可 以 便 宜 點兒 ， 但 沒 發 票 。

　　Qù Zhōng Guó Dà Jiǔ Diàn yào duō shao qián
　　🗣 去 中 國 大 酒 店 要 多 少 錢 ？

Nín yǒu líng qián ma
您 有 零 錢 嗎 ？

　　Méi yǒu
　　🗣 沒 有 。

　　Gěi nǐ　　Bù yòng zhǎo qián
　　🗣 給 你 。 不 用 找 錢 。

Yòng bù yòng wǒ bāng nín ná xíng li
用 不 用 我 幫 您 拿 行 李 ？

Bù yòng le xiè xie
㊁ 不 用 了 ， 謝 謝 。

其他詢問的話

Néng kāi màn diǎnr ma
能 開 慢 點兒 嗎 ？

Wǔ shí yuán néng zhǎo kāi ma
五 十 元 能 找 開 嗎 ？

Zhǎo de qián duì ma
找 的 錢 對 嗎 ？

Wǒ yào fā piào
我 要 發 票 。

13 租汽車

Yī gōng lǐ duō shao qián
一 公 里 多 少 錢 ？

Shí kuài qián qǐ jià sān gōng lǐ yǐ hòu měi gōng lǐ liǎng
㊁ 十 塊 錢 起 價 ， 三 公 里 以 後 每 公 里 兩

kuài wǔ
塊 五 。

Néng bu néng gěi wǒ men gōng sī tè bié yōu huì
能 不 能 給 我 們 公 司 特 別 優 惠 ？

Rú guǒ zū yī gè lǐ bài kě yǐ yǒu zhé kòu
㊁ 如 果 租 一 個 禮 拜 ， 可 以 有 折 扣 。

Rú guǒ zū yī gè lǐ bài zū fèi kě yǐ pián yi diǎnr
㊁ 如 果 租 一 個 禮 拜 ， 租 費 可 以 便 宜 點兒 。

Zū fèi yī tiān duō shao qián
租 費 一 天 多 少 錢 ？

Zū chē yī tiān sān bǎi èr shí kuài
㊁ 租 車 一 天 三 百 二 十 塊 。

Zū fèi li dài bǎo xiǎn ma
㊂ 租 費 裏 帶 保 險 嗎 ？

Dài bǎo xiǎn
㊁ 帶 保 險 。

Chú le nín hái yǒu shéi kāi chē
除 了 您 還 有 誰 開 車 ？

Wǒ tài tai
回 我 太 太 。

Qǐng dēng jì yī xià
⟲ 請 登 記 一 下 。

Huán chē de shí hou qǐng bǎ yóu xiāng jiā mǎn
回 還 車 的 時 候 請 把 油 箱 加 滿 。

其他詢問的話

Huán chē dì diǎn shì nǎr
還 車 地 點 是 哪 兒 ？

Zhèi jiā zū chē gōng sī de diàn huà ne
這 家 租 車 公 司 的 電 話 呢 ？

Zhōng xíng chē kě yǐ zū yī gè xīng qī ma
中 型 車 可 以 租 一 個 星 期 嗎 ？

14 停 車

🔊 5.2.14

Nǎr kě yǐ tíng chē
哪 兒 可 以 停 車 ？

Kě yǐ tíng zài nàr
回 可 以 停 在 那 兒 。

Zhèr néng tíng chē ma
這 兒 能 停 車 嗎 ？

Zhèr kě yǐ tíng shí wǔ fēn zhōng
回 這 兒 可 以 停 十 五 分 鐘 。

Zhèi dì fāng shén me shí hou dōu bù néng tíng chē
回 這 地 方 甚 麼 時 候 都 不 能 停 車 。

Zài zhèr tíng chē huì bèi tuō zǒu de
回 在 這 兒 停 車 會 被 拖 走 的 。

Zhèr bù ràng tíng chē
這 兒 不 讓 停 車 。

Bié bǎ chē tíng zhèr
⇨ 別 把 車 停 這 兒 。

Wǒ méi zhǎo dào tíng chē chǎng
回 我 沒 找 到 停 車 場 。

Zhèr shì gěi cán jí rén yòng de
🎨 這兒 是 給 殘 疾 人 用 的 。

Zhèr děi yǒu xǔ kě zhèng cái néng yòng
🎨 這兒 得 有 許 可 證 才 能 用 。

Zhèr shì yuán gōng zhuān yòng de
🎨 這兒 是 員 工 專 用 的 。

Zhèr shì qì chē jìn tíng qū
🎨 這兒 是 汽 車 禁 停 區 。

Nǐ bǎ chē tíng zài nǎr le
你 把 車 停 在 哪兒 了 ？

Tíng zài mǎ lù biānr shàng le
🕑 停 在 馬 路 邊兒 上 了 。

Tíng chē fèi shì duō shao
停 車 費 是 多 少 ？

Yī gè zhōng tóu liù kuài
🕑 一 個 鐘 頭 六 塊 。

Dào nǎ li jiāo qián
🕓 到 哪 裏 交 錢 ？

Shàng nèi biānr jiāo qián qù   Nǐ děi dài diǎnr líng qián
🕑 上 那 邊兒 交 錢 去 。 你 得 帶 點兒 零 錢 。

15 汽車出故障

🔊 5.2.15

Nǐ de qì chē chū shén me wèn tí le ma
你 的 汽 車 出 甚 麼 問 題 了 嗎 ？

Chē tāi bào le
🕑 車 胎 爆 了 。

Fā dòng jī de shēng yīn yǒu diǎnr bù duì jìnr
🕑 發 動 機 的 聲 音 有 點兒 不 對 勁兒 。

Qì yóu bù gòu le
🕑 汽 油 不 夠 了 。

Xù diàn chí yǒu wèn tí
🕑 蓄 電 池 有 問 題 。

Wǒ de chē shuǐ wēn tài gāo le
🕑 我 的 車 水 溫 太 高 了 。

其他求助的話

Néng diào yī tái qiān yǐn chē guò lái ma
能 調 一 台 牽 引 車 過 來 嗎 ？

Jǐn jí qiú zhù diàn huà zài nǎr
緊 急 求 助 電 話 在 哪 兒 ？

Zuì jìn de qì chē xiū lǐ chǎng zài nǎr
最 近 的 汽 車 修 理 廠 在 哪 兒 ？

16 違規停車

5.2.16

Wéi zhāng tíng chē　 Jiāo tíng chē fá kuǎn
違 章 停 車 。 交 停 車 罰 款 ！

Xià huí bù gǎn le　 nín gāo tái guì shǒu fàng le wǒ ba
下 回 不 敢 了 ， 您 高 抬 貴 手 放 了 我 吧 。

Fá duō shuu qián
罰 多 少 錢 ？

Fá èr bǎi wǔ　 Kuài bǎ chē kāi zǒu
罰 二 百 五 。 快 把 車 開 走 。

17 交通違章

5.2.17

Nǐ yǒu nèi dì de jià shǐ zhí zhào ma
你 有 內 地 的 駕 駛 執 照 嗎 ？

Méi yǒu　 Bù guò　 wǒ yǒu Měi Guó de jià zhào
沒 有 。 不 過 ， 我 有 美 國 的 駕 照 。

Qǐng chū shì nǐ de jià shǐ zhí zhào
請 出 示 你 的 駕 駛 執 照 。 （內地警察指定用語。）

Wǒ chāo sù le ma
我 超 速 了 嗎 ？

Nǐ chāo sù sān shí èr gōng lǐ　 Zhè shì chāo sù xíng shǐ de
你 超 速 三 十 二 公 里 。 這 是 超 速 行 駛 的

fá kuǎn tōng zhī dān
罰 款 通 知 單 。

Jiào nǐ tíng chē shì yīn wèi nǐ chāo sù jià shǐ　 zhī dào ma
叫 你 停 車 是 因 為 你 超 速 駕 駛 ， 知 道 嗎 ？

Chāo sù jià shǐ fá duō shao qián
超 速 駕 駛 罰 多 少 錢 ？

Nǐ yào jiāo liǎng bǎi kuài fá kuǎn
你 要 交 兩 百 塊 罰 款 ！

Shàng nǎr jiāo fá kuǎn qù ya
上 哪兒 交 罰 款 去 呀 ？

Gōng ān jú jiāo tōng dà duì
公 安 局 交 通 大 隊 。

其 他

Qǐng chū shì nǐ de yàn chē zhèng
請 出 示 你 的 驗 車 證 。

Zhèi liàng chē shì shéi de   Zhè shì zū de
這 輛 車 是 誰 的 ？ 這 是 租 的 。

18 關於駕駛執照

 5.2.18

Nǐ yǒu jià shǐ zhí zhào ma
你 有 駕 駛 執 照 嗎 ？

Wǒ yǒu guó jì jià shǐ zhí zhào
我 有 國 際 駕 駛 執 照 。

Wǒ yǒu Zhōng Guó de jià zhào
我 有 中 國 的 駕 照 。

Nǐ de jià shǐ zhí zhào shén me shí hou dào qī
你 的 駕 駛 執 照 甚 麼 時 候 到 期 ？

Jīn nián shí yī yuè dào qī
今 年 十 一 月 到 期 。

Nǐ de jià zhào hào mǎ shì duō shao
你 的 駕 照 號 碼 是 多 少 ？

Wǒ xiǎng kǎo jià shǐ zhí zhào
我 想 考 駕 駛 執 照 。

Kǎo jià zhào zhī qián   xiān děi xué   jiāo guī   jiù
考 駕 照 之 前 ， 先 得 學 " 交 規 " —— 就

shì jiāo tōng fǎ guī
是 交 通 法 規 。

Xiān bǐ shì   zài lù kǎo   má fan zhe ne
先 筆 試 ， 再 路 考 ， 麻 煩 着 呢 。

19 交通事故

5.2.19

Dǔ chē le
堵 車 了 。

Zhèr gāng zhuàng chē le
巴 這兒 剛 撞 車 了 。

Nèi liàng chē zhuàng wán rén pǎo le
那 輛 車 撞 完 人 跑 了 。

Kuài jiào jiù hù chē Kuài
巴 快 叫 救 護 車 ! 快 !

Qǐng gǎn kuài jiào jiù hù chē lái
巴 請 趕 快 叫 救 護 車 來 !

Nǐ méi shì ba
你 沒 事 吧 ？

Nǐ xū yào bāng zhù ma
⇨ 你 需 要 幫 助 嗎 ？

Wǒ yào zhǎo jǐng chá
巴 我 要 找 警 察 。

Wǒ xiǎng gěi qì chē bǎo xiǎn gōng sī dǎ diàn huà
巴 我 想 給 汽 車 保 險 公 司 打 電 話 。

Yǒu rén shòu shāng ma
有 人 受 傷 嗎 ？

Yǒu liǎng gè rén shòu le zhòng shāng
巴 有 兩 個 人 受 了 重 傷 。

20 行車路綫

5.2.20

Láo jià gào su wǒ nèi ge dì fang kāi chē zěn me qù ya
勞 駕 告 訴 我 ， 那 個 地 方 開 車 怎 麼 去 呀 ？

Nín néng bu néng gào su wǒ dào zhè ge dì fang qù gāi zěn
⇨ 您 能 不 能 告 訴 我 ， 到 這 個 地 方 去 該 怎
me zǒu
麼 走 ？

Qǐng gào su wǒ xíng chē lù xiàn
⇨ 請 告 訴 我 行 車 路 綫 。

Cóng xià gè chū kǒu chū qu
巴 從 下 個 出 口 出 去 。

第五部分 · 交通事故 行車路綫

在第二個十字路口向右拐。

一直往前開兩公里，之後往左拐。

麻煩您告訴我，我現在在哪兒呢？這兒有地圖。

你在華中路。

去重慶市應該走哪條高速路？

走七十九號高速路。

去天津是走這條高速路嗎？

去那兒要用多長時間？

差不多二十分鐘吧。

其他

請把去你們工廠的地圖傳真給我。

您能幫我畫一張這附近的地圖嗎？

21 在加油站

Yào jiā mǎn ma
要 加 滿 嗎 ？

Jiā mǎn
🗨 加 滿 。

Jiā mǎn pǔ tōng wú qiān qì yóu
🗨 加 滿 普 通 無 鉛 汽 油 。

要求其他服務的話

Zuì jìn de jiā yóu zhàn zài nǎr
最 近 的 加 油 站 在 哪兒 ？

Zhè fù jìn yǒu xǐ chē chǎng ma
這 附 近 有 洗 車 場 嗎 ？

Bāng wǒ kàn yī xià hái yǒu duō shao yóu
幫 我 看 一 下 還 有 多 少 油 ？

Néng gěi wǒ huàn yī xià fā dòng jī yóu ma
能 給 我 換 一 下 發 動 機 油 嗎 ？

Néng bāng wǒ cā yī xià dǎng fēng bō lí ma
能 幫 我 擦 一 下 擋 風 玻 璃 嗎 ？

Néng bāng wǒ jiā diǎnr guā shuǐ qì de qīng jié yè ma
能 幫 我 加 點兒 刮 水 器 的 清 潔 液 嗎 ？

Kě yǐ gěi wǒ cè yī xià lún tāi de qì yā ma
可 以 給 我 測 一 下 輪 胎 的 氣 壓 嗎 ？

Yóu qiāng zěn me yòng a　　Shéi jiāo jiao wǒ
油 槍 怎 麼 用 啊 ？ 誰 教 教 我 ？

22 看 病

Nǐ nǎr bù shū fu a
你 哪兒 不 舒服 啊 ？

⟹ Nǐ nǎr téng a
你 哪兒 疼 啊 ？

Wǒ yá téng
我 牙 疼 。

Wǒ de tóu hěn téng
我 的 頭 很 疼 。

Hòu bèi
後 背 。

Zěn me gè téng fǎr
怎 麼 個 疼 法兒 ？

Tè bié téng
特 別 疼 。

Téng duō cháng shí jiān le
疼 多 長 時 間 了 ？

Yǐ jing yī gè lǐ bài le
已 經 一 個 禮 拜 了 。

Nǐ fā shāo ma   Dà biàn tōng chàng ma
你 發 燒 嗎 ？ 大 便 通 暢 嗎 ？

Méi fā shāo   Dà biàn tōng chàng
沒 發 燒 。 大 便 通 暢 。

Wǒ gěi nǐ kāi gè chǔ fāng ba
我 給 你 開 個 處 方 吧 。

Shì bu shì zhèng zuò zhe yào wù zhì liáo ne
是 不 是 正 做着 藥 物 治 療 呢 ？

Zhèng chī jiàng yā yào ne   méi bié de
正 吃 降 壓 藥 呢 ， 沒 別 的 。

Wǒ gěi nǐ tuī jiàn yī jiā yī yuàn ba
我 給 你 推 薦 一 家 醫 院 吧 。

Nǐ duì shén me guò mǐn ma
你 對 甚 麼 過 敏 嗎 ？

Wǒ duì huā fěn guò mǐn
我 對 花 粉 過 敏 。

III. 常用社交對話

1 退休、提前退休

5.3.01

Nín tuì xia lai le　　hǎo shìr a
您 退 下 來 了 ， 好 事 兒 啊 ！

　Nín tuì xiū le　　Gōng xǐ gōng xǐ
➡ 您 退 休 了 ？ 恭 喜 恭 喜 ！

　Nǐ zhè me nián qīng jiù tuì xiū　　tài zǎo le
你 這 麼 年 輕 就 退 休 ， 太 早 了 。

　Tuì xiū shēng huó yú kuài ma
退 休 生 活 愉 快 嗎 ？

　Wǒ tuì xiū hòu de shēng huó hěn yú kuài
我 退 休 後 的 生 活 很 愉 快 。

　Wǒ hòu huǐ tuì xiū le
我 後 悔 退 休 了 。

Nǐ duì tí qián tuì xiū jì huà gǎn xìng qù ma
你 對 提 前 退 休 計 劃 感 興 趣 嗎 ？

　Wǒ xiǎng tí qián tuì xiū
我 想 提 前 退 休 。

Wǒ kě yǐ lǐng duō shao tuì xiū jīn
我 可 以 領 多 少 退 休 金 ？

　Nǐ yī nián kě yǐ lǐng sān wàn lái kuài qián
你 一 年 可 以 領 三 萬 來 塊 錢 。

Yào shi tí qián tuì xiū　　kě yǐ bǔ zhù duō shao qián
要 是 提 前 退 休 ， 可 以 補 助 多 少 錢 ？

　Kě yǐ lǐng xiāng dāng yú liù gè yuè gōng zī é de bǔ zhù
可 以 領 相 當 於 六 個 月 工 資 額 的 補 助 。

Wèi le tuì xiū hòu bù chóu chī hē　　wǒ xiàn zài bì xū duō
為 了 退 休 後 不 愁 吃 喝 ， 我 現 在 必 須 多
zhèng qián　　duō tóu zī
掙 錢 ， 多 投 資 。

　Nǐ shén me shí hou tuì xiū
你 甚 麼 時 候 退 休 ？

　Wǒ liǎng nián hòu tuì xiū
我 兩 年 後 退 休 。

Wǒ wǔ shí wǔ suì tuì xiū
我 五 十 五 歲 退 休 。

2 結 婚

5.3.02

Nǐ shén me shí hou bàn xǐ shì
你 甚 麼 時 候 辦 喜 事 ？

Wǒ men dǎ suan shí yuè shí hào bàn xǐ shì
我 們 打 算 十 月 十 號 辦 喜 事 。

Hūn lǐ zài nǎr bàn ne
婚 禮 在 哪 兒 辦 呢 ？

Hái méi dìng
還 沒 定 。

Nǐ xiǎng yào shén me yàng de jié hūn lǐ wù ne
你 想 要 甚 麼 樣 的 結 婚 禮 物 呢 ？

Sòng wǒ yī gè cān jù guì zuò jié hūn lǐ wù ba
送 我 一 個 餐 具 櫃 作 結 婚 禮 物 吧 。

Nǐ xiǎng gǎo yī gè zěn yàng de hūn lǐ
你 想 搞 一 個 怎 樣 的 婚 禮 ？

Wǒ xiǎng gǎo yī gè jiǎn pǔ de hūn lǐ
我 想 搞 一 個 簡 樸 的 婚 禮 。

Wǒ xiǎng bàn yī gè shèng dà de hūn lǐ
我 想 辦 一 個 盛 大 的 婚 禮 。

Hūn lǐ wǒ xiǎng dī diào diǎnr
婚 禮 我 想 低 調 點 兒 。

Wǒ xiǎng zài jiào táng jǔ xíng jié hūn yí shì
我 想 在 教 堂 舉 行 結 婚 儀 式 。

Nǐ zhǔn bèi qǐng duō shao rén cān jiā hūn lǐ
你 準 備 請 多 少 人 參 加 婚 禮 ？

Wǒ men zhǔn bèi qǐng yī bǎi rén zuǒ yòu
我 們 準 備 請 一 百 人 左 右 。

Néng cān jiā nǐ men de hūn lǐ wǒ tè bié gāo xìng
能 參 加 你 們 的 婚 禮 我 特 別 高 興 。

Jié hūn de qián shéi chū
結 婚 的 錢 誰 出 ？

Nǚ ér jié hūn de suǒ yǒu kāi xiāo dōu yóu wǒ men chū
女 兒 結 婚 的 所 有 開 銷 ， 都 由 我 們 出 。

Jīn tiān shì wǒ men jié hūn shí zhōu nián de jì niàn rì
今 天 是 我 們 結 婚 十 週 年 的 紀 念 日 。

Jīn tiān wǒ men yào qìng zhù jié hūn shí zhōu nián
⇨ 今 天 我 們 要 慶 祝 結 婚 十 週 年 。

Nǐ men jié hūn shí nián le　　gōng xǐ gōng xǐ
🗨 你 們 結 婚 十 年 了 ， 恭 喜 恭 喜 。

Huì zěn yàng qìng zhù
🗨 會 怎 樣 慶 祝 ？

Wǒ men zhǔn bèi qù Ōu Zhōu lǚ xíng
🗨 我 們 準 備 去 歐 洲 旅 行 。

其 他

Wǒ fù mǔ zhōu mò gǎo yín hūn qìng diǎn
我 父 母 週 末 搞 銀 婚 慶 典 。

Wǒ yuè fù yuè mǔ xià gè yuè yào gǎo jīn hūn qìng diǎn
我 岳 父 岳 母 下 個 月 要 搞 金 婚 慶 典 。

Nín ér zi zǒu le　　　 wǒ men biǎo shì āi dào
您 兒 子 走 了 ， 我 們 表 示 哀 悼 。

Nín ér zi qù shì le　　　 wǒ men hěn nán guò
⇨ 您 兒 子 去 世 了 ， 我 們 很 難 過 。

Nín tài tai rén nà me hǎo　　 āi　　 shuō méi jiù méi le
您 太 太 人 那 麼 好 ， 哎 ， 説 沒 就 沒 了 ，

wǒ zhēn tì nín nán guò　　Yǒu shén me xū yào jiù shuō
我 真 替 您 難 過 。 有 甚 麼 需 要 就 説 。

Xiè xie guān xīn
🗨 謝 謝 關 心 。

5 興趣愛好

Nǐ de xìng qù shì shén me
你 的 興 趣 是 甚 麼 ？

Nǐ yǒu shén me ài hào ma
⇨ 你 有 甚 麼 愛 好 嗎 ？

Nǐ zài gōng zuò zhī yú yǒu shén me ài hào ma
⇨ 你 在 工 作 之 餘 有 甚 麼 愛 好 嗎 ？

Wǒ xǐ huan bàng qiú
⮡ 我 喜 歡 棒 球 。

Wǒ xǐ huan zú qiú
⮡ 我 喜 歡 足 球 。

Wǒ xǐ huan lǚ yóu
⮡ 我 喜 歡 旅 遊 。

Wǒ xǐ huan mǎi dōng xi   wánr chōng làng
⮡ 我 喜 歡 買 東 西 ， 玩 兒 衝 浪 。

Xià bān yǐ hòu wǒ xǐ huan tán tán gāng qín   kàn kan shū
⮡ 下 班 以 後 我 喜 歡 彈 彈 鋼 琴 ， 看 看 書 。

Wǒ méi yǒu shén me tè shū de ài hào
⮡ 我 沒 有 甚 麼 特 殊 的 愛 好 。

6 打高爾夫球

Zhèi ge zhōu mò nǐ yuē rén le ma
這 個 週 末 你 約 人 了 嗎 ？

Méi yǒu
⮡ 沒 有 。

Xīng qī liù qù dǎ gāo ěr fū qiú zěn me yàng
星 期 六 去 打 高 爾 夫 球 怎 麼 樣 ？

Xīng qī liù qù dǎ gāo ěr fū qiú qù ba
⇨ 星 期 六 去 打 高 爾 夫 球 去 吧 。

Tài hǎo la
⮡ 太 好 啦 。

Dǎ shí bā dòng de guǒ lǐng fèi shì duō shao
打 十 八 洞 的 果 領 費 是 多 少 ？

Shì sān shí měi yuán
⮡ 是 三 十 美 元 。

Dǎ jiǔ dòng de guǒ lǐng fèi shì duō shao
打 九 洞 的 果 領 費 是 多 少 ？

Shì shí èr měi yuán
回 是 十 二 美 元 。

Yǒu qiú gǎn chū zū ma
有 球 桿 出 租 嗎 ？

Yǒu　　 Nín shì yòng yòu shǒu ba
回 有 。 您 是 用 右 手 吧 ？

Nǐ yòng de shì jǐ hào gǎn
你 用 的 是 幾 號 桿 ？

Wǒ yòng de shì sān hào gǎn
回 我 用 的 是 三 號 桿 。

Nǐ zuì hòu yī dòng de chéng jì shì duō shao
你 最 後 一 洞 的 成 績 是 多 少 ？

Wǒ píng le biāo zhǔn gǎn
回 我 平 了 標 準 桿 。

Wǒ bǐ biāo zhǔn gǎn dī yī gǎn
回 我 比 標 準 桿 低 一 桿 。

Nǐ zhè yī dòng de chéng jì shì duō shao
你 這 一 洞 的 成 績 是 多 少 ？

Wǒ shì yī gǎn jìn dòng
回 我 是 一 桿 進 洞 。

Nǐ men shì èr rén zǔ ma　　　Rú guǒ shì de huà　　　 kě fǒu
你 們 是 二 人 組 嗎 ？ 如 果 是 的 話 ， 可 否
ràng wǒ cān jiā jìn lái
讓 我 參 加 進 來 ？

Kě yǐ　　　 Dàn wǒ kě yǐ xiān dǎ wán zhè dòng ma
回 可 以 。 但 我 可 以 先 打 完 這 洞 嗎 ？

Nǐ yòng de qiú shì shén me pái zi de
你 用 的 球 是 甚 麼 牌 子 的 ？

Wǒ zài yòng　　　 hào gǎn
回 我 在 用 Title 號 桿 。

Zhè ge dòng de biāo zhǔn gǎn shì duō shao gǎn
這 個 洞 的 標 準 桿 是 多 少 桿 ？

Zhè shì gè sān gǎn dòng
這 是 個 三 桿 洞 。

球場設施及讚賞擊球技術

Zhè ge gāo ěr fū qiú chǎng yǒu duō dà
這 個 高 爾 夫 球 場 有 多 大 ？

Qiú huì de huì guǎn zài nǎ li
球 會 的 會 館 在 哪 裏 ？

Wèi shēng jiān zài nǎr
衛 生 間 在 哪 兒 ？

Xià yī gè fā qiú tái zài nǎr
下 一 個 發 球 台 在 哪 兒 ？

Nǐ yǐ jing kāi qiú le ma
你 已 經 開 球 了 嗎 ？

Zhè shì nǐ de qiú ma
這 是 你 的 球 嗎 ？

Wǒ dé dào le shuāng lǎo yīng qiú
我 得 到 了 雙 老 鷹 球 。

Wǒ ná xià le lǎo yīng qiú
我 拿 下 了 老 鷹 球 。

Wǒ dǎ chū le xiǎo niǎo qiú
我 打 出 了 小 鳥 球 。

Wǒ chāo yī jī le
我 超 一 擊 了 。

Wǒ chāo shuāng jī le
我 超 雙 擊 了 。

Wǒ chāo sān jī le
我 超 三 擊 了 。

Nǐ de píng jūn gǎn shù shì duō shao
你 的 平 均 桿 數 是 多 少 ？

Nǐ de zǒng chéng jì shì duō shao
你 的 總 成 績 是 多 少 ？

Shéi yíng le zhè yī dòng
誰 贏 了 這 一 洞 ？

Zhè yī gǎn dǎ de hǎo
這 一 桿 打 得 好 ！

Fēi cháng hǎo de gāo dù
非 常 好 的 高 度 ！

Fēi cháng hǎo de qiè qiú
非 常 好 的 切 球 ！

Wán měi de xiǎo niǎo qiú
完 美 的 小 鳥 球 ！

Biāo zhǔn gǎn　Zhèi gǎn dǎ de hěn hǎo
標 準 桿 ！ 這 桿 打 得 很 好 。

7　邀請赴宴

5.3.07

Nǐ zhèi ge lǐ bài liù de wǎn shang yǒu kòng ma
你 這 個 禮 拜 六 的 晚 上 有 空 嗎 ？

　Wǒ xīng qī liù yǒu kòng
回 我 星 期 六 有 空 。

　Zhèi xīng qī liù wǒ men yī qǐ chī fàn hǎo ma
回 這 星 期 六 我 們 一 起 吃 飯 好 嗎 ？

　Hǎo de
回 好 的 。

Jīn tiān wǎn shang yǒu gè jù huì ，　nǐ bù qù ma
今 天 晚 上 有 個 聚 會 ， 你 不 去 嗎 ？

　Bào qiàn，　wǒ yuē le rén le
回 抱 歉 ， 我 約 了 人 了 。

Lǐ bài wǔ，　wǒ xiǎng qǐng nǐ shàng wǒ men jiā wánr qu
禮 拜 五 ， 我 想 請 你 上 我 們 家 玩 兒 去 。

　Xiè xie nín qǐng wǒ qù
回 謝 謝 您 請 我 去 。

Rú guǒ nín yǒu shí jiān，　wǒ xiǎng qǐng nín shàng wǒ men jiā
如 果 您 有 時 間 ， 我 想 請 您 上 我 們 家
qù zuò zuo
去 坐 坐 。

　Wǒ xià gè xīng qī liù yǒu shí jiān
回 我 下 個 星 期 六 有 時 間 。

Wǎn shang hǎo！　Xiè xie nín qǐng wǒ lái
晚 上 好 ！ 謝 謝 您 請 我 來 。

　Huān yíng huān yíng　Qǐng jìn， qǐng jìn
回 歡 迎 歡 迎 ！ 請 進 ， 請 進 ！

Nín hē diǎnr shén me
您 喝 點兒 甚 麼 ？

    Gěi wǒ yī diǎnr pí jiǔ ba
    回 給 我 一 點兒 啤 酒 吧 。

Nín zuò de cài zhēn hǎo chī
您 做 的 菜 真 好 吃 。

    Guò jiǎng guò jiǎng xiè xie xiè xie
    回 過 獎 過 獎 ， 謝 謝 ， 謝 謝 。

    Sǎo zi de shǒu yì bù cuò ya
    🎨 嫂 子 的 手 藝 不 錯 呀 ！

Zài gěi nín tiān yī wǎn fàn ba
再 給 您 添 一 碗 飯 吧 ？

    Wǒ zì jǐ lái ba
    回 我 自 己 來 吧 。

    Yī diǎnr jiù gòu
    回 一 點兒 就 夠 。

    Wǒ yào yī diǎnr
    回 我 要 一 點兒 。

    Zhēn duì bu qǐ wǒ shí zài chī bu xià le
    回 真 對 不 起 ， 我 實 在 吃 不 下 了 。

    Zài lái yī bēi pú táo jiǔ zěn me yàng
    🎨 再 來 一 杯 葡 萄 酒 怎 麼 樣 ？

    Zài tiān yī diǎnr tāng zěn me yàng
    🎨 再 添 一 點兒 湯 怎 麼 樣 ？

    Zài lái yī diǎnr shuǐ guǒ hǎo bu hǎo
    🎨 再 來 一 點兒 水 果 好 不 好 ？

Fàn cài yǐ jing zhǔn bèi hǎo le
飯 菜 已 經 準 備 好 了 。

    Nín suí biàn bié kè qi
    回 您 隨 便 ， 別 客 氣 。

Nín chī hǎo le ma
您 吃 好 了 嗎 ？

    Xiè xie yǐ jing hěn bǎo le
    回 謝 謝 ， 已 經 很 飽 了 。

Wǒ dài nín cān guān yī xià wǒ men jiā ba
我 帶 您 參 觀 一 下 我 們 家 吧 。

Nín de jiā zhēn piào liang a
回 您 的 家 真 漂 亮 啊 !

Wǒ néng yòng yī xià xǐ shǒu jiān ma
我 能 用 一 下 洗 手 間 嗎 ?

Hǎo Nín shùn zhe zǒu láng wǎng qián zǒu yòu biānr dì èr gè
回 好 。 您 順 着 走 廊 往 前 走 , 右 邊 兒 第 二 個

mén jiù shì Nín yòng wán hòu qǐng bǎ mén kāi zhe jiù xíng
門 就 是 。 您 用 完 後 , 請 把 門 開 着 就 行

le
了 。

8 邀請喝酒

Jīn tiān wǎn shang hē yī bēi qù ba
今 天 晚 上 喝 一 杯 去 吧 。

Hǎo a Hē diǎnr qù
回 好 啊 。 喝 點 兒 去 。

Míng tiān wǎn shang qù hē yī bēi zěn me yàng
明 天 晚 上 去 喝 一 杯 怎 麼 樣 ?

Hǎo zhǔ yi
回 好 主 意 。

Kè qi huà bù yòng shuō le Lái gān bēi
客 氣 話 不 用 説 了 。 來 , 乾 杯 !

Gān bēi Wǒ xiān yǐn wéi jìng Gān
回 乾 杯 ! 我 先 飲 為 敬 。 乾 !

Gān le Wǒ qǐng nǐ hē yī bēi
回 乾 了 ! 我 請 你 喝 一 杯 。

Wèi le nǐ gān bēi
為 了 你 , 乾 杯 !

Gān le tā
回 乾 了 它 !

Zhù nǐ chéng gōng gān
祝 你 成 功 , 乾 !

Zhù zán men chéng gōng gān bēi
祝 咱 們 成 功 , 乾 杯 !

Zài lái yī bēi pí jiǔ zěn me yàng
再 來 一 杯 啤 酒 怎 麼 樣 ？

Bù yòng le   kě yǐ le
己 不 用 了 ， 可 以 了 。

Yǐ jing hē de hěn duō le   Zán men hē zuì hòu yī bēi ba
己 已 經 喝 得 很 多 了 。 咱 們 喝 最 後 一 杯 吧 。

9 與外國人交流

 5.3.09

Nín shì dì yī cì lái zhèr ma
您 是 第 一 次 來 這 兒 嗎 ？

Bù   shì dì èr cì
己 不 ， 是 第 二 次 。

Nín zài zhè zhī qián lái guò Zhōng Guó duō shao cì le
您 在 這 之 前 來 過 中 國 多 少 次 了 ？

Hǎo jǐ cì le
己 好 幾 次 了 。

Nǐ duì Zhōng Guó de yìn xiàng zěn me yàng
你 對 中 國 的 印 象 怎 麼 樣 ？

Fēi cháng měi
己 非 常 美 。

Nǐ jué dé Zhōng Guó rén zěn me yàng
你 覺 得 中 國 人 怎 麼 樣 ？

Wǒ jué de dà jiā dōu hěn rè qíng
己 我 覺 得 大 家 都 很 熱 情 。

Nǐ jué de Hán Guó zěn me yàng
你 覺 得 韓 國 怎 麼 樣 ？

Shì gè hěn tuán jié de guó jiā
己 是 個 很 團 結 的 國 家 。

Nǐ duì Shàng Hǎi de dì yī yìn xiàng zěn me yàng
你 對 上 海 的 第 一 印 象 怎 麼 樣 ？

Shì gè hěn fán róng de chéng shì
己 是 個 很 繁 榮 的 城 市 。

Nǐ zài zhèr guò de yú kuài ma
你 在 這兒 過 得 愉 快 嗎 ？

⇨ Nǐ zài zhèr yú kuài ma
你 在 這兒 愉 快 嗎 ？

Fēi cháng yú kuài
非 常 愉 快 。

Nǐ shì cóng nǎ li lái de
你 是 從 哪 裏 來 的 ？

Wǒ shì cóng Měi Guó lái de
我 是 從 美 國 來 的 。

Shì cóng Měi Guó něi ge dì fang lái de
是 從 美 國 哪 個 地 方 來 的 ？

Zhī Jiā Gē
芝 加 哥 。

Nǐ shì něi guó rén
你 是 哪 國 人 ？

Wǒ shì Yīng Guó rén
我 是 英 國 人 。

Nǐ de mǔ yǔ shì shén me yǔ yán
你 的 母 語 是 甚 麼 語 言 ？

Wǒ de mǔ yǔ shì yīng yǔ
我 的 母 語 是 英 語 。

Nǐ men guó jiā jiǎng něi zhǒng yǔ yán
你 們 國 家 講 哪 種 語 言 ？

Jiǎng Xī Bān Yá yǔ
講 西 班 牙 語 。

Nǐ de jiā rén yě zài zhèr ma
你 的 家 人 也 在 這兒 嗎 ？

Shì de Qī zi hé liǎng gè hái zi dōu zài zhèr
是 的 。 妻 子 和 兩 個 孩 子 都 在 這兒 。

Nǐ de jiā rén yě yī qǐ lái le ma
你 的 家 人 也 一 起 來 了 嗎 ？

Shì de quán jiā rén dōu zài zhèr
是 的 ， 全 家 人 都 在 這兒 。

Yǒu nǐ men jiā rén de zhào piàn ma
有 你 們 家 人 的 照 片 嗎 ？

Yǒu 。 Gěi nǐ kàn kan
回 有 。 給 你 看 看 。

10 種 族

🔊 5.3.10

Tā shì nǎ yī gè zhǒng zú de rén
他 是 哪 一 個 種 族 的 人 ？

　　Tā shì
回 他 是 ＿＿＿＿＿＿ 。

Měi Guó jí de Fēi Zhōu rén　　bái zhǒng rén　　Lā Dīng rén
美 國 籍 的 非 洲 人 ／ 白 種 人 ／ 拉 丁 人 ／

Yà Zhōu rén　　bái rén　　xī fāng rén　　dōng fāng rén
亞 洲 人 ／ 白 人 ／ 西 方 人 ／ 東 方 人 。

Tā shì gè hùn xuè ér ma
他 是 個 混 血 兒 嗎 ？

　　Tā bù shì hùn xuè ér
回 他 不 是 混 血 兒 。

11 天 氣

🔊 5.3.11

Míng tiān de tiān qì yù bào shì zěn me shuō de
明 天 的 天 氣 預 報 是 怎 麼 說 的 ？

　　Yù bào jīn tiān wǎn shang yǒu yǔ
回 預 報 今 天 晚 上 有 雨 。

Nǐ jué de jīn tiān wǎn shang huì xià yǔ ma
你 覺 得 今 天 晚 上 會 下 雨 嗎 ？

　　Hái shi dài shàng sǎn hǎo
回 還 是 帶 上 傘 好 。

　　Míng tiān yào xià yǔ ba
🎨 明 天 要 下 雨 吧 ？

　　Jīn tiān kě néng yǒu jǐ zhèn yǔ
🎨 今 天 可 能 有 幾 陣 雨 。

Jīn tiān fēi cháng lěng a
今 天 非 常 冷 啊 。

⇨ Tài lěng le
太 冷 了 ！

Hái shi duō chuān diǎnr yī fu ba
還 是 多 穿 點兒 衣 服 吧 。

Jīn tiān fēi cháng rè a
今 天 非 常 熱 啊 。

⇨ Jīn tiān fēi cháng mēn rè a
今 天 非 常 悶 熱 啊 ！

Lǎo shì zhè me rè ma
老 是 這 麼 熱 嗎 ？

Zhēn rè a
真 熱 啊 ！

Nǐ zhī dào zhōu mò de tiān qì qíng kuàng ma
你 知 道 週 末 的 天 氣 情 況 嗎 ？

Hǎo xiàng huì xià yǔ   Tiān wén tái shuō shī dù shì bǎi fēn zhī
好 像 會 下 雨 。 天 文 台 説 濕 度 是 百 分 之

jiǔ shí
九 十 。

Shī dù zhēn gāo a
濕 度 真 高 啊 。